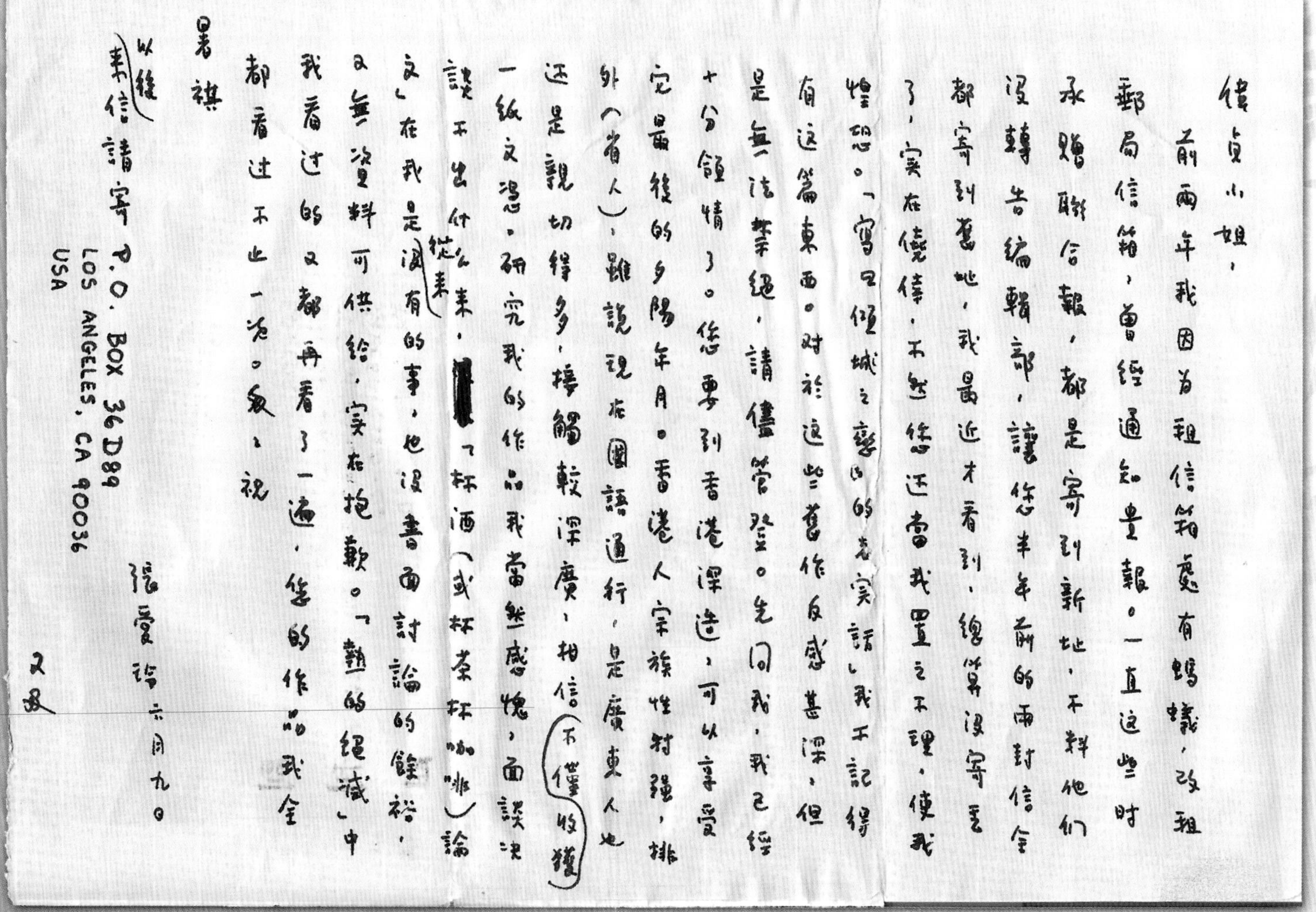

偉貞小姐，

前兩年我因為租信箱處有螞蟻，改租郵局信箱，曾經通知畫報。一直這些时承贈聯合報，都是寄到新址，不料他們沒轉告編輯部，讓您半年前的兩封信全都寄到舊址，我最近才看到，總算沒寄丟了，実在僥倖，不然您还當我置之不理，使我惶恐。「寫《傾城之戀》的老实話」我不記得有这篇東西。对於这些舊作反感甚深，但是無法禁絕，請儘管登。先問我，我已經十分領情了。您要到香港深造，可以享受完最後的夕陽年月。香港人宗族性特強，排外（省人），雖說現在國語通行，是廣東人也还是親切得多，接觸較深廣，相信（不僅收穫）一紙文憑。研究我的作品我當然感愧，面談決談不出什么來，[redacted]「杯酒（或杯茶杯咖啡）論文」在我是從來沒有的事，也沒書面討論的餘裕，又無資料可供給，実在抱歉。「熱的絕識」中我看过的又都再看了一遍，您的作品我全都看过不止一次。叙之祝

暑祺

張愛玲 六月九日

以後來信請寄 P.O. BOX 36D89
LOS ANGELES, CA 90036
USA

又及

【張愛玲寫給蘇偉貞的信】

赴港攻讀碩士前，我寫信給張愛玲表達以她為研究對象，並希望能當面請益，她很快回信，拒絕了面談，但她居然記得我祖籍廣東，而有「香港人宗族性特強，……是廣東人也還是親切得多」之語，加持了我的張愛玲研究。

世紀文庫
文學009

描　紅

——臺灣張派作家世代論

蘇偉貞　著

暫別張愛玲及其他

蘇偉貞

寫完這本書，是到與張愛玲暫時道別的時候了。

一切都是機緣吧！從我開始寫小說那刻就確定了。若非小說，我不會因參加《聯合報》小說獎，進入《聯合報》副刊；不會因工作需要而與張愛玲通信約稿；更不會當我赴香港大學攻讀碩、博士學位時，觸發了我專研張愛玲。

但我再也沒想到，研究張愛玲是這樣的驚天動地。

如何驚天動地呢？一九九九年九月二十一日，我碩士論文《張愛玲的香港時期小說》口試的日子，前一晚我預習到半夜才就寢。哪知天剛亮，港島朋友來電，火急報知臺灣發生百年最強地震，災情慘重，通訊全面中斷，彷彿成了孤島。我急忙開電視，搜尋新聞，並沒有太多畫面與內容，消息繆著中。一分鐘一分鐘過去，我必須出門應試了。進了地鐵車廂腹內，我不斷重覆一個動作——撥手機回家。完全無訊號，嘟嘟嘟……，如地底之城傳出沒有生命的單一回聲。我報知人在大陸長春的丈夫德模，讓他試著聯絡，他要我安心口試，他會繼續聯絡。香港人口最密集的地鐵車廂裡，巨大的寂靜，我浮升從未有過的不安感——怎麼好像所有人都豎直了耳朵聽我講電話好研判臺灣生死：「不會吧？怎麼一場張愛玲研究口試，要讓一座島毀掉？」

這想法是有所本的。

一九四一年十二月八日，正值張愛玲就讀的香港大學期末考，太平洋戰爭爆發日軍襲港，香港淪陷，學校停課，她的學業就此中斷。日後她把這層經驗寫入〈傾城之戀〉，小說女主角白流蘇與無意娶她的男主角范柳原困守危城，成為一對平凡男女，砲火劫難，一個大都市傾覆了，歷經戰爭洗禮，范柳原最後娶了白流蘇，是「香港的陷落成全了她」，張愛玲如是寫道。

我的疑惑是，怎麼就我張愛玲專研的碩士口試這天，島上發生芮氏七．三級，相當於三十顆廣島原子彈威力的強震？倒帶回想，初始我動心起念赴港做張愛玲研究寫信給她，回信來了：「您要到香港深造，可以享受它最後的夕陽年月。香港人宗族性特強，排外（省人），雖說現在國語通行，是廣東人也還是親切得多，接觸較深廣，相信收獲（穫）不僅一紙文憑。」對我希望與她面談，回覆是：「研究我的作品我當然感愧，面談決（絕）談不出什麼來。」她顯然並不太好的香港經驗，轉化成戰爭啟示錄，或者是我托高，但我不能不聯想我和她當年處境，且穿透〈傾城之戀〉，只要把「香港的陷落成全了她」的「香港」兩字，換成「臺灣」，豈非我眼前寫照？

口試完畢，我在試場外等候口試委員合議，腦海一片空白，此時臺北手機、市話仍全面斷訊，德模那條通路好不了多少。

不久，主考委員宣布論文通過：「依例我們該宴請你和所有口試委員，但你現在一定很心急，所以快回家吧！」

是在往機場途中我終於與家人聯繫上，他們受到極度驚嚇，幸而平安無事，通話過程訊號微弱，時斷時續，如遙遠的外星球傳來生物消息。但那微弱的訊號，是張愛玲遇見戰爭的年代，沒有的一塊浮木。

面臨如此驚天動地一役，我決定休息一年，於二〇〇一年才正式向港大申請攻讀博士，仍做張愛玲研究，幾度與我的指導教授李家樹博士討論，最後定題——臺灣「張派」作家世代論。

沒想到的是，正著手進行寫論文的二〇〇三年八月，生命最驚天動地的發生撲面而來——張德模被診斷出罹患食道腫瘤，末期。對我，那更甚於三十顆原子彈爆發的強震。

我帶著手提電腦和他一起住進了醫院，白天，陪著他進行繁複的治療與檢查；晚上，他入睡後，我就著電腦微弱的螢幕白光，試著往前推一丁點進度，若不是論文如鐘擺稍微牽引我的注意力，不知道我的心智會把我帶往何處。期間李老師總安慰說不會有事的，同時給予延期交論文以便全力照顧張德模的善意建議。追隨李老師的研究生涯裡，我深知，香港這樣的人文地理環境、師生位置，這是私領域的關心了，我銘刻在心。

二〇〇四年二月德模過世，辦完後事，被震得龜裂的神魂游移，身心永難榫合。此刻，唯有學術論文嚴謹的規格，稍能框住我心神，催促著我腳步加快完成論文。一如九二一那場口試，人生地層驚天動地的發生次年，我再度走進試場，跨越口試會場門楣當下，心緒和腳步都重，大軍臨城，我卻惶惑茫然，背水一戰的動力大量流失。當初，因為德模有意逐漸將生活觸角移往大陸，那裡友朋多在大專院校教書，知識交流不成問題。但過日子，每天喝酒論戰不是辦法，若有學位在校園行走，一來可營造長住的正當性，二來，可擴大生活圈。德模喜歡交朋友、讀閒書，那麼，正經拿學位就我來吧！也緣由長期投入創作及工作資源加乘積分，學術之路我較具優勢。沒料到的是，上路以來，先是張愛玲在我正式攻讀碩士學位前過世，德模亦在我博士論文完成前，離開了這個世界。

那天，及至博士論文口試結束，我孤坐試場外頭等待決議，默默想著，終於來到尾聲了。凝望港大文學院天井拔高挺立的玉蘭喬木，樹帽如雙掌張開，滿枝雪白玉蘭花氣竟似檀香襲來，越來越強烈的失落感伴隨而來，我清楚意識到，這是一道中線了，跨越此刻，爾後人生，遙遠至極，無約之約。已非強震，是海拋，不返航太空船。不久，我被告知，論文過關了。

之前，碩士論文整理成較適合閱讀的《孤島張愛玲》交三民出版；如今，博士論文《臺灣「張派」作家世代論》亦交三民，主要考慮碩、博士論文的連續性。另外衡量閱讀接受度，除了原文由二十餘萬字整理為十六萬字，書名並改成《描紅——臺灣張派作家世代論》。

「描紅」意象脫胎自張愛玲《流言》再版序一段：「炎櫻只打了草稿。為那強有力的美麗的圖案所震懾，我心甘情願地像描紅一樣地一筆一筆臨摹了一遍。」思考臺灣一代代作家追隨張愛玲，這是「描紅」了。

自一九九六年跟隨李家樹教授攻讀碩、博士，近十年過去，如果沒有老師包容、指導與嚴肅的態度，漫長學程壓力以及人生難關雙重衝擊下，我斷無耐性完成碩、博士學位。

因此，這本《描紅》及之前的《孤島張愛玲》，都獻給我的指導教授，李家樹博士。

描紅【臺灣張派作家世代論】目次

為那強有力的美麗的圖案所震懾，
我心甘情願地像描紅一樣地一筆一筆臨摹了一遍。

——張愛玲

第一章 緒論

「當代最好的小說家」格雷安・葛林（Graham Greene, 1904–1991），示意寫作與人生，認為作家二十歲以前的人生，即完成全部的人生經驗，以後的歲月只是觀察了。以年歲破題，無非希望藉由格雷安・葛林的獨到見解，連結世所公認的才女張愛玲（一九二〇—一九九五）的創作生涯。張愛玲在二十三歲至二十五歲間即寫出了最重要的作品，迅速紅遍上海，日後因緣際會，作品風靡華文世界，及至一九九五年遽逝，張愛玲雖不定居臺灣，作品在六〇年代才正式進入臺灣，但嚴格說來，她在島上的影響並未稍減，反而因著她的逝世，促發島上掀起一場又一場的「閱讀張愛玲」華麗饗宴，教讀者們再一次見識張愛玲「超級符號」般的地位。

要說張愛玲是現當代排行最高的中文女作家應不為過，一九九九年六月，香港《亞洲週刊》在經過半年評審工程，由各地重要華人學者、作家、評論家票選後，「世紀中文小說一百強」出爐，張愛玲以上海時期出版的短篇小說集《傳奇》高踞第四名，僅次於魯迅（周樹人，一八八一－一九三六）《吶喊》、沈從文（一九〇二－一九八八）《邊城》、老舍（舒慶春，一八九九－一九六六）《駱駝祥子》。張愛玲在臺灣出版的長篇小說《半生緣》排行第二十四名。

這張世紀中文小說排行，張愛玲名副其實坐穩了「祖師奶奶」位置。張愛玲絕非浪得虛名。以風格言，張愛玲以小說名世，「不只出於她修辭造境上的特色，也來自於她寫作的姿態」。這張名單出爐對張愛玲其實另有意義，她曾以香港為腹地，兩度進退失據的無奈，可說在這一刻得到了補償。香港對她的意義，在我的碩士論文《孤島張愛玲》裡有十分完整的論述，著重的是她在香港時期的成績，她在一九五二年至一九五五年暫居香港期間，交出了實寫社會主義治下的上海變化《秧歌》、《赤地之戀》，香港毫無疑問是開啟她遠望美國的窗口及腹地。時代造成，張愛玲先在四〇年代崛起黃埔灘頭，一九五二年不與世人唱同調的情況下，離開了中國，從此文學前途未卜。正是因為香港、美國有如棲息地的位置，保留了她的元氣，及至日後她有機會轉進臺灣文壇並大放異彩，文學生命得以在島上延續，她對此間讀者的重要性，張迷、張學在臺灣的特殊現象，說明了研究張愛玲，臺灣沒有理由缺席。

多年來因著《聯合報》副刊的編輯工作，得與張愛玲通信邀稿，自一九八八年至一九九五年九月九日（臺灣時間）張愛玲去世止，抽屜已累積十封以上信件，她辭世消息傳來，我以編者身分撰寫追悼文章，當連接這些信件，我有了不同的檢視心情，由另一個角度來看，我是幸運的，在寫作同時因為工作關係，能和如此不凡的作家通信交談。一向以來，我的私人體悟是，無論坊間張學研究多麼熱，無論她回覆多少信，距離讀者、論者、編者，她恆常是顆遙遠的明星。讀到信中她曾祝福我碩士論文順利完成，那時我剛萌生以她為研究對象趁便向她討教，她除了祝福也說了一小段對香港的不適應，印證了她由港赴美的心事。不意我繞了一大段路，當碩士論文完成，她已去世多年了。不久我繼續博士學業，思考既已完成她的香港時期研究，是到了研究她臺灣時期的影響了。我有個說不清楚的想法，我以為唯有完整走一趟她的香港、臺灣之路，才好送她回上海。但要從什麼角度定調呢？仍從張愛玲發想，腦海立時浮上王德威排比臺、港張腔女作家寫成的〈女作家的現代鬼話——從張愛玲到蘇偉貞〉，遂以此為基礎勾描張愛玲在臺灣的文學影響力，並參照公認的「張派」世代作家譜系。我要說的是，張派在臺灣真是既連橫又合縱，自六〇年代起至九〇年代，編織一張驚人的「張派」因緣網，誠為島上文學舞臺掛出一幅絢麗的大幕。

然而現在來談張愛玲，真有不知今夕是何夕的感覺。但臺灣文壇存在的「張愛玲現象」，一定會寫入臺灣文學史，綜合以上，方向於焉浮現，於是論文定題為「臺灣『張派』作家世代論」。

首先必須說明「張派」的由來。「張派」一詞並非臺灣獨創，張愛玲成名於一九四〇年代上海，在她文名鼎盛的時期，上海文壇便已經有了「張派」及「張派作家」的說法。四〇年代一位署名蘭兒的記者，在一篇〈自從有了張愛玲〉的報導中，寫到上海作家東方蝃蝀是「把『張派』文章裡的小動作全模仿像極了」，這裡就有「張派」一詞；此外上海學者魏紹昌也談到，當時上海有些青年大學生，愛好模仿張愛玲風格、筆法和路子，一般稱之為「張愛玲派」。在臺灣最早為「張愛玲體」下註解的，是七〇年代初的水晶〈楊沂，一九三五—〉，他進而在〈原來我也是「張派」〉提到了「張派」；唐文標在一九七六年的〈海外奇談錄——張愛玲序文所談到和沒談到的〉裡也提到「張派小說」一詞。

王德威則是最早將張派系譜化的學者，早在一九八八年，王德威即以〈女作家的現代鬼話——從張愛玲到蘇偉貞〉交出他個人對港、臺張派女作家系譜研究系列首篇；接著在一九九二年以〈張愛玲成了祖師奶奶〉及一九九五年〈落地的麥子不死——張愛玲的文學影響力與「張派」作家超越之路〉，這三篇文章可說組成了他的「臺、港、滬張派作家譜系三部曲」。

張愛玲是在六〇年代正式引進臺灣的，在此之前臺灣的讀者是經由夏志清的評論認識張愛玲。夏志清的英文著作 *A History of Modern Chinese Fiction*（《中國現代小說史》）專章專論張愛玲，一九六一年出版後將張愛玲推上西方文壇。但英著出版前即由夏志清的哥哥夏濟安譯成〈張愛玲的短篇小說〉、〈評「秧歌」〉，一九五七年刊登在夏濟安主編的《文學雜誌》上。

張愛玲與臺灣文壇不可分割的關係是這樣開啟的，隨著日後的發展，當一九九五年張愛玲逝世，陳芳明的追悼文章〈張愛玲與臺灣〉裡總結張愛玲是「死在美國，活在臺灣」，是十分貼切的說法。我們知道，張愛玲一生可分三個時期：上海時期、香港時期、美國時期。但不容置疑的，臺灣是承接了她一九五二年離開中國之後所有作品的地方，她的全集也是在臺灣出版的。換句話說，臺灣不僅保存了張愛玲的元氣，也延續了她的文學生命。因此正視她「活在臺灣」的事實，並將她放在臺灣文學發展史中來討論，才足以區隔「臺灣張派」的獨特性以及有別於港、滬的張派史。

考量張愛玲廣被模仿的事實，羅列「臺灣張派作家世代」譜系，除了參照公認的張派作家名單之外，主要著重受張愛玲影響的程度以及作家個人小說成就。談到影響，就不能不正視普遍充塞於張派作家與張愛玲之間的「影響的焦慮」(anxiety of influence)。張派自是由張愛玲興，張愛玲開宗立派，不僅讓海派傳承大放異彩，更導引張派向主流文學靠攏，然不少追隨者在風格上是自我壓抑，而作品上則憂慮難以超越，二者交叉垂直，不僅影響下代作家，也平行影響同代作家，是為「影響的焦慮」，當然，主要援用哈羅德・布魯姆(Harold Bloom, 1930–)的「影響的焦慮」理論。要特別強調的是，張愛玲確為「張派」正宗共主，但流派傳承有顯性與隱性。以朱西甯為例，朱西甯追隨張愛玲最早是透過胡蘭成文章，胡蘭成學說也在日後影響了朱西甯的女兒朱天文，朱天文便不諱言自己毫無辦法的「胡腔胡調」。胡蘭成嘗說與張愛玲是「同住同修，同緣同相，同見同知」，他受記張愛玲頗多，但他可說是隱性的張派，黃錦樹的論點是，張愛玲式的直觀微觀影響了胡蘭成：

> 佛經裡說的如來之身，人可以是不佔面積的存在，後來是愛玲一句話說明了。……愛玲去溫州看我，路過諸暨斯宅祠堂裡演嵊縣戲，她也去看了，寫信給我說：「戲臺下那麼多鄉下人，他們坐著站著或往來走動，好像他們的人是不佔地方的，如同數學的線，只有長而無闊與厚……。」

日後胡蘭成「用簡單的數學觀念來建構他的美感邏輯」，明顯發端於此，莫道胡蘭成要向張愛玲行拜師禮：「生平不拜人為師，要我點香亦只點三炷半香。一炷香想念愛玲，是她開了我的聰明。」但終其一生張愛玲都未與她的「頭號追隨者」和解。

影響既不容撇清，布魯姆還提出獨樹一幟的「逆反」詩理論，即前行詩人陰影愈大，詩人與詩人間的鬥爭就愈強烈。後輩詩人不少是在不擇手段地「誤讀」、「修正」、「魔化貶低」前人進行自我完成的儀式。布魯姆發展衍生小結：「一切影響都是不道德的。」但道德不道德不是我們的重點，以張派做比擬，我們看重的流派作家的每一次覺醒，在布魯姆那是每一次更熟諳否認受前人影響的過程。但特別的是，「影響的焦慮」雖普遍存在，但臺灣不少作家畏懼張愛玲是實，樂於承認受她影響也是事實；文章流著她的血緣，卻是一點都不想要推翻她。

談過了影響的課題，接著要觸及的是年代的規劃及規劃的依據。我們知道六〇年代始，一代代張派作家與她的對話，就從來沒有停止過，本篇論文因此以六〇年代作為起點，一步步推演「影響的進程」。檢視張派的影響力曲線，七〇年代可說是張愛玲影響力的高峰，依據的是楊照在〈四十年來臺灣大眾文學小史〉裡「張愛玲風最盛是在七〇年代」的說法；張貴芬延伸此論點，指出一些女作家受了七〇年代「張愛玲風格」的影響，成為張派主力作家，加上他們個人的小說實力不容小覷，不僅形成「張派障礙」，也導致八〇年代文壇陰盛陽衰的現象，接合二者論點，促成了本文歸納七〇、八〇年代正是第二代張派作家發展的場域。至於九〇年代是一轉折時期，這可從年輕一代「張派作家」林俊穎受邀參加香港嶺南大學主辦的「張愛玲與現代中文文學國際研討會」來觀察，在一場「尋找張派在臺灣的接棒人」座談會上，林俊穎獨排眾議倡言道：「進入九〇年代，我要大膽定論張腔在臺灣文學後繼無人了。」他更界定這一代張派作者的年齡層，「最晚到一九六〇年代便戛然中止」。綜理以上，顯然張派譜系並非一朝一夕形成，是一代一代慢慢累積起來的，本文據以上述「張派進程」，規劃出三個世代，即六〇年代為第一世代，七、八〇年代為第二世代，九〇年代為第三世代。

至於採十年為一世代基點，主要援引夏志清《中國現代小說史》，該書分三編，第一編「初期」，集中注目一九一七年至一九二七年那十年；第二編「成長的十年」，放眼一九二八年至一九三七年那十年；第三編「抗戰期間及勝利以後」，則處理了兩個十年，自一九三七年至一九五七年，正是以十年為一期。

首先談到六〇年代第一世代。這一代的張派作家凝視張愛玲，在背景上比較是發端於張愛玲的上海時期。可以分成兩派：一是以當時《現代文學》為班底的年輕作家，如陳若曦、王禎和、水晶；一是承接張愛玲上海印象為主的作家，如朱西甯。這一代張派作家的特質，一是比較貼近張愛玲的家國書寫及共黨經驗，如朱西甯的《八二三注》、陳若曦的《尹縣長》，都謀合張愛玲《秧歌》、《赤地之戀》的書寫訴求。二是像陳若曦、王禎和、水晶是透過他們的老師夏濟安主編的《文學雜誌》認識張愛玲的，陳若曦、王禎和並在張愛玲一九六一年唯一一次訪臺時得以親受張愛玲指點。水晶更在一九七一年親訪張愛玲於美國，寫成〈蟬——夜訪張愛玲〉是張學研究十分珍貴的第一手資料。王禎和〈鬼．北風．人〉、水晶〈沒有臉的人〉的意識流手法，明顯是受到張愛玲指點後的作品。

時程轉進七〇、八〇年代第二代張派作家，經過了第一代張派作家的磨合與實驗期，這代張派作家摩娑感悟有餘，逐漸走出自己的路，表現亮眼成績也最好。第二代的主力張派作家有朱天文、蔣曉雲、袁瓊瓊、蘇偉貞。在這一代有個很重要的「關鍵人物」，就是和張愛玲有段情緣的胡蘭成，由胡蘭成而「三三集刊」，進而衍生出「三三」與張愛玲的不可切割，朱天文、蔣曉雲、袁瓊瓊都曾是「三三」的基本成員，朱天文受教於胡蘭成，蔣曉雲潛移默化是夏志清當年欽點的「張派」，袁瓊瓊別創路數的「黑色幽默」更勝祖師奶奶。我以為第二世代的特質在盡得張愛玲「世路人情」真諦。

至於九〇年代第三代，世紀更新，張派作家何去何從，也是臺灣張派作家新世代面臨的關鍵課題。第三代張派作家主要以六〇年代至七〇年代出生為主，一反第二代的陰盛陽衰，這一代有林俊穎、林裕翼、郭強生幾位男作家。而這一代對世紀末情慾探勘及同志書寫，與張愛玲日後出土的〈同學少年都不賤〉相互唱和，張愛玲回頭教誨，意外的點出了張派作家未來的新境。

最後我要說明的是，做為公認的張派及論文撰寫者，這樣的身分的確很難「置身事外」，但創作者角色既發生在前，研究者的角色在後，本人惟有嚴格掌握「把關者」分際，即以論文者蘇偉貞審視張派蘇偉貞，必須說我並不相信絕對的客觀，能做的，是相對的客觀。好在這樣的例子我們並不陌生，臺灣「頭號張迷」水晶的「張學」與「張派」角色重疊便是。水晶更不諱言自己是張派，他的文章篇名〈原來我也是「張派」〉是最好的例證，能確定的是，張派並不妨礙他的張學研究，《張愛玲的小說藝術》是他最著名的張學著作，他在一九七一年夜訪張愛玲寫就〈蟬〉，是張愛玲研究十分重要的文獻之一。

毫無疑問，張愛玲在現代文學史上，已矗立起一個巨大的符號，在上個世紀末，張愛玲曾以她的死亡，掀起傳奇最高潮。服膺張愛玲「最好的東西是不可選擇的」教條，張愛玲與臺灣的關係，絕非島上可以自主選擇，必須依賴各種客觀因素，可以確定的是，張愛玲在島上不是一場沒有發生的事。從第一代朱西甯到第三代林俊穎，勾勒這張臺灣張派作家譜系的同時，不免就想到，距離王德威一九八八年發表張派譜系首篇〈女作家的現代鬼話——從張愛玲到蘇偉貞〉，轉眼快二十年了。張派與張愛玲在臺灣，多年下來，真是結成了「無窮盡的因果網」，這是張愛玲的句子了。臺灣文壇與張愛玲歷經了廣義張派朱天心所講的：「因為張派好學，除了少數幾個人，其他全都是或廣義或狹義的『張派』。」那樣的時期；而張愛玲風格的影響，亦如袁瓊瓊所形容：「就像女孩子噴的香水，經過她身邊都會或多或少沾到那味道。」討論「臺灣張派世代作家」同時，也讓我們理解到，張愛玲現象絕非單獨存在，張派世代的建構，是和文學一起發生的，《臺灣張派作家世代論》，則是進入新世紀探勘張派最好的路徑。一代代作家上路，是張派也好，不是張派也好，能走出自己路的終究會走出自己的路，因此要問九〇年代以後是否還有張派？又如何超越？「去聖邈遠，寶變為石」，落地的麥子不死，會長出新苗嗎？我們若有信心，就要有耐性。

第二章 前進與完成：張愛玲臺灣之路

> 他們認為今日的臺灣，和二次世界大戰時的英倫三島，非常相像，兩者同是孤懸海上的島嶼。❶

劉康《對話的喧聲》裡結合蘇珊・弗瑞蒙「空間」理論，即文學書寫有地理決定論，景觀、氣候、地形，主宰了一地的文化型制，孕育出獨有的人文思維、生活經驗，一旦與新場域交會，因地制宜便能重組出不同的文化貌樣，在這裡不妨以此觀點，開啟一扇解讀張愛玲臺灣現象的窗口。

❶ 徐鍾珮：〈寫在前面〉，《英倫歸來》（臺北：重光文藝出版社，一九五四年版），頁5。

要知道，一九五二年張愛玲揮別上海抵達香港，距她一九四二年離開，睽違十年後重返，可以想像她主要的心力必放在與香港異文化的擦撞，不意她短短三年，即交出了生命中相當重要的「香港時期」作品——《秧歌》、《赤地之戀》。這樣的成績在當時是重要而深具意義的，於張愛玲不僅顯示政治環境的轉變刺激了她遠走他方，而創作表現在異鄉大有可為，此外還給了她展開「美國時期」，進而成就了她以臺灣為文藝復興基地，創造出「活在臺灣」的局面。當然，張愛玲的創作歷程是複雜的，但要正視張愛玲的臺灣現象，就必須一步步探究是怎樣的機緣，促發她前進臺灣的契機，從而與一代一代的張派作家展開對話。

毫無疑問，在一九四九年後，因著美國與中共的關係，當時香港和臺灣的關係比較緊密，張愛玲的《秧歌》刊載於《今日世界》的前身《今日美國》上，臺灣的讀者雖能閱讀到，但那畢竟是「香港製造」。而張愛玲的「臺灣關係」一直要等到一九五七年一月新作〈五四遺事〉在臺灣《文學雜誌》上刊登，方於焉展開。事實上這段路途張愛玲搭的並非直通車，不僅曾經斷線，還有不少事故干擾，最先面臨的便是政治局勢的轉換。要明白一九四九年大陸政權易手，內陸「新移民」大規模離鄉背井的跨海行動，放空的大陸文學生命，不值得冒險留下，而臺灣處境形同孤懸之命繫於孤懸之島，但盱衡全球，無論政治平衡或文學市場，日後如何未可期，眼前保存文學活力成了最重要考量；再進一步思考，倘若中國將來能回去，那麼臺灣更是她必須擁有的最佳轉乘站，香港太小，美國沒有空間。且不論臺灣直承新文學與古典正宗傳統，正好點出，張愛玲的臺灣之路，是一場宿命。

第一節　五〇年代：孤懸之命與孤懸之島

一九四九年大播遷，新移民中不乏文學作家兼讀者的雙重身分。時空置換，斯人帶著難以磨滅的故鄉印象踏上斯土，與島上久經五十年日據時期統治的居民素面相對，明顯的差距，是文字和語言書寫轉換的能力。再者，這群人帶著對二、三〇年代知名作家巴金、沈從文、老舍、魯迅作品的懷念，以及對四〇年代艾蕪、路翔、李劼人、丁玲、沙汀、羅淑、張愛玲等，夏志清所形容「作品表現了更大的藝術良心」❷的記憶，成為臺灣五〇年代以降「知識累積」養分，這就為張愛玲前進臺灣打下基礎，為「張派作家」注入新血。張愛玲前進臺灣之路與現象，是為本章討論的重點。順著張愛玲前進臺灣推展，我們才好

❷ 夏志清著，劉紹銘譯：〈一九五八年來中國大陸的文學〉，夏志清原著，劉紹銘等譯：《中國現代小說史》（香港：友聯出版公司，一九七九年版），頁443。

鋪排論及張派作家世代譜系。

歷史的幽微，因為政治理由，二〇年代至四〇年代中國作家作品，在臺灣幾乎全遭查禁的命運。戛然中斷的文學時空，成為文學傳統的一次空白。這段空白必須以某種思想來填彌，❸尋找新的「明星」作家，這就空出了位置容納張愛玲。如是歷史情境，徐鍾珮（一九一七—二〇〇六）形容為「孤懸」，是十分貼切的觀察。

「孤懸」的境遇，相對刺激了兩個軸承的運動：一、加速了文學體質的調整；二、造就新一代作家出頭空間。❹

❸ 葉石濤：《臺灣文學史綱》（高雄：文學界出版社，一九八七年版），頁86。

❹ 七〇年代中期臺灣仍處於言論謹慎的年代，朱西甯呼籲臺灣應開放五四時期至三〇年代作品，他強調這兩個時代的文藝，在將來的中國文學史上必不可少。而上一代和這一代作家：「為戰亂衝激而流徙至臺灣省和海外的智識分子，飽受炮火燒煉，流離打熬，國破家亡，歷史巨變等無邊痛苦，對於小說家，毋寧是幸運的人生造就。」但他言明開放之必要：「優異的小說家及作品之勃生，當非偶然。」新一代，受時空限制，應藉文學藝術擴展和延伸其生命及生存時空，見朱西甯：〈宜否考慮開放五四和三十年代的作品〉，《朱西甯隨筆》（臺北：水芙蓉出版社，一九七五年版），頁177、185。

新一代作家在異地時空崛起的理由各異，但生活艱難是不爭的事實，因此創作的理由往往指向一個共同的方向——改善生活。我們的重點將浮現此一時期女作家的創作表現，聯想張愛玲。

孟瑤（楊宗珍，一九一九—二〇〇四）即坦承：「那時候太窮了，寫作是煮字療饑。」雖說煮字療饑，仍不乏有見識與文采的筆，在改變的生活裡進而以文字尋求改善，發生在五〇年代、日後被歸類第一代外省女作家身上的景象是，她們迭有佳作，表現手法及體裁，皆帶來新象，讓人們看見此中產階級女作家社群，在人數及題材、使用文字，多不同於因受日本統治五十年如葉陶（一九〇五—一九七〇）、楊千鶴（一九二一—）「創作貧瘠，似乎都是蜻蜓點水」的本土女作家。❺

讓人側目的「外省女作家」，多為受過高等教育、擁有工作能力，不乏因戰亂走南闖北離鄉背井創造出一片天。譬如孟瑤來臺後在大學教書，曾任中興大學系主任；邱七七擔任多年婦女寫作協會理事長；徐鍾珮任中央日報駐英特派員；潘人木（潘佛彬，一九一九—二〇〇五）擁有中央大學外文系學歷，來臺後擔任教育廳兒童編輯小組編輯、總編輯；具

❺ 邱貴芬：〈導論〉，邱貴芬主編：《日據以來台灣女作家小說選讀》（臺北：女書文化出版公司，二〇〇一年版），頁18。

體而微的應是林海音一九五三年至一九六三年主持《聯合報》副刊主編長達十年的表現。她所網羅包括謝冰瑩（一九〇七—二〇〇〇）、張秀亞（一九一九—二〇〇一）、琦君（潘希珍，一九一七—二〇〇六）、孟瑤、畢璞（周素珊，一九二一—）、潘人木等女作家群為〈聯合副刊〉寫稿，清楚勾勒第一代女作家群像。

識者以為成名於五〇年代的女作家們，在年齡上與張愛玲相近，如林海音一九一八年、琦君一九一七年、孟瑤一九一九年、潘人木一九一九年、畢璞一九二一年。較之張愛玲，她們更多長於戰亂時代，在抗日時期輾轉大後方求學的經歷，和安定生活失之交臂。這與張愛玲適反方向由港返滬的經歷明顯不同。

一　臺灣文壇的接受度

誠如范銘如所言，五〇年代崛起臺灣的女作家們作品肌理，每有「『家鄉』觀念的改變，是五〇年代女性文學迥異於當時主導論述的明顯特色」。❻

❻ 范銘如：〈臺灣新故鄉——五〇年代臺灣女性小說〉，《眾裡尋她——台灣女性小說縱論》（臺北：麥田出版社，二〇〇二年版），頁15。

時代的改變，對張愛玲進入臺灣造成加乘效果，我們以為她與臺灣女作家的同質性至少有以下三點：

（一）延續五四以來文心

張愛玲在臺灣的影響力，或如她延伸水晶之言：「也許也是因為臺灣禁印大部分五四以來的文藝，以致於這些年來有些青年受我寫的東西的影響。」❼但無可諱言的是，文學場域的開闢也創造張愛玲進入臺灣文壇很好的契機。我們可以由以下例子看出：一九五五年「臺灣省婦女寫作協會」成立，正式加入文壇陣營，一個數據顯示，在此後十年間，會員人數超過了三百人。

可以說，五〇年代臺灣文壇「女作家」族群的出現，及會員人數的激增，多少呼應當年滬上女作家的「集團」性和參與文學企圖心。❽此一文壇生態，多少加重張愛玲與臺灣

❼ 夏志清：〈張愛玲給我的信件（十一）(96)〉，《聯合文學》，第一六六期（一九九八年八月），頁76。

❽ 與文學圈保持關係，當年連張愛玲都不時受邀出席女作家聚談會，參與文學活動。當然這也有逆反的時候，張愛玲便曾對是否出席大東亞文學者大會提出聲明：「大東亞文學者大會第三屆曾經叫我參加，報上登出的名單內有我；雖然我寫了辭函去，報上仍舊沒有把名字去掉。」見唐文標主編：《張愛玲資料大全集》（臺北：時報文化出版公司，一九八四年版），頁237、363。

共生機緣，為張愛玲來年訪問鋪路，是臺灣張派作家世代潛在形成的因素。

（二）書寫時代題材姿態各異

張愛玲自言寫作，「甚至只是寫些男女間的小事情」，或者以參照手法寫「人類在一切時代之中生活下來的記憶，以此給予周圍的現實一個啟示」；島上女作家書寫題旨未必朝向張愛玲所描繪腐舊家庭時代發展，卻往往有著同而不同的旨趣。舉兩位女作家為例，一是孟瑤〈弱者，你的名字是女人？〉（一九五〇）對母職與女性完成有尖銳的控訴，在當時引發相當騷動；二是張漱菡《意難忘》（一九五二）崛起文壇，文章的主題除了懷鄉還有愛情。此二例子，顯然與張愛玲對文學的掌握不同，比較上張愛玲刻劃的上海傳奇，除了舊社會色彩還反映了殖民地生活，跨海女作家們，則大多著墨在追念故鄉與反映當下生活，這都不是張愛玲的主題。

自我意識的高漲，齊邦媛便盛讚這一代的女性文學：「有實力而無閨怨。」但因社會局勢緊張，對女作家的評語往往由政治面出發，葉石濤對五〇年代女作家的評語就有——「時代空氣險惡，動不動就會捲入政治風暴，所以社會性觀點稀少，以家庭、男女關係、倫理等為主題。」劉心皇亦指：「女作家並不重視文學的戰鬥性，她們所寫差不多是身邊瑣事，讀她們的作品，彷彿不知道是在這樣驚心動魄的大時代裡。」這樣的論點，很明顯測出當年臺灣政治風向，難怪張愛玲在一九五四年於香港《今日世界》的前身《今日美國》上連載富反共色彩的《秧歌》，很快便引進臺灣。

（三）頑強的保有自我

阿城（鍾阿城，一九四七－）以為張愛玲飄然遠離大陸，是頑強的保有自己的思想方式不受侵犯，「這個底線不能保持，就走」。上海易手，張愛玲自外於潮流，一則是「感到左派的壓力，本能的起反感」，二來知道影響力不像西方的左派只限三〇年代，遂觸發她離滬赴港再遠去美國的行動。但一如五〇年代臺灣女作家們，張愛玲當然有話要說，因此，她一到香港，便交出負擔「美帝支持的反共文宣」之名的《秧歌》、《赤地之戀》。背離中國土地，意味著她失去在這塊土地發表文章的空間。若非無意再返中國，以張愛玲的世故精警，豈會不清楚後果。

不爭的事實是，五〇年代中國「運動成風」，文化戰線高舉，說明了文人知識分子生存的殘酷。

釐清政治與時態氣候，我們才容易明白張愛玲如何以作品通過文學認證，進入臺灣文學史。邱貴芬分析，加速張愛玲在臺灣發酵進程的，先是老一輩的外省族裔為媒介，然後由承繼本土身世但對熱愛張愛玲的臺灣文壇中青代加溫。

二 英文創作夢碎

如前所述，張愛玲並非直接由上海前進臺灣。兩岸中斷的年代，張愛玲一九五二年由上海出走香港，一九五五年再遠赴美國，香港停留時間，她寫了《秧歌》、《赤地之戀》，其中《秧歌》刊載於《今日世界》的前身《今日美國》，張愛玲圖的正是以此二書作為前進英文文壇的敲門磚。但卻因緣巧合，與像朱西甯等，由大陸遷臺的「張迷」重新接上線。其中又以朱西甯最具代表性。一九五四年四月，朱西甯在臺灣重新讀到張愛玲的《秧歌》，此時他已成為出版《大火炬的愛》的作家，他是以作家及張迷之身，展開張愛玲啟蒙與提升之旅，在創作血脈裡埋下哈羅德．布魯姆《影響的焦慮》定義的「模仿創造性的誤解的奇特行為」因子，且終其一生沒有改變。張愛玲的面向英語世界的夢，改變了朱西甯的寫作生命，於張愛玲卻是因著試闖兩個關鍵關卡未過，終而導致她修正進入臺灣之路。兩個關卡，一是英語寫作的破滅，二是英著出版嚴重受挫。

（一）英語寫作的破滅

一九三八年張愛玲的英文作品"What a Life! What a Girl's Life!"，登在《大美晚報》(*Evening Post*)，內容為一九三七年夏她被父親軟禁實錄。一九四二年由港回滬，張愛玲更先以英文寫作"Chinese Life and Fashions"投稿 *The* XXth *Century*，意圖實踐「要比林語堂還出鋒頭」的夢想，以英語創作闖出一片天。接著一九五二年，張愛玲在失去她的上海舞臺後，更努力以英語專長進攻西方文壇，第一步她快速完成英文版《秧歌》(*The Rice-Sprout Song*)，更進而接洽美國 Charles Scribner's Sons 公司在一九五五年出版。接著《赤地之戀》(*The Naked Earth*)英文版，一九五六年由香港友聯 Union 出版。之後更以英文著作「學有所長」名義申請移民美國成功。❾然而張愛玲英文再好，❿卻無能改變英文寫作並不順利

---

❾ 一九五三年，美國頒布一條難民法令(*Refugee Act*)，學有專長的人士可以申請成為美國永久居民，張愛玲便用這條法令申請去美。申請必須有一美國公民作保，為她作保的即時任香港美國新聞處長理查德・麥卡錫。見司馬新：《張愛玲與賴雅》(臺北：大地出版社，一九九六年版)，頁73、74。

❿ 水晶夜訪張愛玲，提問張愛玲並沒有看過太多英文作品，為何英文寫得這麼好，尤其《怨女》英文本為美國加大語言系主任推崇為「英文寫得好極了」。張愛玲揭曉謎底，說她平常喜歡看通俗英文小說。見水晶：〈蟬——夜訪張愛玲〉，《張愛玲的小說藝術》(臺北：大地出版社，一九七三年版)，頁28。

的事實。這個狀況一直持續到六〇年代張愛玲欲以英文寫作《少帥》(*Young Marshal*) 未果，才喊停。

（二）英著出版嚴重受挫

再看英著出版受挫。張愛玲赴美後，先選擇了當年受到傅雷好評、夏志清譽為「最偉大的中篇小說」，且是舊社會家庭題材的〈金鎖記〉譯成英文 *Pink Tears* 有意出版，不想遭 Charles Scribner's Sons 公司以之前的《秧歌》銷售成績不佳，「不準備選用她第二部小說」，拒絕了她。張愛玲於是回頭將 *Pink Tears* 改寫為同類型但較長的 *The Rouge of the North*，也四處碰壁，後來甚至 Knope 出版公司，在退稿信中筆出惡言：「如果這小說有人出版，不知道批評家怎麼說。」*The Rouge of the North* 遲至一九六七年由英國倫敦 Cassell 出版了，反應冷淡，連一篇書評也沒有。[11] 以英文寫作接連受挫，張愛玲回過頭惟有接受了臺灣。這才有一九六一年張愛玲臺灣行。

---

[11] Knope 給張愛玲的信大意為：「所有的人物都令人起反感。如果過去的中國是這樣的，豈不連共產黨都成了救星。我們曾經出過幾部日本小說，都是微妙的，不像這樣 squalid。我倒覺得好奇，如果這小說有人出版，不知道批評家怎麼說。」見夏志清：〈張愛玲給我的信件（五）(64.3)〉，《聯合文學》，第一五五期（一九九七年九月），頁69。

第二節　六〇年代：臺灣初航

一九五四年四月，張愛玲《秧歌》開始在港連載。在一片三、四〇年代作家作品在臺被禁的情況下，這位離開中國並不在臺灣現場的作家，卻因著《秧歌》被解讀為「反共文學」，開啟了臺灣文學之門。

一　文學知音夏志清

對成名於孤島上海時期，出走紅色中國、自絕大陸市場的張愛玲而言，張愛玲靠著她的文學推手夏志清 *A History of Modern Chinese Fiction* 一九六一年的出版，受到西方矚目，進而激化臺灣六〇年代張愛玲圖騰浮現，已是不爭的事實。張愛玲在反共立場鮮明的夏志清手上走紅，被貼上「反共作家」的標籤，恐怕是張愛玲同時要付出的代價。對此貌似肯定其實違反她一向「不打算寫『時代紀念碑』那樣的作品」的立意。上海時期她不理會任何文藝政策，來到臺灣『反共文學』的封號加身，張愛玲受也不是，不受也不是，惟有模糊以對。

也就無怪六〇年代張愛玲「登臺」成功，卻一直背負——「作品在臺流行、傳播，與臺灣當時的文藝政策與往後數十年臺灣文壇的生態大有關係」的評價。無論如何，臺灣是張愛玲安身立命的出版中土，相對來說，花果飄零局勢動盪，這是時代氛圍了。梳理日後張愛玲為自己在亂世中爭得不凡文名，六〇年代的反共氣氛，的確助張愛玲一臂之力。

（一）〈五四遺事〉臺灣首發的意義

也許也是因為臺灣禁印大部分五四以來的文藝，以致於這些年來有些青年受我寫的東西的影響。——張愛玲

夏志清 *A History of Modern Chinese Fiction* 從一九五二年寫到一九六一年，間接促成一九五七年一月張愛玲新作〈五四遺事〉在《文學雜誌》刊登，是張愛玲小說歷史性的臺灣首發。

這篇小說內容充滿反諷舊時代風氣，男主人公從一九二四年到一九三六年十二年間身

陷三次婚姻奮戰中，當社會進步為一夫一妻制度了，這位受新式教育者卻坐擁三個太太。作為首篇進入臺灣文壇的小說，見識過舊時代舊社會體制的夏濟安最能解讀：

> 張愛玲的小說的確不凡響。好處固為兄所言，subtle irony 豐富，覺得最難能可貴者，為中國味道之濃厚。假如不是原稿上「范」「方」二字間有錯誤，真不能使人相信原文是用英文寫的。張女士熟讀舊小說，充分利用它們的好處；她又深通中國世故人情，她的靈魂的根是插在中國泥土深處裡，她是真正的中國小說家。⑫

張愛玲〈五四遺事〉，有著張愛玲一貫的譏誚反諷，在五〇年代政治版圖分裂、文化精神上與三〇、四〇年代文學脫節的臺灣，幾乎揚棄了五四文學革命的精神，因此一九五八年，胡適才主張恢復五四文學革命精神，所謂「人的文學」和「自由的文學」再造。盱衡這篇文章在臺首發，足可印證張愛玲的嗅覺果然靈敏，但我以為一方面反映出她難以擺脫挖掘舊社會題材的習性，可說是一次歪打正著；另一方面亦符合了當時政治立場，藉與胡適主張取得聯繫。就第二點言，之前張愛玲揚棄社會主義之作《秧歌》出書後，張愛玲便

---

⑫ 夏濟安：〈談張愛玲五四遺事——羅文濤三美團圓〉，《聯合副刊》，《聯合報》，一九七六年三月二日，十二版。

去信胡適，胡適隨即回信且給了不錯的評語——「有一點接近平淡而近自然的境界」，兩人書信時有往還，張愛玲便在一九五六年九月九日致函胡適，談到〈五四遺事〉(*Stale Mates*)：

適之先生：

久未通信，但是時在念中。我在二月裡離開紐約，由於出版公司介紹到 Macdowell Colony 來住。……您記得我曾經告訴您我有一個長篇小說寫了三分之一，我希望能在這裡寫完它。我在 Colony 認識了 Ferdinand Reyher 也是一個 scriber writer。八月間我們在紐約結婚——極簡單的登記結婚，所以也沒有通知親友。……我有個短篇小說在下一期的 *The Reporter* 上，刊出後我立刻給您寄來。

張愛玲

所提將刊在 *The Reporter* 上的小說，即 *Stale Mates*（〈五四遺事〉）。這封信流露出張愛玲少見的敬謹。張愛玲視胡適這位橫空出世的五四代表人物有若神明，〈五四遺事〉可視為舊傳統的張愛玲繼《秧歌》後對新文學的胡適另一次對話。張愛玲雖承襲鴛蝴海派舊傳統，但張愛玲從來未背向五四傳統，她喜歡老舍《二馬》，熟讀茅盾《子夜》、魯迅《阿Q正傳》，甚至在日後〈憶胡適之〉中對胡適提倡的五四給予肯定：

我屢次發現外國人不了解現代中國的時候，往往是因為不知道五四運動的影響。因為五四運動是對內的，對外只限於輸入。我覺得不但我們這一代與上一代，就連大陸上的下一代，儘管反胡適的時候許多青年已經不知道在反些什麼，我想只要有心理學家榮(Jung)所謂民族回憶這樣東西，像五四這樣的經驗是忘不了的，無論湮沒多久也還是在思想背景裡。

這個火花，基本上源於兩人都認同五四新文學精神，這也是張愛玲文學養分的另一來源，可以說，張愛玲進入臺灣文學渠道，是順著胡適的五四傳統前行抵達。張愛玲是肯定五四但未必師承五四。張愛玲曾公開說明自己的閱讀傾向與作品取意。她表示：「我熟讀《紅樓夢》，但同時也熟讀《老殘遊記》、《醒世姻緣》、《金瓶梅》、《海上花列傳》、《歇浦潮》、《二馬》、《離婚》、《日出》。有時候套用《紅樓夢》的句法，借一點舊時代的氣氛，那也要看適用與否。」而這些習性適與五四精神——批判中國傳統文化、主張白話文代替古文、以實用主義代替儒家學說的主張相反，〈五四遺事〉顧名思義即具反諷。耐人尋味的是，就地理位置言，臺灣相對處於文化邊陲，香港學者梁秉鈞思索〈五四遺事〉在臺發表的看法，提及〈五四遺事〉「亦可借喻偏離中原中心的一種對歷史、或對文學的態度。」提醒了我們，與其說張愛玲肯定五四，不如說是背向中國的一種姿勢。如此看來，張愛玲〈五四遺事〉

作為在臺首發的新作，潛藏著「這種對中國近代重要文藝思潮如五四運動反省（或反諷），卻得以在香港和臺灣這樣的邊陲地帶滋長」的內在，明證張愛玲要藉著臺灣一隅與五四新文學劃清界線，正名自己的古典傳承。當然我們必須說的是，張愛玲要與五四新文學劃清界線指的是政治位置，要知道張愛玲對五四新文學積極淑世的走向是有過思考及持保留態度的，〈自己的文章〉中她便迂迴道出文學屬性的尷尬及含蓄的堅持：

> 我的作品，舊派的人看了覺得還輕鬆，可是嫌它不夠舒服。新派的人看了覺得還有些意思，可是嫌它不夠嚴肅。但我只能做到這樣，而且自信也並非折衷派。我只求自己能夠寫得真實些。

綜觀以上，可以這麼說，張愛玲已準備好以「自己的文章」風格進入臺灣，展開自己的新文學運動。一如她在香港以《秧歌》、《赤地之戀》發聲，而這回她選擇以〈五四遺事〉在臺說書。

（二）評論發聲

張愛玲雖在臺灣發表了〈五四遺事〉，但基本上評論的平臺尚未建立，換句話說張愛玲被島上所認知，是由夏志清的評論開始的。之前夏志清 *A History of Modern Chinese Fiction*，這部「專論中國現代小說的第一本嚴肅英文著述」，一九六一年三月正式由美耶魯大學出版部出版（一九七九年中文本《中國現代小說史》才由香港友聯出版）。在 *A History of Modern Chinese Fiction* 中，夏志清第十五章專論張愛玲，以近五十頁篇幅甚至比魯迅二十頁出頭為重，將之提高到魯迅同等地位，大膽的肯定她是「今日中國最優秀最重要的作家」。較之英文本，臺灣的讀者更早於西方認識張愛玲，*A History of Modern Chinese Fiction* 中張愛玲專論，由夏志清的兄長夏濟安（一九一六－一九六五）分成〈張愛玲的短篇小說〉和〈評「秧歌」〉譯出，先行密集發表在《文學雜誌》。兄弟聯手為日後張學打下不凡的基礎。

一如陳芳明所言，張愛玲文學之介紹到臺灣，前後經過長達十餘年的時間慢慢累積起來。五〇年代臺美反共火把高舉，臺灣政治環境尤其嚴峻，夏志清再是慧眼獨具，也得服膺這樣的律則。因此，我們以為要將張愛玲推到世界及華文文學舞臺，惟有兩個隱性做法才行得通：一、以突破性評價，將張愛玲提高到與魯迅同高的位置，才能形成正當性。二、通過拆解〈張愛玲的短篇小說〉和〈評「秧歌」〉兩篇評論基礎，首先祭出胡適大旗提升張愛玲作品的反共文藝境界，再藉夏志清深化其世界文學性。

張愛玲地位既定，其海外作家身分，避開了與大陸二〇至四〇年代作家相提並論的尷尬，進而得以發展她在臺灣的空間。策略顯然奏效，遂取得未來作品進入臺灣的通行證。

二　對臺灣的三次印象

綜合六〇年代與張愛玲的互動，不難看見張愛玲曾將對臺灣的三次印象寫進文章裡。一是，香港返滬路過。一九四二年五月，珍珠港事件香港淪陷，張愛玲就讀的港大放假，張愛玲常遠道步行去打聽船期回上海，有天終於搭上船返滬。因為久懸的心有了著落，⑬她是懷著愉悅的心情進行這趟「好幾天」的返航之旅。⑭張愛玲日後且把這段經驗寫進文

⑬ 張愛玲回顧〈傾城之戀〉背景是有所據：「我常到淺水灣飯店去看我母親，她在上海跟幾個牌友結伴同來到香港小住，此後分頭去新加坡、河內，有兩個留在香港，就此同居了。香港淪陷後，我每隔十天半月遠道步行去看他們，打聽有沒有船到上海。他們倆本人予我的印象並不深。寫《傾城之戀》的動機——至少大致是他們的故事——我想是因為他們是熟人之間受港戰影響最大的。」見張愛玲：〈回顧「傾城之戀」〉，鄭樹森：〈改編張愛玲〉，〈聯合副刊〉，《聯合報》，二〇〇二年四月九日，三十九版。

⑭ 〈傾城之戀〉敘述女主角白流蘇由滬搭船赴港，不無自況身世意味：「船小，顛簸得厲害，徐先生徐太太一上船便雙雙睡倒，吐個不休，旁邊兒啼女哭，流蘇倒著實服侍了他們好幾天。」提到

章中：

回上海來的船上……，路過臺灣，臺灣的秀麗的山，浮在海上，像中國的青綠山水畫裡的，那樣的山，想不到，真的有！⑮

二是，奔日途經臺灣。一九五二年夏張愛玲抵港重返港大正式復學，但完成學業顯然已非三十二歲的張愛玲心願，張愛玲曾在給夏志清信上敘述當時，她重回港大後：「讀了不到一學期，因為炎櫻在日本，我有機會到日本去，以為是赴美捷徑。」於是便急忙於十一月前往日本找好友炎櫻謀事，以進一步赴美。張愛玲急忙奔日，早已不復當年心境，相同的是，海上旅程再度經過臺灣。

三是，赴美郵輪遠眺。一九五五年秋，張愛玲搭乘「克利夫蘭總統號」郵輪出走香港赴美。船走日本航線。船到日本，張愛玲即寄出六頁長信給林以亮（宋淇，一九一九—一九九六）夫婦寫道：「別後我一路哭回房中，和上次離開香港的快樂剛巧相反。」這兩次

的「好幾天」字句，可作為這段航行時間依據。見張愛玲：〈傾城之戀〉，《回顧展I——張愛玲短篇小說集》（臺北：皇冠出版社，一九九一年版），頁202。

⑮ 張愛玲：〈雙聲〉，《餘韻》（臺北：皇冠出版社，一九九一年版），頁58。

日本航行，張愛玲都寫進了短篇小說〈浮花浪蕊〉中：

這隻船從香港到日本要走十天，東彎西彎，也不知是些什麼地方。她一個人站在欄杆邊看裝貨卸貨，碼頭上起重機下的黃種工人都穿著卡其布軍裝——美軍剩餘物資。……這一天到了個小島，船上預先有人來傳話，各自待在艙房裡不要出來，鎖上房門，無論怎樣都不要開門。如臨大敵，……一個多鐘頭後開船了，島嶼又沉入時間的霧裡。

張愛玲自喻〈浮花浪蕊〉：「裡面有好些自傳性材料，所以女主角脾氣像我。」從「臺灣觀點」視之，這何嘗不是臺灣與張愛玲的互視：海上萬里獨行，待浮花浪蕊都盡。⑯這段經驗，張愛玲還寫——「漂泊流落的恐怖關在門外了，咫尺天涯，很遠很渺茫。」果然「漂泊流落」一語成讖，她就此再也沒有回過故土中國及踏上臺灣。

（一）悄然訪臺

一九六一年十月，張愛玲展開自一九五五年秋離開香港後首次東方行，十三日搭機「悄

⑯「浮花浪蕊」典出蘇軾〈賀新郎〉：「待浮花浪蕊都盡，伴君幽獨。」見高全之：〈張愛玲小說的時間印象〉，《張愛玲學：批評・考證・鉤沉》（臺北：一方出版社，二〇〇三年版），頁317。

然來臺」，踏上畢生惟一一次造訪的臺灣土地。

這位滿清北洋大臣李鴻章的外曾孫女，踏上甲午戰敗李鴻章代表清廷簽署馬關條約割與日本的臺灣，確有身世錯置之感。⑰

相對一九五五年秋坐郵輪離港赴美的待遇，這次，張愛玲是搭乘較好的交通工具「重返前方」。日後，張愛玲並將此行觀感以英文寫成 ***A Return to the Frontier***，發表在美國 *The Reporter* 雜誌上。張愛玲此行低調，日後觀察，不無值得玩味處。

吳漢獨家報導張愛玲臺灣行蹤

張愛玲在臺灣約停留一週，便轉赴香港為電懋公司編劇，直待她離臺赴港後，一九六一年十月二十六日，《民族晚報》記者吳漢發了條充滿人情味的短稿〈張愛玲悄然來臺——忽聞丈夫得病．又將摒擋返美〉，登在三版影劇版，吳漢的報導反映當年臺灣的文化層次，亦為張愛玲臺灣行留下惟一珍貴的文字記錄：

> 女作家張愛玲，曾經替電懋影業公司寫過一部《情場如戰場》的電影劇本。這部戲由林黛所

---

⑰ 馬關條約臺灣割與日本，臺灣先賢丘逢甲賦寫〈離臺詩〉充滿被祖國遺棄之情：「宰相有權能割地，孤臣無力可回天。扁舟去作鴟夷子，迴首河山意黯然。」

主演，那時候的林黛比現在紅得多。擔任導演的好像是岳楓，老導演的手法亦不平凡，出品的公司是像樣的公司，主演的人是如日中天的紅角，在片場上發號司令的又是比陶秦有本領的「岳老爺」，於是張愛玲的心血沒有白花，在各方面的湊合之下，編劇的人乃亦非常受人注意。張愛玲替電懋編劇，性質與秦羽有些不同，秦羽像汪榴照一樣，算是電懋的基本編劇的，至於張愛玲，則屬特約，所以沒有一定的規定，她有時間才替電懋寫。她是住在美國的，電懋同她談公事，靠信札通聲氣。

這一位有聲於文壇，善於寫小說又長於編劇的女作家，頃從美國到了臺灣，此刻耽在花蓮一個親戚的家裡，以張愛玲和這一位親戚，已久遠不曾晤面，是故她一到祖國，在臺北稍作勾留之後，即赴花蓮探親。

據說張愛玲的打算本來是這樣：她在祖國耽過一些日子之後，就到香港去作一短時期的旅居，在這短時期的旅居裡，替電懋寫些劇本。由於張愛玲未到臺灣之前，電懋已經得到消息，知道她不久即將到祖國觀光與探親，順便要轉道香港，同一些文化上的老兵敘一敘闊別之情，因此電懋寫信到美國去，希望張愛玲在香港的旅居時期裡，再為電懋花一些心血。張愛玲原本亦已答應電懋的要求了，故她準備從臺灣去香港之後，了此一筆人情上的「文債」。但不幸得很，她從美國飛遠東之後的不久，她的丈夫在紐約患了中風毛病，於是有電報打到香港朋友的家裡，找尋張愛玲，要張愛玲立刻回美國，去照顧她丈夫的病。香港方面的朋友因認茲事體大，乃急將這一壞消息，用電報轉給近在花蓮的張愛玲知道。張愛玲接到從香港方面轉來的這一個壞消息之後預備作何打算，不清楚，意料起來她必已方寸大亂，茶飯無味了。

聽說張愛玲和她的丈夫的感情是非常之好的，他們在美國頗得唱隨之樂，因之張愛玲有心思到祖國來探親及觀光，並又答應了電懋到了香港之後再替他們寫一些劇本。不圖遊興未盡已歸心如箭，張愛玲的丈夫之病不但使張愛玲本人非常焦急，即就電懋而言，亦必認為是不幸之至。

吳漢的報導凸顯了張愛玲遠道赴港寫劇本的旅次，吳漢沒摸清的底細是張愛玲並非還什麼「文債」，而是必須靠寫劇本賺生活費的處境。

觀望臺灣出版市場

這趟旅次，張愛玲表面為趁赴港寫劇本之便，應臺北美新處處長的老友理查德・麥卡錫 (Richard M. McCarthy) 邀約到訪。張愛玲在港從一九六一年十月二十日左右停留至一九六二年三月十六日返美，這次臺灣、香港行，成為張愛玲有生之年最後一次亞洲行。近半年時間，她共完成劇本《南北一家親》、《一曲難忘》、《紅樓夢》及部分《南北喜相逢》。但我們有理由相信，張愛玲不無趁機觀望臺灣出版市場私衷。一九六六年張愛玲新著長篇小說《怨女》，交給臺灣首次出版，即可作為這個論點的佐證。

吳漢在字裡行間突出了臺灣作為張愛玲「祖國」的身世。實情是一九六一年三月夏志清在美出版英文版《中國現代小說史》，雖將張愛玲推上西方文壇，但張愛玲也認清赴美後，以英文創作「在美國不吃香」的事實。

賴以維生的文學商機，此時看來，大陸一片沉寂，香港市場太小，剩下就是臺灣了。「祖國」你在何方？對張愛玲來說，預言了臺灣日後將成為她作品全集出版的母地。基於這個心情，張愛玲不脫為寫作打算，就手上正著手蒐集《少帥》(*Young Marshal*) 英文小說資料為動力，她有意就便訪問張學良。眾所周知，少帥指東北王張作霖長子、一九三六年因禁蔣介石引發「西安事變」的主角張學良。一九四六年以後張學良被蔣介石軟禁在臺北。以張愛玲寫《赤地之戀》為例，她確實「愛好真實到了迷信的程度」。可惜與張學良面談的要求未被接受。

麥卡錫兩度搭橋

一九五二年張愛玲出走上海抵港，處斗室以英、中文寫作《秧歌》、《赤地之戀》，至一九五五年秋赴美於一九九五年秋逝於美西，四十年來過的生活猶如自我流放，不斷搬遷的結果，落得「倖存的老照片就都收入集內，藉此保存」的結果，最後將之收入生前最後著作《對照記》。張愛玲尚言：「身外之物還丟得不夠徹底！」身體力行，張愛玲是有深刻體會。搬遷不斷，「三搬當一燒」、「丟三落四」日子裡，一直保持固定聯絡的，理查德・麥卡錫是其中一位。可以這麼說，理查德・麥卡錫對張愛玲文學版圖，有兩次十分關鍵的影響。一次是香港牽成。一九五二年張愛玲抵港，立即展開為香港美新處 (H.K.U.S. Information Service) 翻譯工作維生，並向美新處提議寫小說《秧歌》、《赤地之戀》，執行的關鍵人物便是時任香港美新處的理查德・麥卡錫⑱。

一九五五年《秧歌》英文本出版，扉頁題字獻給「To Richard and Marie」，Marie 是張愛玲在美國的出版代理人莫瑞・羅德爾 (Marie Rodell)，Richard 即理查德・麥卡錫。足見張愛玲重視之意。長期以來，理查德一直是張愛玲除了宋淇夫婦、夏志清以外，最倚重的朋

⑱ 高全之：〈張愛玲與香港美新處〉，《張愛玲學：批評・考證・鉤沉》（臺北：一方出版公司，二〇〇三年版），頁246。根據高全之實際訪談，麥卡錫畢業於美國愛荷華大學，主修文學。一九四七年至一九五〇年派駐中國，親歷「解放」年代的中國；一九五〇年至一九五六年派駐香港，歷任資訊官、副處長、處長；一九五六年至一九五八年派駐泰國；一九五八年至一九六二年派駐臺灣，皆任當地美新處處長。一九六二年至一九六五年返美任美國之音東南亞及太平洋區主任。一九六八年辭公職，一九八五年復出，在美國之音工作至今。

友級人物。一九五六年八月十四日，張愛玲與三、四〇年代知名左翼作家甫德南・賴雅結婚⑲。賴雅人品值得信賴且性情隨和，但政治立場鮮明，都與張愛玲大相逕庭。最重要是五〇年代以後進入冷戰時期，賴雅逐漸為文壇遺忘，創作力及收入明顯下降，他在一九五六年與張愛玲結婚時已六十五歲，經濟、健康更是大不如前。被麥卡錫戲稱這樁姻緣是「招進個窮女婿」。遂先有一九五九年張愛玲遷到舊金山後，透過麥卡錫，重新為香港美新處翻譯情事。這是張愛玲一頁美新處接觸史。

二是臺灣有請。一九五八年至一九六二年期間，麥卡錫派駐臺灣。愛好文學的他，是關切臺灣文學、開拓年輕作家作品在國外見光的重要推手。不僅於此，一九六一年一群年輕作家白先勇、王禎和與麥卡錫接觸，談及他們有意邀請張愛玲訪臺。位居要職的麥卡錫，反倒顯現於公於私都願意居中協助邀請的熱情。麥卡錫與張愛玲之間情誼成就了張愛玲臺灣行，意外折射出張愛玲與臺灣僅有的一次歷史性的實際接觸。綜觀一次香港牽成，一次臺灣助力，麥卡錫兩度關鍵地延續了張愛玲的文學生涯。

⑲ 一九三一年八月賴雅應導演約翰・侯斯頓（John Huston）之邀赴好萊塢寫劇本，一直到一九四三年才離開好萊塢。左翼理想主義色彩濃厚，一九四二年編劇《斯大林格勒的好男兒》即可證其政治信仰。見鄭樹森：〈張愛玲・賴雅・布萊希特〉，《聯合文學》，第二十九期，一九八七年三月，頁78～81。

（二）文藝青年的仰望

> 張愛玲說希望能見識臺灣的鄉土。……麥卡錫對我說張愛玲的要求時，我馬上想到可以去王禎和花蓮的老家。——陳若曦

六〇年代的臺灣，文學表現上逐漸孕育出一股新的氣象。一九六〇年三月，包括白先勇、王文興、歐陽子（洪智惠，一九三八—）、陳若曦、王禎和等，以臺灣大學外文系為創作班底的《現代文學》創刊。因為個人與官方興趣，麥卡錫主導的臺北美新處即固定訂七百本《現代文學》，在國民所得低落的當年，麥卡錫在這群文壇新星的心目中肯定具有相當分量。而將張愛玲引進臺灣文學界的夏濟安，正是他們的老師，夏濟安即夏志清兄長。這兩股力量結合，才有張愛玲訪臺成行。這批青年作家中，有些在日後成為臺灣張派作家第一代種子，進而為「張迷」圖畫打底。推論日後張愛玲在島上形成魔咒，與當時和她接觸的兩個代表性文學團體不脫干係。

《現代文學》的光譜

《現代文學》創刊成員包括白先勇、陳若曦、歐陽子、王文興、戴天、劉紹銘、李歐梵、陳次雲、葉維廉、林耀福、王禎和、張先緒十二人。要知道，當時張愛玲的書尚未在臺灣出版，除了上海、香港版《傳奇》、《流言》，以及作為政策性出版的《秧歌》，她的作品並不普遍。可以解釋這群年輕讀者熟悉張愛玲的原因，一是歸之於夏濟安、夏志清推介啟發；另外就是站在文化轉型的十字路口，對現代文學的渴知欲望，如白先勇所說：「我們裡面，有的是隨政府遷臺後成長的外省子弟，像王文興、李歐梵與我；有的是光復後接受國民政府教育長大的本省子弟，如陳若曦、歐陽子、林耀福；也有海外歸國求學的僑生像戴天、劉紹銘、葉維廉。我們雖然背景各異，但卻有一個重要共同點，我們都是戰後成長的一代，面臨著一個大亂之後曙光未明充滿變數的新世界。」正是這種「求新望變」的特質，使他們聚合，尋求文學身世的認同感。他們也是一代少見擁有最整齊創作力與學術成績的團體。

當時資訊並不流通，張愛玲一九六一年十月十三日抵臺後，麥卡錫次日中午在石家飯店設宴，並邀請少數文藝人士及「敬她如神」的「一群正要改變索然無味臺北文壇的驚人的年輕作家」作陪，埋下深淺不一的緣分。⑳

《文學雜誌》的重量

當天在座者包括主人麥卡錫夫婦、白先勇、王文興、歐陽子、陳若曦、戴天、王禎和外，另有《文學雜誌》吳魯芹與日後 The Chinese Pen 開創者殷張蘭熙 (Ing Nancy)。除此張愛玲並未和任何文化界人士接觸。基本上，麥卡錫協助出面邀請，張愛玲依約赴會，等於償還麥卡錫一個大情面。

在以《現代文學》年輕作家為主體的餐會，這樣的組合，寓意著他們已占據文壇一角。再加上《文學雜誌》中堅吳魯芹、翻譯學者殷張蘭熙代表他們所屬的文學雜誌《文學雜誌》、

⑳ 約是年輕作家們將注意力放在張愛玲身上，關於那天宴客時間及餐館，眾人的記憶不一。白先勇記得是中午在西門町石家飯店。見白先勇：〈花蓮風土人物誌〉，高全之：《王禎和的小說世界》（臺北：三民書局，一九九七年版），頁1～21；陳若曦回想是中午在大東園。見陳若曦：〈張愛玲一瞥〉，陳子善編：《私語張愛玲》（浙江：浙江文藝出版社，一九九五年版），頁68～72，原載《現代文學》，一九六一年十一月號；至於王禎和沒說明餐館名，但印象中在國際戲院對面，用的是晚餐。見王禎和口述，丘彥明訪問：〈張愛玲在臺灣〉，鄭樹森編：《張愛玲的世界》（臺北：允晨文化出版公司，一九八九年版），頁15～32。

《現代文學》，可謂文壇兩大區塊，應著無庸議。

此中分量可由殷張蘭熙推動英譯，麥卡錫親自擇選《現代文學》上白先勇、王文興、歐陽子、王禎和等小說英譯，收入殷張蘭熙主編《新聲》(*New Voice—Story and Poems by Young Chinese Authors*)，便是對《文學雜誌》吳魯芹、殷張蘭熙為文壇骨幹的認定。可以確定的是，這群文壇「小朋友」雖說有著敬張愛玲如神的畏懼，但無可否認這是一場隔代文學的對望。他們看張愛玲，張愛玲在日後勢必看見他們。

綜括這群文藝青年心思，不脫以下情結：一、深為欽佩：王禎和對張愛玲的世界性經典「最欽佩」；二、由衷喜愛：陳若曦偏向對張愛玲才氣異稟「頂喜愛」；三、敏銳感受：白先勇嘆服張愛玲文字精準，稱讚她「觀察力敏銳且敏感得不得了」。當年的年輕作家，初見張愛玲，若說從而改變了臺灣文壇磁場，將張愛玲送進臺灣七〇年代，實不為過。

第三節　七〇年代：反共迷思

時序進入七〇年代，張愛玲臺灣之路進程，發表新作及爭議不斷，繁花盛開，延續六〇年代，張愛玲在臺灣開疆拓土漸成氣候，七〇年代發展基本是架構在「反共證道」主軸上。這條主軸題旨，包括一、〈色，戒〉風暴；二、朱西甯「五餅二魚」論；三、《赤地之戀》出版一波三折。

一　〈色，戒〉風暴

一九七八年十月一日《中國時報・人間副刊》刊登了域外人（張系國，一九三六－）所撰〈不吃辣的怎麼胡得出辣子——評「色，戒」〉，文章批評張愛玲從漢奸觀點大作文章，是歌頌漢奸的文學。從而勾起讀者對張愛玲「漢奸」事件的記憶，不僅於此，也引發一串所謂的「漢奸之辯」，以及幾乎同時發生的風波則是顏元叔「過時」之評。

（一）漢奸之辯

要知道張愛玲對「漢奸」一詞的反應素來強烈，一九四七年《傳奇》增訂本序文裡，她正式撰文說明從未涉及政治，理直氣壯說道：「最近一年來常常被人議論到，似乎被列為文化漢奸之一。」話鋒一轉，公開自己立場：

至於還有許多無稽的謾罵，甚而涉及我的私生活，可以辯駁之點本來非常多。而且即使有這種事實，也還牽涉不到我是否有漢奸嫌疑的問題。㉑

張愛玲四兩撥千斤劃清界限，並未就此脫身；未料到了臺灣，舊戲再度上演。域外人在一篇〈不吃辣的怎麼胡得出辣子——評「色，戒」〉挑明了說：「因為過去的生活背景，尤其應該特別小心謹慎。」這次，域外人的確再度踩到張愛玲痛腳，果然即刻引來張愛玲撰文〈羊毛出在羊身上——談『色，戒』〉應戰。針對域外人批評〈色，戒〉女主角王佳芝「愛國動機全無一字交待」，張愛玲闡明業餘特工王佳芝「憑一時愛國心的衝動」，正是愛

㉑ 張愛玲：〈有幾句話同讀者說〉，《張愛玲文集（第四卷）》（安徽：安徽文藝出版社，一九九二年版），頁258～259。張愛玲以這篇文章反擊心意，根據當年出版張愛玲《傳奇》增訂本的山河圖書公司的襲之方亦提到，當年張愛玲主動請他們出版《傳奇》增訂本，定價法幣三千元，之前《傳奇》訂價偽幣三百元。襲之方請當時馳名上海的金石家鄭粪翁為張愛玲封面題字「張愛玲傳奇增訂本」八個字，他揣測張愛玲重出這本書原因有三個：一、張愛玲（一九四七年六月十日）寄錢給胡蘭成三十萬元後手頭不寬裕；二、重振她在巔峰時期的文壇盛名；三、對小報的攻訐謾罵還以顏色。襲之方認為尤其第三點最重要。見張子靜：《我的姊姊張愛玲》（臺北：時報文化出版公司，一九九六年版），頁207～223。

國心的正面表白，因為「業餘特工一不小心，連命都送掉」。張愛玲以「從來不低估讀者的理解力」反駁道：「域外人先生看書不夠細心，所以根本『表錯了情』。」更對域外人再三以「但願是我會錯了意」、「也許，張愛玲的本意還是批評漢奸的？也許我沒有弄清楚張愛玲的本意？」一類說詞賣乖，暗示域外人是在玩弄「預留退步，可以歸之於誤解，就可以說話完全不負責」的低劣手段。

此一事件，鬧得沸沸揚揚，影響所及，時在中國廣播公司任職的散文家王鼎鈞（一九二五—）有意製播張愛玲小說未果，㉒逼得張愛玲只好勞動夏志清為其背書，撰文「洗刷」汙名，指出她寫的不是歷史，「其實寫的是一則永恆性的人間故事」。這一切，無非要與「漢奸」高帽子劃清界線。惟如此大費筆墨回應，竟不似張愛玲一九四七年對漢奸指責的淡漠回應，可想而知來到「反共堡壘」臺灣，她清楚這是最後的文學基地了，勞筋動骨大動作抗辯，她親自站上火線說明：「我到底對自己的作品不能不負責，所以只好寫了這篇短文，下不為例。」這個訊息我們有理由相信，張愛玲非常明白臺灣文壇殺傷力不像孤島上海，

㉒ 當時散文家邱楠擔任中國廣播公司節目部主任，曾感嘆：「一個女人，一個被人罵成漢奸的女人，小說寫得這樣好，某某等人以後都不必寫小說了。」見王鼎鈞：〈如此江山待人才——張愛玲與台灣文壇〉，《聯合副刊》，《聯合報》，一九九六年二月十四日，三十七版。

她人又不在臺灣現場，受創不會那麼直接，但她需要臺灣這塊寫作之土，即使她對此項指控「排斥到意識外了」，仍舊自己出馬，但令人玩味的還在域外人其人對張愛玲來說根本構不成威脅，〈色，戒〉的故事背景是四〇年代上海間諜真實故事，對臺灣來說時間畢竟遙遠，張愛玲正面回應的重點，恐怕還在與後場呼之欲出的主角胡蘭成劃清界限。

（二）〈對現代中文的一點小意見〉引發爭論

〈色，戒〉事件不止一端，張愛玲有感現代中文新俗字層出不窮，夾雜著「標點熱」現象，於是在〈對現代中文的一點小意見〉裡以〈色，戒〉篇名為例，舉出〈色，戒〉有時便被誤植為〈色、戒〉或〈色・戒〉，深感「不必要的區別與標點越來越多，必要的沒有，是現今中文的一個缺點。」緊接漢奸事後又惹來一場筆戰。事件發生在同年十二月，夏志清隔海擔任《聯合報》與《中國時報》小說獎評審，事後撰寫〈二報小說獎作品評選〉刊於〈人間副刊〉，他評價《中國時報》小說獎入選作品李捷金的〈窄巷〉——「寫出世事滄桑的時間感」，並言〈窄巷〉男主角曲念慈借傘給代表「過去」的吳小姐，是「套自白蛇傳的故事」。同為海外評審的顏元叔歸類〈窄巷〉的文體是「『張愛玲派』，使人想起《西廂記》、《金瓶梅》」，意指兩者非現代小說。同為委員之一的葉石濤對〈窄巷〉也予支持，他的意見則是「內容非常豐富，但有很濃的張愛玲的詠嘆調」。全都指向張愛玲，蔚為評審散場外最奇特的交鋒。

顏元叔留學美國受的是西式教育，張愛玲〈對現代中文的一點小意見〉裡不厭其煩解釋白話文之前只有「他」，英文的男性與女性第三人稱很清楚，但中文聽起來一樣，後來因翻譯上實際需要創造了「她」這個字，如果通篇只用「他」，會使人如墜五里之霧，於是發明了「她」。這樣的小意見，對不上顏元叔的胃口，評審時便掃到張愛玲，張愛玲的感覺是顏元叔「指桑罵槐，從我那篇〈對現代中文的一點小意見〉上說我過時」。加上葉石濤「詠嘆調」評語，夏志清難怪詫異「葉石濤也算是認為張已過時的另一位批評家」而不禁發出「張愛玲人好好活著，每有新作發表，還蠻轟動的，不知怎的，在國內好多批評家看來，她的調子已經過時了」感慨了。對此「過時」之評，張愛玲總歸心存芥蒂，於是日後全集裡，並未收〈對現代中文的一點小意見〉，夏志清即揣測：「不知是否因為她多少考慮到了顏元叔的那篇批評。」

二　朱西甯「五餅二魚」論

一九七四年朱西甯心目中「才情縱橫得令人生妒」的胡蘭成抵臺授課。拜見胡蘭成後，朱西甯撰文〈遲覆已夠無理〉在報上公開轉述胡蘭成重修舊好心願——「希望我們勸先生回國，像我們這樣的和悅家庭必會好好接待的。」是為有名的「五餅二魚」論。朱西甯積極勸說張愛玲與胡蘭成復合，在胡蘭成是終於找到與張愛玲對話的中間人，朱西甯牽線不成，反而惹來張愛玲與之「斷交」的後果。

(一) 信諫風波

早在朱西甯發表文章前，胡蘭成《今生今世》已在臺北由遠景出版，其中〈民國女子〉披露與張愛玲姻緣糾葛，張愛玲聞知心生不快，去信夏志清：「三十年不見，大家都老了——胡蘭成會把我說成他的妾之一，大概是報復。」

一九七四年五月胡蘭成從臺灣基隆港入境至中國文化學院講學，朱西甯隨即去信，胡蘭成答以「畏人默坐成癡鈍」低調自陳近況交心，邀朱西甯上山一玩。

朱西甯本意為寫「張愛玲傳」，打的是「多尋一些門路來進入先生的世界」算盤，於是拖家帶眷夜訪胡蘭成。拜訪之後，朱西甯突然寫了〈遲覆已夠無理〉致張愛玲，說明妻子劉慕沙（劉惠美，一九三五—）「和我女天文，都因愛先生，也愛起《今生今世》」，表示全因為張愛玲，哪知與胡蘭成幾度往返後，喚起了朱西甯文藝青年時期未完成的張迷夢，見到胡蘭成，開始演義其「一輩子傾慕張愛玲、談張愛玲」孺慕之情。一九七六年五月朱西甯進而邀胡蘭成移居隔鄰「為女兒延師坐館」達半年之久。愛屋及烏之情蔓延開來，日後朱西甯成為「胡腔」最大的受害者。（一九九六年朱天文在《花憶前身》新書發表會上發言。）但胡蘭成忠奸身分未明，文壇朋友勸戒朱西甯不成，大罵胡蘭成之負張愛玲不可原諒。胡張關係是朱西甯的罩門了。見了胡蘭成，朱天文形容朱西甯「四十八歲的父親，完全違背了寫小說的冷靜世故」。〈遲覆已夠無理〉以基督五餅二魚可餵飽所有人，比喻男子博愛可生生不息，強作調人，為胡蘭成向張愛玲請命。

> 後來的小周、范秀美、仍至後來的一枝、佘愛玲，……他那樣泛情，連應該不應該都叫人意識不到，本就是要那樣才好。提證了情愛的無量無質，如基督的五餅二魚食飽五千人。給一個人的也是五餅二魚，給兩個人也是這麼多。又妒又醋的婦人便要獨得五千人乘五餅二魚的那個總數，男人那有那般的神通。他愛起一個女子來，就是五餅二魚的情愛，另再愛起一個女子，天然就生出另一份的五餅二魚。
>
> 我覺先生的不著痕跡，也不一定是在不著在決絕的捨與離，也是要不著在取與合，總之也就是無分取捨離合，也無貪無厭。若是這樣，先生無論專程或順帶回來走走看看，與蘭成先生可聚

可不聚，我這般的心意，如此也便不至被視為強作調人了。

這封信，從此開啟了朱西甯、朱天文父女透過胡蘭成摹擬張愛玲之路。巧合的是朱西甯喻五餅二魚可以餵飽五千人，不意暗合了張愛玲的文學養分之餵養張派。

（二）拒絕寫傳

彼時張愛玲第二任丈夫賴雅雖已過世，張愛玲與胡蘭成溫州一別，三十年過去。張愛玲當年去信與胡分手──「我已經不喜歡你了，你是早已不喜歡我了的。……你不要來尋我，即或寫信來，我亦是不看了的。」張愛玲用詞饒富興味，她用的是「喜歡」而非「愛」。以張愛玲對情感領悟的能力，選擇「喜歡」絕非偶然，對自己情感的保留，張愛玲是求自保了。不涉及愛，傷害就不那麼深。對這段往事耿耿於懷，最後反應在一向惜重的朱西甯身上，便不足為怪了。朱西甯自稱此舉「不至被視為強作調人」，不無以博愛精神自度度人。但他信中「給一個人的也是五餅二魚，給兩個人也是這麼多」的說法，哪能不冒犯張愛玲。

果然張愛玲給朱西甯一九七五年六月最後一封信，寫道：「希望你不要寫我的傳記。」書信遂絕。

三 《赤地之戀》出版一波三折

《赤地之戀》當時書刊檢查制度難獲通過，張愛玲不了解以為我們不願意出版。——平鑫濤

總因大家對張愛玲太神往，然緣由音訊難得，於是轉向胡蘭成尋求安慰的，何止朱西甯。一九七四年底遠景出版負責人沈登恩訪胡蘭成於臺北，胡蘭成面交《山河歲月》、《今生今世》。胡蘭成的書至此也在島上出版。就因著胡蘭成的書，十分微妙的影響了張愛玲《赤地之戀》的出版。

（一）沈登恩主打胡蘭成牌失算

一九七五年沈登恩依胡蘭成意思，先出版了《山河歲月》，銷路平平，旋被警備總部以「內容不妥」，違反「臺灣戒嚴時期出版物管制辦法」第三條第六款查禁。沈登恩應是盡信胡蘭成對胡張二人情史的描述，刪了〈漁樵閒話〉胡蘭成漢奸罪名避難一章出版《今生今

世》。沈登恩大剌剌地廣告語用的是——張愛玲的丈夫——字樣。這是臺灣認識胡蘭成的開始，也可看出胡蘭成如果不是因為張愛玲，他在臺灣不會如此受人注意。沈登恩出版胡蘭成的書，不無主要謀張愛玲《赤地之戀》盤算，果然他聽信胡蘭成之言寫信給張愛玲，傳達「胡先生可代寫序」信息。沈登恩以胡蘭成名義爭取張愛玲《赤地之戀》版權，張愛玲這頭早反感至極，「在廣告上利用我的名字推銷胡蘭成的書，不能不避點嫌疑」。從而觸動張愛玲急著出版《赤地之戀》的念頭。另一方面，沈登恩碰到張愛玲痛腳，斷了出版《赤地之戀》的可能。

《今生今世》一出，張愛玲即託夏志清出面應對沈登恩要求出版《赤地之戀》之事：

沈登恩是胡蘭成的出版人，寫信來要替我出書，……夾纏不清，請代回絕，《赤地之戀》再版只好再等機會。

有理由相信胡蘭成亂了張愛玲陣腳，否則不致密集去信夏志清，急於結束《赤地之戀》出版事：

皇冠出全集的時候，這一本也簽了約，沒印，想必銷路關係。……我知道你是關心《赤地之戀》絕版，當然非常感激。不過我不想由沈登恩再版這本書，他已經在廣告上利用我的名字推銷胡蘭成的書，不能不避點嫌疑。

有個慧龍出版公司的唐吉松來信要再版《赤地之戀》。這些小出版社臺灣這樣多，恐怕靠不住，他們才成立了一年，……答應預付一萬本的版稅，我想就雙方都冒個險了。《赤地之戀》有些內容我早已忘了，所以一直沒想到皇冠簽了約又不出書是因為違禁。最近才看見宋淇信上說。唐吉松信上暗示現在蔣經國接管後「應當」開禁了，我也沒看懂，只要求刪去合約上如有必要，作者須改寫的一款。

（二）慧龍蒙混取得版權

夏志清與張愛玲所不知道的是，《赤地之戀》無法出版，其實是因為政府所不喜。夏志清指張愛玲和他，當年都不知道《赤地之戀》不能出版的原委是官方、國民政府不喜。夏志清更不解的是：「《赤地之戀》這樣一部『徹底反共』的小說竟為國民政府官方所不喜。」

但所謂「徹底反共」，是「認知」上的差異，亦屬於夏志清主觀的詮釋。但無可否認，亦與張愛玲對細節描寫的能力及觸及的真相有關。

要知道，兩岸政體分離，自三、四〇年代文學攻防戰以降，這是一場沒有假期的文化戰爭。但在張愛玲，《赤地之戀》出版於一九五四年，若非不耐與胡蘭成糾纏不清，豈有二十三年之後，突然失去等待的耐性；且這本書早已簽給皇冠出版社。沈登恩「攪局」，這就給了一家當時沒沒無聞的出版社——慧龍出版社異軍突起的機會。

由此可觀察張愛玲不無了結與胡蘭成干係，順帶截斷朱西甯及沈登恩念頭，才加快與慧龍出版負責人唐吉松交涉《赤地之戀》版稅速度：

唐吉松來信說合同上版稅率是空著讓我自己填，現在補填了15%。要求刪的一條也刪了。我這就簽了字寄去。

刪了「如有必要作者須改寫」條文，足證她不願配合「反共爭辯」是非題，且無意將《赤地之戀》定位在「徹底反共的小說」格局。《赤地之戀》的政治不正確，她是真「沒看懂」。她在乎的是誰能賦予這本小說一次重要且受重視的出版意義，於是她又想起了最早提升她的夏志清：

百忙中還要補寫《赤地》序的開頭，實在感謝。

一九七八年，慧龍版《赤地之戀》終於在臺北出版，這本書成為張愛玲惟一在臺北皇冠出版社之外合法出版的書，亦為七〇年代張愛玲反共證道之路最沉重的例子。

第四節 八〇年代：《張愛玲資料大全集》的時代意義

一九七二年唐文標（一九三六－一九八五）由美回到臺北，自述聽多了朋友們對「張派小說」的讚美和崇拜，因對張愛玲的生平簡傳及時代背景，一無所知，便興「上窮碧落下黃泉，動手動腳找資料」之思。一九八二年出版《張愛玲卷》，是為《張愛玲資料大全集》前身，綜合論之，才有「十年收集張愛玲」之說，而《張愛玲資料大全集》可視為他個人張愛玲研究最亮眼的成績。

一 「看張」世代交替

《張愛玲資料大全集》的出版，意味著夏志清評價張愛玲開始發酵，島上已一步步建立起研究張愛玲譜系，代表的不僅是對張愛玲文學的喜愛，還有研究張愛玲的世代交替。孟子說：「讀其書，不知其人，可乎？是以論其世也。」綜觀八〇年代，唐文標海內外四處搜尋張愛玲資料、葉石濤文學史寫進張愛玲，都可說是播種張愛玲影響來到了第一階段收成期。

（一）愛而恨之唐文標

檢視《張愛玲資料大全集》之出版，依據唐文標的說法歸納出兩個目的：一是結束收集張愛玲之路，「從此不再碰這個公案」；二是純為「研究一個近代中國作家之用」，以引發「完整的研究張愛玲專書」的出現。

釐清以上說法，或可整理出多年來唐文標研究張愛玲的兩個面向。一是唐文標寫有關張愛玲的文章及研究；二是收集與張愛玲有關的佚文、評論。第一部分，集中表現在《張愛玲雜碎》、《張愛玲研究》；第二部分，則為所編的《張愛玲卷》及《張愛玲資料大全集》。

《張愛玲雜碎》驚世駭俗

誠如陳芳明所言，唐文標所發表有關張愛玲作品的批評，是「完全持否定的態度」，而形成「看張」奇觀。唐文標是激越的，僅就他發表批評張愛玲的作品篇名，如〈張愛玲雜碎〉、〈張愛玲可口可樂〉，以及反駁文章〈批評天曉得〉即可知。

唐文標批評張愛玲的文章，最早收於一九七六年出版《張愛玲雜碎》，後修正此書陳舊資料，收入一九八六年改名為《張愛玲研究》書中。

《張愛玲研究》批評主軸，是將張愛玲放在上海存而不在的殖民地作家來看待。唐文標將上海定格在「不談現在，不問國事」的死世界，而張愛玲則是「表現這個沒落的上海世界」最好和最後的代言人。其寫作目的，「就為了矗立她的舊世界」。在那個舊世界中，張愛玲限制了她寫的人物，他們落了班、脫了節，譜寫「坐吃山崩、困居等死、狂嫖爛賭」遭遇。

不僅於此，唐文標為了支撐他的論點，更將張愛玲作品人物譜系化，組織成大觀園般「三世圖」，橫切面探究——第一代〈金鎖記〉中的姜老太太、第二代〈傾城之戀〉白流蘇、第三代〈創世紀〉匡瀠珠等生活史，將虛構人物予以真實化：「我們深信，隨著時代的變遷，對日抗戰的勝利和統一，租界時代終於消滅，他們一定溶化到中國的社會中去，也會貢獻自己力量的。」

在唐文標的價值觀中，張愛玲作品的逃避觀點，符合「她的文學理論」，她回顧這「死」世界中種種，適足「暴露它最後的也是最醜惡的非人性面目」，當年上海揭人陰私的黑幕小說在她身上開了花。唐文標直陳：「有人用藝術作藉口，文學可以獨立於社會來逃避社會的批評。」他進行文學法庭審判，提供三點意見：一是，這些文學有害於人性，一定要做道德批評。二是，嚴肅文學能否幫助社會步向進步，從開揚的生命、健康的生命找人性。三是，文學具有激勵功能，作者有責任使不夠理想的社會臻於善美。唐文標《張愛玲雜碎》引發回應中，以林以亮的〈唐文標的「方法論」〉及朱西甯〈先覺者・後覺者・不覺者〉最強烈。朱西甯〈先覺者・後覺者・不覺者〉以「張愛玲小說即是道，無需載道」，斥唐文標這樣沉濁喪志氣，「不覺又加上不敬」，其實就是「病在輕率，心理上則是視國內無人」的殖民地學人。朱西甯的觀點在於張愛玲「作為先覺者的小說家，亦是預言者，所謂藝術家走在時代前端」，申論張愛玲是先於時代，而非舊時代代言人。

針對朱西甯此說，唐文標在《張愛玲研究》冷嘲熱諷其黨同伐異，同黨庇護，不必深究，可是──「至今不懂何以張氏是先知者，朱氏是後知者，而我是不知者，這類玄之又玄的話，豈足以談學問，論文章？」轉而強調自己替張愛玲「在中國文學上定位」的苦心。朱西甯對張愛玲是「自覺者」的封號應當來自胡蘭成，張愛玲十年功夫寫《紅樓夢魘》，胡蘭成早有「十年一魘，學者則無有像她的自覺者，此憮然中正有張之為人」的評價。由此可知朱西甯看張愛玲是透過胡蘭成指點。唐文標又使用相同口徑，砲轟林以亮〈唐文標的「方法論」〉所提他引用的資料過時，根本是對「研究張愛玲同樣的無知」，林以亮文章裡表示：

因早已由一位美國學生的博士論文：《抗戰時期淪陷區中國作家》發掘出來。這篇論文提及的作家有周作人（一八八五—一九六六）、錢鍾書（一九一〇—一九九八）、張愛玲、蘇青（馮允莊，一九一三—一九八二）……等，張愛玲只是其中的一位，而那位美國學生所搜集的資料卻遠較唐文標為豐富。

唐文標呼籲：「如果林以亮還有知識良心，請他公布哪個外國人在我發表『作品繫年』（一九七四年）以前，發表過『張氏佚文研究』的資料。」唐文標對張愛玲嚴苛的批評基石，就事言事，無論是否「妄為、自以為」，是來自其高蹈的文學信仰，他認為文學應有一種社會功能性，「我們寫作是為了下一代人的健康心靈，為了中國民族的復生，為了人權和共德，為了人類要活下去而寫，中國文學應對世界貢獻更大的力量」。誠哉斯言，張愛玲說的對，唐文標果然「有點神經」。因此，若說自一九七二年唐文標回到臺北，因著研究張愛玲，引發與「偶像崇拜」張迷，一波波交叉對話論戰，並窮根掘底張愛玲舊資料，間接促進八〇年代中葉《張愛玲資料大全集》出版，因張愛玲熱起意，唐文標負面觀點評價張愛玲，不意交出了唐文標自我解嘲「這次的收集也許在任何方面看來只是一個副產品」（《張愛玲資料大全集》），這又是唐文標對八〇年代張愛玲在臺灣，做出的正面貢獻。

挖掘「殘物」促發全集面世

但唐文標的史料工程，造成的效果顯然不容小覷，陳芳明便認為由於唐文標的刺激，「終於促使了張愛玲本人不能不同意讓自己的全集出版」。才有自一九九一年以降，至一九九四年「張愛玲全集」十六冊的出版，一般咸認，不能不歸功唐文標在八〇年代中葉出版的《張愛玲資料大全集》間接逼宮。唐文標有兩次鉤沉張愛玲舊作出土，迫使張愛玲就範，將舊作整理出版。第一次是《張看》的出版，第二次是《惘然記》的出版。

這就必須回到一九七四年，唐文標第一批「古墓殘物」出土，才促成一九七六年張愛玲將舊作結集成《張看》出版的背景。根據唐文標說法，一九七四年他在美國幾家著名大學圖書館陸續搜尋到張愛玲四〇年代未出版的舊作，經詢張愛玲同意，刊登的刊物亦由唐文標決定。其時瘂弦（王慶麟，一九三二—）為《幼獅文藝》主編，主動與唐文標聯繫，唐文標便分寄《幼獅文藝》與《文季季刊》。《文季季刊》於一九七四年八月刊出〈創世紀〉，《幼獅文藝》則陸續於一九七四年六月開始每月密集刊出〈連環套〉、〈姑姑語錄〉、〈浪子與善女人〉，「聲譽更隆」。舊作曝光，這才有了《張看》的出版。書中所收〈連環套〉與〈創世紀〉皆未完，張愛玲說明「寫得太壞寫不下去，自動腰斬」；另一篇〈殷寶灧送花樓會〉張愛玲更不滿意，因此一直沒有收到小說集裡。《張看》亦未收出土譯作〈浪子與善女人〉，此篇為張愛玲親譯炎櫻作品，文內有炎櫻寫給胡蘭成的一封信。張愛玲也因唐文標說明才知道一九四四年五月與〈連環套〉同時發表在《萬象》月刊，惡評〈連環套〉的〈論張愛玲的小說〉迅雨即傅雷。

第二次則是一九八三年《惘然記》的出版。一九八二年年底，唐文標編《張愛玲卷》出版，內收三篇張愛玲上海時期舊作〈多少恨〉、〈殷寶灩送花樓會〉、〈華麗緣〉。那時瘂弦已轉主編《聯合副刊》，三篇出土舊作，依循前例，出版前仍交他刊登。張愛玲形容此等行為如「嗜痂者」，自道為「古物出土」據為己有不說，還公然將他人著作出版，張愛玲辯稱身為事主反像犯了盜竊罪似的，「對他一點辦法也沒有」。最終張愛玲還是改寫了兩段〈多少恨〉；添寫了一篇〈殷寶灩送花樓會尾聲〉及三篇小說新作〈色，戒〉、〈浮花浪蕊〉、〈相見歡〉與劇本《情場如戰場》，在一九八三年出版《惘然記》。

（二）陳子善繼續鉤沉舊著

唐文標是理不直氣壯，放言收集張愛玲的「破爛」，是把張愛玲「當作一個人來處理」。但唐文標也有柔弱的時候，他形容自己大費周章，無非有心見證時代之子張愛玲「曳曳然，像一個精靈穿過上海租界」。

若說唐文標「集張愛玲佚文之大全」作為有任何建樹，一是及早便將張愛玲放到海派位置；二是激發上海學者陳子善以地利之便，發掘張愛玲少作、佚文，增生「張愛玲研究資料」。

大陸在五〇到七〇年代，張愛玲研究幾乎一片空白，改革開放後，學界逐漸開放，陳子善才能就地取徑，涉足張學領域，從而在一九八七年一月鉤沉舊資料，「發現了張愛玲在大陸發表的最後一篇作品〈小艾〉」，薦至〈聯合副刊〉與香港《明報月刊》兩地同步刊登，成就「說不盡的張愛玲」（陳子善書名）作為，並接續唐文標位置，因著〈小艾〉舊作出土，促使張愛玲修改收入《餘韻》出版。

唐文標的功過，陳子善無疑持肯定態度，陳子善沒有唐文標文以載道的文學功能立場，鉤沉的手法也較自然和緩，但大陸畢竟經過時代動亂，鉤沉工作的困難，陳子善感同身受，日後才會極力推崇唐文標「鉤沉張愛玲舊作長鞭先著，《張愛玲資料大全集》、《張愛玲研究》令人折服」，不同的時代與空間，唐文標與陳子善卻打開另一番「看張」窗口。

二 《臺灣文學史綱》寫進張愛玲

一九八七年省籍作家葉石濤出版《臺灣文學史綱》，此書發軔於葉石濤：「發願寫臺灣文學史的主要輪廓（outline），目的在闡明臺灣文學史在歷史的流動中如何地發展了它強烈的自主意願，且鑄造了它獨異的臺灣性格。」這就關乎臺灣文學史的主體與客體。

自明清以降，臺灣所處「歷史的流動」，基本上指的是以漢民族文化為中心的流變。所謂「發展了它強烈的自主意願」，訴諸的便是一頁臺灣文學如何「發展強烈的自主意願」的苦楚。攤開視察，臺灣因地／血緣關係，在文化上承續中原漢民族傳統、五四文學革命刺激、臺灣新文學運動血緣；政治上則「歷經荷蘭、西班牙、日本的侵略和統治」，展現的是「漢番雜居」的混血風情。換言之，葉石濤這段文字，直推臺灣大儒連雅堂「臺灣固無史也！」底蘊，揭示「臺灣無文學史」的窘迫與悲哀。責無旁貸寫《臺灣文學史綱》為臺灣文學史打底，供後來者索驥。

以此境界，看待葉石濤衷心，方能平心靜氣察覺他筆下臺灣文學史，是一座繁複多貌的記憶庫，容納不同時代、政體、族群……的文學成績。

也就從這個角度，看待葉石濤將張愛玲納入「五、六〇年代的臺灣文學」一員，才能為張愛玲在臺灣現代文學史上找到一個依附主體。

葉石濤此一定調，「直接把張愛玲置放於臺灣文學史的軌跡上，這種史觀，在八〇年代無異相當有突破性」，從而為張愛玲小說與散文書寫在島上的位置取得正當性。

（一）小說評價

葉石濤是以專段形式小論張愛玲，給了與省籍作家鍾理和相當的篇幅，可謂十分禮遇張愛玲。在這一段裡，除了肯定張愛玲是「四〇年代傑出的作家」，討論及列舉出版著作，則主要集中張愛玲五〇年代以後作品，如《秧歌》、《赤地之戀》、《怨女》、《半生緣》、《張愛玲短篇小說集》。這便解釋了何以葉石濤以《秧歌》作為評價張愛玲的基礎。

在這個基礎上，葉石濤除了以「典型的中國資產階級知識分子」，對比《秧歌》反共小說的人物差距，並以張愛玲「沒有口號式的誇張批判」、「女作家特有的細膩觀察描寫農民瑣碎生活細節」，賦麗「張愛玲的小說一向富於音樂的節奏，色彩的氾濫，及嗅覺、觸覺等官能描寫」。

（二）散文評價

〈六〇年代的臺灣文學〉這章裡，討論散文寫作表現上，葉石濤並未專論張愛玲，是將之區隔在「女散文家」的隊伍裡一筆帶過。在這個隊伍裡，張愛玲領銜外，還有徐鍾珮、潘琦君、張秀亞、鍾梅音等，以及崛起於六〇年代的散文家張菱舲、張曉風等。

葉石濤將張愛玲寫進六〇年代散文，應與一九六八年《流言》重新在臺灣出版有關。六〇年代末張愛玲的「散文」寫作相對多產，包括〈憶胡適之〉發表於一九六八年四月《皇冠雜誌》、〈「紅樓夢」未完〉、〈「紅樓夢」插曲之一：高鶚、襲人與畹君〉等《紅樓夢》研究，發表於《皇冠雜誌》一九六八年十二月號及一九六九年三月號。

葉石濤認證張愛玲「在臺灣擁有許多讀者」，將之入列臺灣文學史，是客觀事實的存在。誠如葉石濤寫文學史，「提供一些資料和暗示」旨意，為張愛玲定調，可謂最適合的距離。

第五節　九〇年代：張愛玲臺灣完成之路

一　出走「傳奇」時代

香港淪陷，張愛玲重回上海，快速出版了短篇小說集《傳奇》，收七篇小說，她自言是「為上海人寫了一本香港傳奇」。曾幾何時，上海自張愛玲生命中整個抽離，她的出版戰場轉輾臺北，這時，再說上海傳奇，真有不知從何說起之感。

(一)傳奇雙城:臺灣與上海

一九五二年「三反」剛落幕,張愛玲及身而退,匆匆離開上海抵達香港,這一程,竟有「走陰的回到陽間」自況之感,㉓也為日後創作生涯的翻轉作出預言。此番撤離,上海已然黯淡破敗:「如古代的大西洋城,沉到海底去了。」㉔她如何再向上海人說故事?但作家需要讀者,停港期間,表面上她依附香港生活,實質上,「是連港報都看著難受」(給蘇偉貞信中句子);於是,就剩下臺灣了。可以這麼說,上海與臺北,才是張愛玲寫作生命的雙城。反諷的是,兩岸重啟交流後,「臺北與上海不僅交換了生命的碎片,也顛倒了前世今生。上海的前世,在臺北重現;臺北的今生,在上海延伸。這是一段停不了的傳奇」。

㉓ 夏志清:〈張愛玲給我的信件(八)〉,《聯合文學》,第一五〇期(一九九七年四月),頁53。張愛玲〈浮花浪蕊〉初成於五〇年代,小說描述女子洛貞解放後自上海避走香港再遠赴海外,與張愛玲個人經驗頗有相互印證之處。

㉔ 水晶夜訪張愛玲,張愛玲提到許多洋人心目中的上海,不知多麼彩色繽紛;可是她寫的上海,是黯淡破敗的。水晶形容張愛玲說這話時有種「玉石俱焚」的感慨。見水晶:〈蟬——夜訪張愛玲〉,《張愛玲的小說藝術》(臺北:大地出版社,一九七三年版),頁31。

回不去上海的張愛玲畢竟是敏銳的，於一九九四年交出生前最後一本書《對照記》，此書意味著——「以舊照配文字對往事的回顧，帶有濃厚的自傳色彩。」將家族史、照片交給臺灣「收藏」，張愛玲是向臺灣的讀者交心了。因著《對照記》出版，這本帶著「家族色彩」的自傳，不無總結一生的意味，或者是皇冠宣布「張愛玲全集」正式出齊的理由。當時給外界的印象除了幾齣電影劇本及為香港美新處翻譯的作品，大致是完備了。哪知「續集」（張愛玲書名）未了，二〇〇四年，張愛玲未發表的舊作《同學少年都不賤》面世出版，餘音繚繞，再為皇冠出版五十週年獻禮錦上添花。

(二)《對照記》的回向意義

一如上海《傳奇》時代，即便臺北，張愛玲主導出版的作風，從未改變。從一九六六年她在臺灣出第一本書《怨女》到一九九四年《對照記》，近三十年時間，她總要掌握——「圖文對照，像有些（漢英對照）的書，各占一頁，不均勻就多留空白。」但不爭的是，歲月不居，她的追隨者似乎未隱隱聽見「事實的金石聲」——祖師奶奶垂垂已老。㉕

㉕ 張愛玲喻無窮盡的因果網牽一髮動全身，隱隱聽見弦外之音，她認為這就是「事實的金石聲」。見張愛玲：〈談看書〉，《張看》（臺北：皇冠出版社，一九九一年版），頁189。

「掌握」二字，雖說明了張愛玲的性格，但要說明張愛玲晚年狀況，就必須指向以《對照記》獲贈「特別成就獎」情境。彼時，張愛玲已七十四歲，陳芳明代表評審委員擬的贈獎詞如下——

張愛玲彷彿已老，卻又不老，書中的寫真誠然忠實反映歲月流逝的痕跡。張愛玲的照片畢竟已經陳舊，她的心情則依然年輕。蒼涼、荒遠、淡漠，一直是張愛玲的寫作風格，自嘲、諷喻、調侃也始終是她的筆路。在動盪世界成長的女子，保持冰涼的眼神，冷冷注視她家族由盛而衰。病態的人間，需要健康的思考。活在亂世中的張愛玲，並不做如此想，她正是要把浮沉的家園經驗，以最華麗的文字表現出來。從〈傾城之戀〉到《半生緣》，她為絕望的時代留下最絕望的文學。張愛玲文學的可貴，便是在千迴百轉的時代激流裡，為我們過濾一些情感，讓我們咀嚼人性裡最真實的一面。

即便她的讀者似也失措在時間裡，很少去考慮，七十四歲的人，可以說是老人了，奇特的是，讀者對她的興趣始終絲毫未減，從來不去觸碰她的年齡，一般說來，這個年齡的作家，幾乎不是封筆，就是乏人聞問。張愛玲卻還受讀者、編者的熱情擁抱，如果她必須給臺灣的讀者一些什麼回饋，《對照記》便有著這樣的意義。巧合的是，第二年張愛玲即遽逝。事後先見，《對照記》居然是「張愛玲親手交給臺灣讀者的告別禮」，可說是「退場之書」。這次，她真正為臺灣讀者寫了一本「上海故事」。

比較當時竹幕雖已打開，《對照記》在臺出版，證明了出走上海的張愛玲無意回頭。陳芳明認為她把最後的體己話，說給臺灣讀者聽，再現上海時期〈私語〉風格，臺灣讀者豈能不會心——

> 《對照記》可能被誤解成一冊「看圖識字」的說明書，或是一冊「按圖索驥」的索引書。但是對這樣重要而傑出的自我放逐的作家而言，她喟嘆中的言外之意，早已超越了圖片的侷限。一張照片勝過千言萬語，一冊小書也有著微言大義。沉寂那麼久之後，張愛玲仍還記取如何暴露「家醜」，然後又不忘給予一恰當的嘲弄。

陳芳明說對了，這是張愛玲慣用的嘲弄風格手法了。

二　典藏張愛玲

要說張愛玲功成身退，在地化出版的過程，應是一個不錯的觀察角度。先因《對照記》

付梓，皇冠才有所本，二〇〇一年依作品時間序，新編「張愛玲典藏全集」出版，㉖成為注記張愛玲「臺灣完成」的最佳符號。

（一）根留臺灣

弔詭的是，之前「張愛玲全集」出版，當時張愛玲未逝，竹幕亦已打開多年，張愛玲卻仍將著作權留在臺灣。探討張愛玲無意重返上海發展的原因，如前所指，應為張愛玲重視多年來與臺灣讀者的互動，這一作為，真正給出她告別滬江時期極上之夢象徵。首先我們觀察全套書是以文類及時間序分為六卷：

一、長篇小說卷：《半生緣》、《秧歌》、《赤地之戀》、《怨女》。

二、短篇小說三卷，採發表年分冊：卷一，收一九四三年作品；卷二，收一九四四年作品；卷三，收一九四五年以後作品。

三、散文二卷：分一九三九至一九四七年作品及一九五二年以後作品。

㉖「張愛玲典藏全集」兩百萬字、十四冊、限量二萬二千二百套。見蕭攀元：〈最華麗的傳奇——皇冠限量精裝張愛玲典藏全集四月問世〉，〈讀書人周報〉，《聯合報》，二〇〇一年二月十二日，四十一版。

四、文學評論卷：《紅樓夢魘》與譯註《海上花》。

五、譯作卷：收《愛默森選集》、華盛頓・歐文短篇〈無頭騎士〉、《美國現代七大小說家》譯羅伯・潘・華倫〈海明威論〉及《美國詩選》愛默森與梭羅作品。

六、劇本卷：收《情場如戰場》、《小兒女》與《魂歸離恨天》。

至於書目部分，則清楚浮現張愛玲臺灣出版進程的三個階段。

第一階段：以六〇年代劃分。出版有《怨女》（一九六六）、《回顧展I、II——張愛玲短篇小說集》（一九六八）、《秧歌》（一九六八）、《流言》（一九六八）、《半生緣》（一九六九）五書。此階段重頭戲當屬張愛玲改寫自〈金鎖記〉的《怨女》，趕上夏志清一九六六年七月抵臺研究，張愛玲趁機委託夏志清：「打聽打聽《怨女》可否在那裡出版，本來要在香港連載，耽擱了這些年似乎有變化。」夏志清有了正當授權，才促成張愛玲在臺灣出版的第一本新著《怨女》。

第二階段：涵蓋七〇年代中至整個八〇年代。此階段可說是圍繞著「古物出土」及考據《紅樓夢》、譯作《海上花》，出版了《張看》（一九七六）、《紅樓夢魘》（一九七七）、《赤地之戀》（慧龍版，一九七八）、《惘然記》（一九八三）、《海上花開——國語海上花列傳一、二》（一九八三）、《餘韻》（一九八七）、《續集》（一九八八）。

第三階段：九〇年代結束期。出版重心主要為皇冠集團「終於代她解決了法律糾紛」的《赤地之戀》。《赤地之戀》一九九一年正式推出後，取得了張愛玲更大信任，才有日後將《對照記——看老照相簿》交《皇冠雜誌》獨家連載、出版。㉗打破多年來《皇冠雜誌》與媒體合刊的慣例，微妙處不言自明。㉘

「張愛玲典藏全集」不同以往編輯方式，重新以文類及發表時間序編排，嚴格說來，是貫穿張愛玲上海時期與臺灣時期寫作生命，將之納入「臺灣製作」的軸承裡。

㉗ 一九九四年十一月九日張愛玲給蘇偉貞信，信中寫道：「請轉告瘂弦先生，以後《小團圓》當然仍照宋淇教授原來的安排，在聯副皇冠同時刊出。《對照記》因照片太多，有些極小零零碎碎，宋淇恐遺失，逕寄皇冠，所以是例外。」

㉘ 唐文標多年四處鉤沉張愛玲舊作，張愛玲對這些舊作形容是「古墓裡掘出的東西」，一九七四年以來張愛玲便不得不同意由唐文標自行決定舊作發表的刊物，唐文標多寄給時在《幼獅文藝》任主編的瘂弦。瘂弦一九七七年出任〈聯合副刊〉主編，唐文標又繼續將出土舊作交〈聯合副刊〉發表；日後陳子善在上海鉤沉的張愛玲所有舊作，也都由〈聯合副刊〉刊載，若張愛玲自己經手的作品，則交《皇冠雜誌》與〈聯合副刊〉合刊，多年已形成不成文的約定。見唐文標：〈海外奇談錄〉，〈聯合副刊〉，《聯合報》，一九七六年二月二十七日，十二版。

（二）〈同學少年都不賤〉遺稿壓卷

二〇〇三年，皇冠出版集團私下透露驚人消息，張愛玲未刊舊作〈同學少年都不賤〉新被發現。[29]平雲在給蘇偉貞信上說明〈同學少年都不賤〉為宋淇夫人「日後再清理張愛玲遺物時才發現的」。七年後才發現，我們或可解讀為：一、宋淇久病恐怕身心俱疲；二、宋淇夫婦身為張愛玲至友，對張愛玲逝世感傷肯定比好奇多，若非急件，十餘個中型紙箱，確沒有立即清點的絕對需要。

遺稿出土引發注目，這樣的傳奇在西方並不缺乏，美國作家瑪格麗特・密契爾(Margalet Michell, 1900–1949) 在世時只出版過一本小說《飄》(*Gone with the Wind*)；一九四九年逝後，她個人的文件、其他作品及《飄》手稿，都依遺囑悉數銷毀。一九九四年，密契爾完成於十五歲時一萬五千字的小說《失落的列森島》(*Lost Loyse*) 被她少年玩伴之子安吉爾在父親遺物中發現，另有她寫的十五封信，結集出書，呈現密契爾不為人知的失落的愛情及青年歲月文本。華文創作地表上，張愛玲當然有分量創造傳奇。

[29] 平雲二〇〇三年八月二十二日寄蘇偉貞信。

〈同學少年都不賤〉出土，勢必引發新一波張愛玲熱，卻弔詭地與「皇冠集團」二〇〇四年二月五十週年慶時程接近。皇冠出版集團副董事長平雲的打算是「再給眾多張迷一個驚喜」，並在週年慶公開後，納編「張愛玲全集」。這就凸顯了「張愛玲全集」是「臺灣出版財」的事實。

張愛玲成為「臺灣出版財」，關鍵人物正是宋淇。作為張愛玲遺物承受人，張愛玲逝後，宋淇急管繁絃處理老友遺物，第二年即因慢性肺氣腫病逝。宋淇凋零，結束了代理張愛玲版權事務時代。但張愛玲仍是幸運的，若宋淇先走，張愛玲少數未發表/完成的遺稿與遺物，將永遠失蹤。莫說一波波爆發自九〇年代以降的張愛玲熱，更遑論張愛玲逝後到二〇〇四年，仍能以另一次不在臺灣生活的身分，再掀風潮，陳芳明說的對，「不能不說是文學史上一項異數」。

第三章　第一代張派作家

哈羅德・布魯姆「影響的焦慮」說的是難以承受之影響，影響者，流感也，一種神祕的病症。島上一代代作家想像張愛玲，情狀複雜，時遠時近又忽高忽低。施叔青便稱，有陣子怕繼續受影響，甚至把她的書藏起來。綜觀島上「影響的焦慮」絕非一朝一夕形成，自五〇年代以降，不少張派作家是背著張愛玲的靈魂行走，其間或者經由模仿或者透過批評「學會」修正自己的作品，這是我們分析「張派在臺灣」的主線，亦是論文的基礎。

針對張愛玲對世代影響的不同，在這裡論文將張派概分三個世代，詳析其影響與超越之路：一、六〇年代為第一世代。移植上海張派經驗，形成臺灣張派作家新象。其時臺灣「張派」可分兩派，一是以《現代文學》為班底的年輕作家，如陳若曦、王禎和；一是承接張愛玲上海印象的作家，如朱西甯、水晶。二、七〇、八〇年代臺灣張派作家成其大，是為第二代張派作家。這一代張派作家表現亮眼，匯成臺灣張派主流域，樹立難以超越的張派障礙。三、九〇年代以降進入臺灣張派第三世代。世紀更新，張派作家何去何從，這也是臺灣張派作家新世代面臨的課題。

綜理第一代張派作家名單，本章將集中析論王禎和、陳若曦、水晶、朱西甯四位作家。

第一節　王禎和，看到張愛玲青春的一面

我知道王禎和久病，聽見噩耗也還是震動傷感。——張愛玲❶

張愛玲訪臺直到她離去，才為一位晚報記者探出行蹤，報導中指出張愛玲來臺灣拜訪親戚。水晶讀到後，對王禎和笑說：「那名『親戚』就是你。」

王禎和非張愛玲親戚，但張愛玲到花蓮確被安排住在王禎和老家。王禎和向學校請假

❶ 王禎和去世，我以編輯身分去信張愛玲報訊，張愛玲一九九〇年十月二十三日回信，表達了對王禎和病逝的傷感。耐人尋味的是信裡還透露知道王禎和久病，顯示對臺灣文壇有消息來源的管道。

一週做嚮導，出動全家母親、舅舅、乾姐姐招待遠方貴客。

因著對王禎和在《現代文學》發表的小說〈鬼・北風・人〉中風土人情很感興趣，張愛玲的花蓮之旅，開始毋寧是愉快輕鬆的。抵達花蓮後，在王禎和四舅安排下，引她一遊甲級妓女戶「大觀園」和酒家。這個接合日本流風及美軍遺緒的玩樂文化，是王禎和後來著作如《玫瑰玫瑰我愛你》中重要主題。

他們甚而上花崗山看阿美族豐年祭觀賞山地舞。張愛玲表示極喜歡這原始舞蹈，計畫中還包括從花蓮到屏東參加矮人祭。張愛玲對人種學的興趣與考據，多年後一九七四年反映在三萬餘字的散文〈談看書〉中，臺灣讀者尤其感覺親切：

> 馬來亞、安達門群島、新幾內亞、澳洲東北角森林也有小黑人，臺灣殘存的少數「矮人」想必也是同種。現在零零碎碎剩下不多了，原先卻是亞洲最早出現的人種之一。

一　歷史證據

十月十五日晚，王禎和與母親、張愛玲往照相館拍照，「她花了一個鐘頭以上在化粧」，留下張愛玲到此一遊清盈青春的歷史證據。

幸虧有此一照，為張愛玲「到此一遊」留下珍貴的資料。我們不妨藉由生活點滴「起居注」文本，對張愛玲貼身觀察。

張愛玲花蓮行，借住在王禎和老家，基本上是遊走於家居與旅客邊緣，如「遊妓女戶、逛酒家、看山地舞、買禮物、家人般合照……」，這對拙於應對人情世故，「在待人接物的常識方面，我顯露驚人的愚笨」的張愛玲，無疑極為難得。最令人訝異的是，離開花蓮，張愛玲堅持要買禮物送王禎和的舅舅，徵詢王禎和主意，王禎和答以舅舅沒缺東西，張愛玲說道：「A man who has everything 是很難買禮物的。」後來仍買了枝鋼筆相贈，舅舅將這枝筆轉送給王禎和。

他們甚且去了城隍廟，張愛玲饒富興味地欣賞廟柱上的對聯：陰陽原有別到此地饒舌何庸／報應本無差願汝曹撫心自問；城郭固而高善事幾重皆得人／隍池深且廣惡人一箇不能預；且廣大神通別是非豈遺分寸／秉聰明眼力判善惡不爽錙銖；夫微心顯不爽毫釐／惟神明無慚衾影。歡喜地說：「我知道意思了。」

對照張愛玲看待卦象問神的態度，令人不禁聯想她停留香港寫《秧歌》，等候出版商回答同時，以牙牌占卜，求得一籤：先否後泰／由難而易；枉用推移力／沙深舟自膠；西風潮漸長／淺瀨可容篙。

英文版《秧歌》第一版很快售完，但未躋身暢銷書之列，便不再版就此下市，與抽籤內容符合。張愛玲從此十分相信這副牙牌。

無巧不巧，張愛玲此行最重要的事為赴港寫《紅樓夢》劇本，日後她將最愛的《紅樓夢》編完卻一波三折從未開拍。而就在她轉去屏東看矮人祭途中，傳來賴雅中風的消息，打散了愉快行程與如家庭之旅。

二　揮別與錯失

疲倦地搭夜車回到臺北，王禎和先在宿舍下車，與張愛玲揮手道別，「彷彿不可能再相見」。王禎和的預感成真，也成就他與張愛玲展開一段「錯失」的寫作關係。

（一）文壇新人的擁抱

張愛玲離開臺灣後，隔兩年一九六三年二月六日，她回信給當時的文壇新人王禎和：

花蓮山水人物時在念中，收到您的信十分高興。祝珍重努力。

很快地王禎和又寄新作給她，一九六三年五月三十日張愛玲回信道：

收到〈寂寞紅〉非常喜歡，更對背景的小城無限懷戀。臭蟲想係難民行李中帶來，因大陸極普遍。徐（徐訏）在聯副寫了一篇罵她的文章，我就剪報寄去給她，順便抗議「臭蟲事件」。文章的批評與導演給添上的「笑料」只好付之一笑。祝一切如意，你母親與四舅都好。

一九六九年王禎和首次出國，去信張愛玲，收到張愛玲寫於同年二月七日的信：

禎和先生：

接信知道你下月來，真是好消息。你說這幾年老是奔波，一定又有許多見聞。你的小說我當然想看。《赤地之戀》大概在臺灣已經銷足了，所以不再版。本來預備寄書給你，想寄到花蓮，但是《怨女》、《半生緣》迄未收到，舊書你又都看過了，想等兩本新的收到一併寄來，免得包紮麻煩，同時想著：你一定又以為我忘了你，其實連在農場吃柚子都記得，地上的日影如在目前。不過沒有寫信的習慣，也實在乏善足述。現在除譯《海上花》外另做點《紅樓夢》考證，都有時限，所以這一向天天趕通宵，趕得昏天黑地，完全日夜顛倒過來。你如果能到這小城來，最好早兩天先來明信片——從紐約寄是平郵比空郵快——只要寫個日期與大約幾點到，讓我可以早睡早起。這裡等於波士頓的近郊，或者在波士頓再打個電話給我，354-4684。我一人蟄居在個一間房的公寓裡，不然一定留你住。三月剛巧有點事要出門一次，星期一或三，當天來回，大概不會剛碰上。Mr. McCarthy 去年年底有信說已辭職，也許要搬家。搬了郵局也會轉去，不過慢些。地址是：4423 Taney Ave Alexandria, Va. 22304

匆匆先去寄這封信，不久面談。祝旅途愉快。你母親好？❷

緣慳一面

打不通電話王禎和與張愛玲錯失再見。幾年後王禎和在臺灣已享文名，受邀訪問愛荷華大學作家工作室，希望見張愛玲，她已不見。回信：你應該了解我的意思。

終其一生，若說陳若曦發現張愛玲女性的一面；王禎和則是「讓我記憶中她永遠是那青春的一面」，回返大學二年級少男少女情境，他遂興起「沒有見面是對的」之思。王禎和亦坦言當年見張愛玲「很少談文學的事，她不太願意談自己」。無可諱言，多年前陪伴張愛玲花蓮行目睹其生活青春的一面，終成王禎和的幸運與寫作上的負擔。識者以為「張愛玲

❷ 張愛玲寫給王禎和的信，悉由王禎和太太林碧燕女士提供。

與王禎和的文學因緣是她與臺灣關係裡重要的事件」，三十年後，透過張愛玲寫給王禎和的信及一九九〇年王禎和去世張愛玲給他家人的弔唁信來測量溫度，後世或可體會這其實正好不是文學因緣，而是真正的人性發揮。

退回同業位置

愛荷華之行斷了聯繫，王禎和重返原初，開始思考這位同業內在，王禎和明白了：「張愛玲是作家，不是明星，大家關心的是她的小說，不是她的起居注。」穿越時間，他開始重新省思張愛玲最早在臺灣發表的作品，他看〈五四遺事〉是寫得真好，形容詞運用得妙透了——

船夫與他的小女兒倚在槳上一動也不動，由著船隻自己漂流。偶爾聽見那湖水嘓的一響，彷彿嘴裡含著一塊糖。

王禎和更評價張愛玲的〈金鎖記〉：「真是了不起，在文學作品上已經是經典，是 Classic 是 Masterpiece，文字運用得多好。」〈傾城之戀〉亦「寫到如此極致」。

（二）諧擬冷嘲

文學之路初見，王禎和在寫作手法上「我本來很想學她，但是學不來。」但唐文標說的對：「王禎和可能最接近張愛玲的了，只是他的冷嘲多一點，要在文字上抽象。」於是張愛玲有〈桂花蒸　阿小悲秋〉，王禎和有〈來春姨悲秋〉；張愛玲對〈鬼・北風・人〉鬼魂結尾有異議——「這是篇寫實小說，用超自然的物件，是不是妥當。」王禎和出書時把結尾整段刪掉，雖然後來又恢復。王禎和諧擬張愛玲因為語言問題看臺灣像默片，卻在日後成就王禎和「五花八門的語言雜拌」最佳養分。並奉為圭臬——「把正確的字放在正確的地方。」不僅於此，王禎和暗合張愛玲寫影評的興趣，前有張愛玲為電影《婆媳之間》、《鴉片戰爭》、《秋歌》、《烏雲蓋月》、《萬紫千紅》、《燕迎春》、《借銀燈》寫影評發表，後有王禎和將在電視臺選看影片的心得轉化為影觀發表，日後結集出書《從簡愛出發》，這是隱性的追隨了。

一九九〇年九月三日，王禎和因鼻咽癌以五十歲壯年逝世，蘇偉貞寫信向張愛玲報訊，張愛玲回信很快寄來，信上寫道：「便中請把他令堂的姓名住址寫給我，至少可以弔唁，談不上安慰——那該是多麼大的打擊，她不病也病了。」並在同年底新年賀卡上附記

寫道——多謝寄禎和母親地址給我。已經寫了信去。❸
三十年後，張愛玲的信回到她短暫住過的花蓮小城地址，向她惟一的臺灣行回望，正應了〈金鎖記〉裡的描寫：「隔著三十年的辛苦路望回看，再好的月色也不免帶點淒涼。」真正結束了張愛玲臺灣旅程。

第二節　水晶，愛而迷之❹

水晶是張愛玲迷，她的小說他用背的。——王禎和

張愛玲臺灣行，當年在座「求新望變」的文壇新人，包括白先勇、王文興、歐陽子、

❸ 張愛玲給蘇偉貞的信，分別寫於一九九〇年十月二十三日及一九九〇年十二月二十日。

❹ 夏志清給水晶的「封號」。一九七六年六月夏志清以旅美學人身分抵臺參加中美「中國大陸問題研討會」，在一場文藝人士接風宴上，談到張愛玲，他封在座的唐文標是「愛而恨之」、朱西甯是「愛而敬之」，至於不在場的水晶是「愛而迷之」，見朱西甯：〈重讀「赤地之戀」〉，〈聯合副刊〉，《聯合報》，一九七八年六月三日，十二版。

陳若曦、戴天、王禎和日後皆升級為文壇中堅。王文興、歐陽子、戴天三人較與張愛玲無涉，此不贅述。有趣的是，當年座上新人，竟無一位「再見張愛玲」。反是「陰錯陽差」與張愛玲緣慳一面的水晶，終於熬到登堂入室夜訪張愛玲機緣，延續「張愛玲與臺灣」文學因緣新篇。開啟水晶「張學」之門。

但水晶當年較像專唱反調的「張迷」。水晶與王禎和認識時已自臺灣大學畢業，當不成《現代文學》的創刊編委，一九六三年卻以短篇小說〈愛的凌遲〉獲得《現代文學》小說二獎。因著王禎和，水晶得以貼近張愛玲，離開臺灣張愛玲發表 ***A Return to the Frontier***，他有意見：「怎麼能說到臺灣是『回返邊疆』呢？」文章提到臭蟲，水晶又喊：「怎麼可以說臺灣有臭蟲？哪裡有臭蟲？」張愛玲香港致信王禎和說雞鳴，水晶反駁：「香港怎麼可能有雞？」水晶的愛唱反調，正顯示他的張迷情結。「邊疆」、「臭蟲」這些重點詞句，傷了他的自尊心，他希望把最好的一面秀給這位「文藝女神」。水晶如何由張迷而張派再張學從而回復張迷身分，這是我們要探討的。

一　夜訪始末

一九七〇年九月，水晶「一到柏城，手裡還提著兩件行李，便忙著問路，找到張愛玲女士住所」。水晶登門拜訪遭拒，試著不時打電話求見未果，突然奇蹟降臨。一九七一年六月三日張愛玲寫信寄水晶——「哪天晚上請過來一趟」，並罕見地約在公寓晤談，一談七小時。與張愛玲在臺失之交臂，對這位張迷而言，這天他等了十年。

（一）歷史性發聲

之所以有這次面談，或可在張愛玲給夏志清信上尋得一絲答案：「我對自己寫的東西總是盡到最後一分力。但是無論如何不讓它影響情緒，健康很受影響。預備找水晶來。」「預備」是一個關鍵詞。

在水晶，這次會面，無異給了他這位「愛而迷之」張迷一個創造歷史的機會。在張愛玲，見到水晶「非常Shocked」外，少見地立即進入話題，很快地提到曾用筆名梁京寫社會主義治下《十八春》（《半生緣》前身）與〈小艾〉。張愛玲確是好整以暇候著，不僅備了香水送新婚的水晶，也置了點心、咖啡和話題。自白當年曾以筆名寫與社會主義有關小說身世，這就牽涉到張愛玲寫作生涯另一個事件。她在給夏志清信提到「無論如何不讓它影響情緒」，指的即是「講文革定義改變」研究。這就點出何以預備找水晶的原由。

張愛玲在美國加州柏克萊大學中國研究中心專研中共新名詞，頂頭上司是陳世驤（一九一二—一九七一)。張愛玲一九六九年七月一日到職，兩年後她寫了篇「講文革定義改變」及兩頁新名詞交出，陳世驤約談表示看不懂，又誤會張愛玲指他「沒寫過關於中共的東西」，極為不悅，「隨即解僱」。張愛玲自知即將失業，意外接踵而至，面談不久，陳世驤心臟病發猝逝於五月二十三日。雙重打擊下，於是「她想起了名作家、張迷水晶」。所以說張愛玲約水晶，不無借水晶傳聲打算。水晶作家兼研究文學評論者的身分，不無可能，她在找一名夏志清之後新的「知音」。

如此才能解釋，以張愛玲與外界幾乎絕緣的作風，❺為什麼有這次約談。她先在給水晶信透露中國研究中心的工作「到月底為止」，復在見面後，沒三句客套話即迅速切入主題，

---

❺ 張愛玲在柏克萊期間晝伏夜出，像絕緣體，連研究德國劇作家 Bertolt Brecht 的學者詹姆士・萊昂 (James K. Lyon) 也幾乎碰壁。Bertolt Brecht 與張愛玲第二任丈夫賴雅是舊識，James K. Lyon 為了寫論文在一九七一年二月造訪張愛玲，苦候一天不得其門而入，後無意撞見張愛玲才完成訪問，成為極少數與西方學者接觸的例外。James K. Lyon 的訪問主要為其論文 *Bertolt Brecht's American Cicerone* 及 *Bertolt Brecht in America* 找資料。後根據訪問記，寫成〈善隱世的張愛玲與不知情的美國客〉，描述眼中的張愛玲影像，見詹姆士・萊昂 (James K. Lyon) 著，葉美瑤譯：〈善隱世的張愛玲與不知情的美國客〉，《聯合文學》，第一五〇期（一九九七年四月），頁59～65。

主動談及《十八春》、〈小艾〉寫作歷史，自曝《傳奇》人物和故事，各有所本及《赤地之戀》是在「授權」情形下寫成等等。綜合以上，她應已有腹案：一、借水晶之口對外宣告她既寫過社會主義小說，當然了解共產主義；二、工作既沒了，為未來生計鋪路，藉水晶訪問，報近況給臺灣文壇；三、尋找新的護航評論者。

水晶熟讀張愛玲，夜訪專稿果然奏效，他依據第一手資訊，快筆寫出〈蟬——夜訪張愛玲〉，一九七一年七月九日起一連五天在〈人間副刊〉披露，成為研究張愛玲極重要的中文文獻，更達到向中文文壇釋放消息的強大效果。❻這次夜訪，不僅是張愛玲惟一正式的文學對談，更是她親自賦予了水晶正牌張迷頭銜。

事實上，張愛玲遭受了美國奮鬥十六年來最大的打擊，反倒成全了水晶的面謁。也成就了張派作家的水晶走上研究張學之路。可以說，這次專訪，正式發給水晶張迷、張派、張學的全面「看張」護照。

---

❻ 水晶訪張愛玲後寫成〈蟬——夜訪張愛玲〉在《中國時報・人間副刊》連載，編按是這樣寫的：「張愛玲女士是自五四以來極少數有成就的作家之一，現居美國，有將近二十年沒有創作發表。且張愛玲在訪問過程中主動告訴水晶她還有一個筆名，叫梁京，《半生緣》的前身《十八春》就是用這個筆名在上海《亦報》連載。」張愛玲藉水晶的筆告訴讀者她是由社會主義治下出走的人，《十八春》是對共黨了解的第一手反映。

（二）《張愛玲的小說藝術》——首本中文張學專論

水晶最早建立文名的小說〈沒有臉的人〉發表於一九六三年，當年篇名的標新立異，引發文壇不少討伐聲浪。後沉潛多年，一九七三年再度交出文壇公認的第一本中文張愛玲小說專書《張愛玲的小說藝術》，愈益引人側目。由作家而學者，轉換了身分，惟一沒變的，是他對張愛玲的癡迷。

《張愛玲的小說藝術》專研張愛玲，是將之放在一個西方理論批評的位置，水晶綜合書中諸篇〈潛望鏡下一男性〉比擬張愛玲短篇小說〈紅玫瑰白玫瑰〉男女主人公佟振保與王嬌蕊，符合佛洛伊德（Sigmund Freud, 1856–1939）性意識、戀物癖（fetish），且背向五四文人慣常流露的兩大特質「溫情主義」與「文藝腔」。〈「爐香」裊裊「仕女圖」〉則分析張愛玲〈沉香屑——第一爐香〉與亨利．詹姆斯同路數相似處。他以為張愛玲的小說外貌：「乍看似是傳統章回小說的延續，其實在精神上，較近西洋，有種西方作家喜歡用的『狂想曲』fantasy，在她的短篇〈封鎖〉內，運用得奕奕有神。很少有中國作家，能夠將 fantasy 表現得這樣圓融透熟。」

夏志清為《張愛玲的小說藝術》作序，對張愛玲像不像亨利．詹姆斯，表示就文體而言，更喜歡張愛玲，就「整個成就而言，當然張愛玲還遠比不上詹姆斯。」書出後，張愛玲顯然並不領情，她在給夏志清信上，等於直接否定了夏志清和水晶的看法：「謝謝你們把我和詹姆斯相提並論，假如你們把〈談看書〉仔細看了，一定知道我屬於一個有含蓄的中國寫實小說傳統，其代表作，為《紅樓夢》和《海上花》。把我同任何西方小說大師相比可能都是不必要的，也是不公平的。」無論如何，水晶專書研究張愛玲，是開啟了張學先河，後繼如周芬伶（一九五五－）、林幸謙（一九六三－）、蘇偉貞，基本上是延續此一路線。

二　折射自身

作為張學研究者的水晶，「愛而迷之」適正是研究上最大的「迷障」；作為張派，水晶強做解人的性格，往往折射自身作品，由此不難看出他的張派脈絡。

（一）學舌意識流

六〇年代，臺灣「現代主義」初度，挾帶著西方叛逆精神，影響所及，水晶〈沒有臉的人〉，即擺明了是「學舌喬伊斯」，於一九六三年五月十三、十四日發表在當時保守的重要媒體《中央日報》副刊上。〈沒有臉的人〉以第一人稱內心獨白，援引喬伊斯《尤利西斯》意識流手法，以達到男主角「內心思緒的紊亂和矛盾」表現形式，發表後對一向以寫實主義為主流的文壇造成不小衝擊，從而引發如魏子雲發表〈沒有臉的人與意識流〉等多篇批評，面對批評，水晶不改邊緣性格調侃道：「這一點，先進們批評的時候，想像力未免過分活潑豐富了。」

關於意識流手法，之前張愛玲在讀過王禎和小說〈永遠不再〉，對小說運用山地背景，指點王禎和：「這麼特殊的背景，你敢用意識流的手法，通常，意識流是用在日常生活、大家熟悉的背景。」受教張愛玲，王禎和當然牢記在心，❼作為王禎和的好友，水晶豈會不知情。王禎和〈鬼・北風・人〉發表在前，水晶〈沒有臉的人〉發表在後，王禎和或者心裡有數，當收〈沒有臉的人〉的短篇小說集《青色的蚱蜢》出版，王禎和在《文學季刊》撰文批評，水晶強烈回轟，指王禎和意見：「分文不值，無法原諒」，這是意識流風波了，以張愛玲為師的兩人即斷了來往，直到一九八三年，王禎和罹患鼻咽癌，水晶才主動重修舊好。

❼ 王禎和小說〈永遠不再〉背景為山地生活，張愛玲讀後表示：「這麼特殊的背景，你敢用意識流的手法，通常，意識流是用在日常生活、大家熟悉的背景。」王禎和口述，丘彥明訪問：〈張愛玲在臺灣〉，鄭樹森編：《張愛玲的世界》（臺北：允晨文化出版公司，一九八九年版），頁24。

一九八五年《青色的蚱蜢》重印，改名《沒有臉的人》，回首既往，水晶自訴道：「年輕時少年氣盛，人緣文緣，兩皆破產。」對整起造成二人決裂底細隻字未提，傳達的是藉此與文壇重續前緣訊息。就文章論文章，水晶才有機會回到《沒有臉的人》的以書寫為主的位置，但時機不再，重新出版時並未受到太多注意。

（二）時空對比

水晶藉由《青色的蚱蜢》「正名」為《沒有臉的人》揮別過去，自清創作人格重回正常創作軌道。水晶曾自喻作品風格：「我比較偏好揶揄（Irony）、對比（Contrast）和象徵（Symbol），人生一切無非是一種揶揄，一種諷刺。」遙遙呼應了夏濟安對張愛玲小說不同凡響的讚賞——「Subtle Irony 豐富，覺得最難能可貴者，為中國味道之濃厚。」多年後熟張愛玲的水晶自道衷曲，謎底揭曉，原來水晶是以《沒有臉的人》直接向張愛玲「諷刺」手法取經了。

《沒有臉的人》故事主述旅美女鋼琴家祈綏音歸國赴各學校演講，舊日情人英文教師羅亦強被不知情的學校分派當招待，二十年未見，兩人當年負氣分手，等於斬斷時空。再度聯繫上，羅亦強自忖現況不如祈綏音，只有退縮人群中，當名「沒有臉的人」。反觀女鋼琴家穿著藍綢旗袍，頸間一圈白項珠，「嫻雅的背影走向舞臺」、「自粉底下，像戴上一層白粉面具。」隔著二十年的封隔。羅亦強帶著妻子交代的鹹魚乾，搭上公車，站到「請勿將頭手伸出窗外」告示下，前面是一個穿織錦緊身旗袍中年婦人：

用雙手護旗袍下擺。我的鹹魚乾觸到他的膝蓋。沒注意，托一托眼鏡，拿開點。……南海路，車停甚久，我又聽到那雙金絲雀的鳴囀，……貝多芬第九交響曲歡樂頌。……車子繼續發動，金絲雀的鳴囀被市聲淹沒。

水晶讓籍籍無名的羅亦強背負「整個時代有形無形的沉重負荷」，對比意氣風發的祈綏音，羅亦強無疑是被困在封鎖線裡了。似曾相識的「封隔」場景、人物，我們在張愛玲的〈封鎖〉中不巧也看到，只不過角色調換為兩位素昧平生的男女，即使困於小小車體空間裡，靠得再近，亂世浮生裡大家的面目多半模糊。故事裡，一輛正在行進中的電車碰到封鎖停了下來，男人手裡拈著一紙口袋爋魚，小心翼翼與紙口袋保持距離。會計師呂宗楨抱著太太交待買的菠菜包子，間隔一位老頭坐著英文助教吳翠遠——「穿著一件白洋紗旗袍，滾一道窄窄的藍邊……，專聽貝多芬。」封鎖的環境，像個臨時舞臺，切斷了時間與空間。

街上漸漸的也安靜下來，並不是絕對的寂靜，但是人聲逐漸渺茫，像睡夢裡所聽到的蘆花枕頭裡的窸窣聲。

周蕾分析這種封隔的環境——「時空是非常性的，所以種種平常生活中不可能的事都變成可能，就像夢境一般。」夢境一般不真實的發生是不需要負責的，這就合理化了呂宗楨突如其來向陌生人吳翠遠示愛的行為。

封鎖結束，時空恢復，「一陣歡呼的風颼過這大城市，電車噹噹噹往前開了」，呂宗楨回到原來位子，吳翠遠明白了，封鎖期間的一切，等於沒有發生。現實冷漠地呈現在她面前。

張愛玲當然比水晶強悍，水晶「張派」作品《沒有臉的人》受到批評打擊，水晶於是沉寂了長段時間，反觀陳世驤對張愛玲「講文革定義改變」及兩頁新名詞失望，反而刺激了張愛玲振作精神「還欠下自己的債」，❽一直堅持改完〈文革的結束〉及講「知青下放」(*Reeducational Residential Hsia-fang*) 的短文，「這才定下心來研究中共到此為止」。❾

❽ 張愛玲對水晶夜訪，張愛玲表示，「現在寫東西，完全是還債——還我欠下自己的債」。見水晶：〈蟬——夜訪張愛玲〉，《張愛玲的小說藝術》，頁31。

❾ 兩篇學術報告，張愛玲花了一年時間，一九七二年五月完成，之後九月增補添寫之後，才算正式結束，見夏志清：〈張愛玲給我的信件（七）(56)〉，《聯合文學》，第一五九期（一九九八年一月），頁106～113。

惟差可比擬的是，脫離了張派的軌道，回復張學研究身分，一九九六年水晶繼《張愛玲的小說藝術》，出版《張愛玲未完》解讀張愛玲作品。以〈秧歌的好與壞〉對上《秧歌》，一仍以往維持唱反調精神，評價張愛玲生前甚受讚譽的這部小說「其實寫得甚為失敗」，不止於此，他還批評張愛玲「太過情緒化，反應過度。」水晶突然之間一腳跨上頂峰，難以放下夜訪的崇隆，口無遮攔一向是水晶的特點，至此，人們也只能說：「水晶就是水晶。」而水晶由張迷而張派再張學，一路走來如此難忘張愛玲，難怪他恍然大悟：「原來我也是張派。」

三　自絕張牆之外

真要區分，水晶由「張派」轉向「張學」之前，必須經過「張迷」這一關。沿此，我們或可說：「張迷」其實正是「張派」、「張學」的最初與最後。

（一）跳蚤事件

水晶由張迷而張派而張學的蛻變過程，「跳蚤事件」是一個重要關鍵。

早在一九四〇年八月號《西風》雜誌上，張愛玲發表的處女作〈我的天才夢〉便預言：「生命是一襲華美的袍，爬滿了蚤子。」在張愛玲明明是創作，雖不無隱藏她蚤子的恐懼心理，但終非寫實報導文章。水晶或因夜訪成功，加上起身有力捍衛唐文標、林柏燕對張愛玲的批評，難免覺得與張愛玲親近，因此一旦張愛玲流離各旅店的狀況被他發現，引發他再度提筆，一九八五年九月二十一日，率先撰文〈張愛玲病了〉公告周知。內文除暗示張愛玲的心理病了，還揭露了張愛玲流浪各旅館「躲蚤子」的生活窘態，甚而越界引用張愛玲寫給宋淇的信以為自己發言佐證：

現在這批 fleas（跳蚤）來自八三年十一月買的舊冰箱底下的 insulation 中（隔熱裝置，多為海綿質地），淺棕色，與上一批 king-sley 舊居鄰家貓狗傳入的黑色 fleas 不同，疑是中南美品種。變小後像細長的枯草屑，在中國只有一種小霉蟲（黑色爬蟲）有這麼小。八四年秋搬家放棄第二隻新冰箱前，曾經問過買的那家公司，說冰箱底下有個淺盤，fleas 可以進去。早在八三年冬我就想住一兩天醫院，徹底消毒。不收。現在要住院，除非醫生介紹，而醫生也疑心是 a lace in my bonnet（女帽上的一條絲緞，隱喻，暗示純屬子虛烏有）。前兩天我告訴他近來的發展，更像是典型的 sexual fantasy（性的妄想），只有心理醫生才有耐心聽病人這種囈語。

張愛玲說了一段關於「跳蚤史」及醫生對其精神狀態持疑討論。水晶自居「張迷及公認法定『崇她社』代言人」，將之公諸於世：

> 我也跟夏志清一樣，恐她這一恐蚤病，來自內心深處，因為「世上沒有人是一座孤島」，而張女士偏偏要打破這條至理名言，結果——恕我直言，被她堅拒於公寓牆外的那些人，也不清楚包不包括唐文標，化成千萬隻跳蚤，咬她叮她。生命真的變成了「一襲華美的袍子，爬滿了蚤子」。

水晶應知，在張愛玲，這是呼應「可是我一天不能克服這種咬嚙性的小煩惱，生命是一襲華美的袍，爬滿了蚤子」的生命窘境，裡頭絕對有張愛玲不能碰的潛在心理。不似夏志清、林以亮，水晶比較是一般人，甚至是陌生人，雖勝在熟讀張氏作品，卻不該用來詮釋她的個人生活。機巧如張愛玲，如今面對由她挑選的「知音」放話，不無被背叛的感覺。這也是張愛玲小說主要的主題：〈金鎖記〉裡，七巧打跑算計她的小叔姜季澤；《赤地之戀》崔平眼皮都不眨就把哥兒們趙楚出賣了；〈紅玫瑰與白玫瑰〉怕毀了前途的佟振保不動聲色退出王嬌蕊的懷抱……。「出賣」的主題，水晶何嘗不了解，他就曾有過分析：

> 我們如果把張愛玲晚近的三篇小說〈色，戒〉、〈浮花浪蕊〉、〈相見歡〉，跟以前《傳奇》中

的故事比較一下，就發現主題有了改變。以前的小說，說的都是主角委屈求全、失面子的屈服。可是從〈色，戒〉開始，她的主題顯然朝前邁了一大步。那便是，她想探索的，不再是人性中卑微的屈服，而是人為什麼要背叛別人。

但張愛玲畢竟年歲漸老，應是考慮自己日後定位，水晶事件間接觸媒張愛玲尋找「沒什麼複雜性、不懂文學，不知道她是幹什麼」的執行者念頭。果然水晶發表〈張愛玲病了〉同時，因莊信正轉託就近幫忙，張愛玲認識了同住洛杉磯的林式同。自一九八四年八月張愛玲發出第一封信，便從不同旅館寄信給他，通過了觀察考驗期，她正式指定林式同為遺囑執行人。這段時期，張愛玲平均一週換一個旅館，她託林式同協助找房子，張愛玲逝後，林式同回憶張愛玲——「把頭髮理了，衣服也丟了，東西也甩了，還到處躲，只有住沒家具的新房子才忍受得了。」但林式同不以文學觀點分析，反倒貼近正常直覺——「如果把皮膚敏感和蚤子不加聯繫，怕蟲倒是張愛玲的天性，只是怕到如此程度卻是罕見。」

〈張愛玲病了〉發表不久，張愛玲便知道了：「宋淇來信提到水晶那篇文章，大概知道我不想看，看了徒然生氣，所以沒寄給我。」得罪了張愛玲，水晶從此「被摒斥於張門之外，連『張看』的資格都失去了。」及至張愛玲故去消息傳出，聞訊後水晶「哭了」，追憶《張愛玲創作生涯》無限懊悔自己一時鹵莽，他說：「是此生的大失敗之一，至今她去了，寫了出來，希望她能原諒我的粗疏與不敬。」

（二）積重難返

一九九六年，《皇冠雜誌》刊出張愛玲生前未發表作品〈一九八八至——？〉，提到公車站牌長凳椅背上寫了粉筆字：

Wee and Dee

1988 — ?

……魏與戴

一九八八至——？

……用名字還可以不認帳，華人的姓，熟人一望而知是誰，不怕同鄉笑話！這小城鎮地方小，同鄉又特別多。但是他這時候什麼都不管了。一絲尖銳的痛苦在惘惘中迅即消失。一把小刀戳進街景的三層蛋糕，插在那裡沒切下去。

這篇散文是真沒寫好，水晶積重難返，撰文〈一九九四至——？〉批張，這是宣告正式揮別張愛玲：

魏先生這把刀為什麼沒切下去？他在切想像中的結婚蛋糕嗎？還是戴小姐變心了，他想殺她？……文章的結尾是一連串不相干、充滿曖昧的「意符」，我掩卷不忍卒讀，也不想再強作解人了。

望文生義，篇名「一九九四」，應指一九九四年張愛玲《對照記》得到《時報》特別成就獎的照片，水晶當時寫了〈殺風景——張愛玲巧扮「死神」〉，如替張愛玲預告訃聞，沒有媒體願意刊登，日後他又強調「不幸言中」，幾乎重演〈張愛玲病了〉事件。種種作為，說明水晶作為「張迷」的執拗心理，充滿盲點；其實他的「看張」成就，夜訪張愛玲時已達於頂峰，他人想要超越，幾不可能。卻要等到張愛玲過世，水晶才明白自己的分寸拿捏失敗，即使為時已晚，他仍要說：「不想再強作解人。」從〈原來我也是「張派」〉、〈從屈服到背叛〉，終為他全面「看張」歲月劃下句號。

第三節　驀然回首陳若曦

同樣寫大陸經驗，張愛玲三年有成，並不比陳若曦的七年薄弱。——余光中追溯陳若曦「張派」之路，可以說，是從張愛玲《流言》及夏濟安開始的。多年後，陳若曦「驀然」回首（白先勇散文篇名），成就「張派」最奇特的逆旅追隨景象。

一 初讀《流言》

一九五七年陳若曦剛成為臺灣大學外文系新生，一個偶然的機會，初讀張愛玲散文集《流言》，為初識張愛玲之始。

在出版戒嚴「臺灣禁印大部分五四以來的文藝」時期，原則上那大致是一個「沒有書看」的年代。⑩陳若曦連夜讀完，激賞之餘，更有「真是十幾年來我僅見一部最好的散文集」感悟。彼時夏濟安任教臺大外文系，是在課堂上，陳若曦又碰上認識這位作家的機會——「我們臺大外文系老師夏濟安對她的作品有過詳盡介紹」。可以說，這是陳若曦寫作起步「高標」的開始。

---

⑩ 水晶夜訪張愛玲，對張愛玲說：「臺灣禁印大部分五四以來的文藝，以至於這些年來有些青年受張愛玲寫的東西影響，因為沒有書看嘛！」見夏志清：〈張愛玲給我的信件（十一）(96)〉，《聯合文學》，第一六六期（一九九八年八月），頁76。

（一）同性／業競逐

事實上，在與張愛玲見面前，陳若曦已於一九五七年十一月《文學雜誌》三卷三期上，發表了處女作〈週末〉，後於一九五八年四月四卷一期上發表第二篇小說〈欽之舅舅〉、一九五九年三月六卷一期發表第三篇〈灰眼黑貓〉。

身為女性同業，即使位置不一樣，陳若曦完全意識到張愛玲的「太突出」。一九六一年張愛玲訪臺赴花蓮，陳若曦有幸同行相伴。親睹作家生活的一面，她在花蓮陪張愛玲上街買衣料送王禎和母親途中的三輪車上，她觀察到張愛玲是如何地暢談老式髮髻、香港旗袍、女人腰枝等，展現了來自同業潛意識的競爭心理與鮮見的注意力。說是一場微妙競逐未嘗不可。

本來陳若曦與張愛玲的連結在張愛玲離開臺灣，或一九六二年陳若曦離臺赴美求學，應就此告一段落。不料一九六六年秋，這位「光復後接受國民政府教育長大的本省子弟」，卻逆向而行，在文化大革命初啟的年代，申請回歸「狂熱紅色中國」，直接站到前臺，面對「臺灣人為什麼到這裡來？」詰問，陰錯陽差，日後看來，無異一場「張派」逆旅。

一九六六年十月十八日，陳若曦抵滬當天母親在臺去世，彌留之際託口信要她回去一趟，之前陳若曦出於「政治恐懼」動也不敢動。這種經歷與張愛玲離滬時，相約與姑姑互不通信如出一轍。

陳若曦稍事停留便直奔北京，親領文革洗禮，卻趕上聞睹張愛玲也喜歡的《二馬》作者老舍，因受不了紅衛兵羞辱憤而投湖。並見到上海「解放」後的文藝界頭號領導、欲邀張愛玲當編劇的夏衍（沈端先，一九〇〇—一九九五）被批鬥打斷雙腿。張愛玲當初頭皮一凜避之不及的艱險環境，⓫陳若曦趨之若鶩，成為陳若曦逆旅取經途中的一頁奇景。

（二）〈尹縣長〉夢醒紅色中國

一九六八年大整肅開始，有海外關係最可怕，尤其臺灣。於是陳若曦撕掉一起在臺灣闖蕩文壇的歐陽子、白先勇、王文興、李歐梵等人照片，決絕地向《現代文學》時代記憶告別。

這位三代木匠之女，在紅色中國做了一場夢。夢醒之後，一九七三年十一月，陳若曦抓住「去國」浪潮申請獲准，七年之後，她打算經深圳過渡香港去美國。深圳苦候出境證

⓫ 張愛玲離開大陸前隨觀光團遊杭州，用餐時「吃掉澆頭，把湯逼乾了就放下筷子，自己也覺得在大陸的情形下還這樣暴殄天物，有點造孽。桌上有人看了我一眼，我頭皮一凜，心裡想幸而是臨時性的團體，如果走不成，不怕將來被清算的時候翻舊帳」，見張愛玲：〈談吃與畫餅充飢〉，《續集》（臺北：皇冠出版社，一九八八年版），頁40。

那兩天，一如張愛玲一九五二年秋在羅湖等候出關猶如「從陰間到陽間」心境；重回資本主義世界，陳若曦卻生出「逃難的感覺」。這是最大的反諷了。

張愛玲停留香港時期交出《秧歌》、《赤地之戀》中英文本，反映一九四九年至一九五二年社會主義治下的私人經驗。及至陳若曦逆旅回頭，交出短篇小說〈尹縣長〉；張愛玲一九五二年離開後的紅色中國變化，由陳若曦接續做出「歷史見證」。陳若曦香港等待期間便決定重回美國，但她出發後卻被困在加拿大，於是她如張愛玲再度找上麥卡錫求助。一九六三年陳若曦赴美念書，麥卡錫已任美國之音東南亞及太平洋區主任，曾請陳若曦為美國之音按件計酬翻譯劇本，巧合的是那時張愛玲也正為美國之音改編劇本。當年臺灣新生代作家中，麥卡錫對陳若曦印象較深的原因，即陳若曦是道地臺灣花蓮人，在當時以外省族群為主的作家行列，顯得特別突出。

二　逆旅回游

一九七六年，陳若曦交出以大陸見聞為主軸的短篇小說集《尹縣長》，莫說回陰返陽，倒真是逆旅回游。《尹縣長》所反映共產中國題材及少數人的特別經歷，華文世界好評如潮，陳若曦在同年獲《聯合報》第三屆小說獎頒贈特別獎，余光中譽為──「同樣寫大陸經驗，張愛玲三年有成，並不比陳若曦的七年薄弱」。

（二）英文版《尹縣長》挑戰張愛玲

及至《尹縣長》(*The Execution of Mayor Yin and Other Stories from the Great Proletarian Cultural Revolution*) 英文版一九七八年出版，極受西方矚目。這就見出與張愛玲不同的際遇。就書論書，若說張愛玲《流言》是陳若曦青春時代的摹擬指標，那麼《尹縣長》直接受教張愛玲《秧歌》，誰曰不宜。

但這段過程，張愛玲感受不同，她覺到的是受到不公平的對待，於是她把心裡的話告訴也十分看重陳若曦作品的麥卡錫，亦轉抄給夏志清及宋淇，可見內心起伏：

...Of course with the recent kudos won by Chen Jo-Hsi I suffer by comparison unavoidably...Perhaps it takes Chen Jo-Hsi's kind of plaintalk to penetrate the vast ignorance about China, but it's her ideological fervor that carries weight. There is this double standard, for a long-suffering poor country like China.

張愛玲的確認定陳若曦得道於意識形態取勝，相形自己的遭遇，這是文壇的雙重標準。張愛玲且斷言「意識形態」會是陳若曦永遠的負擔，誠哉斯言。⑫日後張愛玲雖懊惱自己太小氣，但反應如此強烈，多少與《秧歌》、《赤地之戀》英文版沒如預期得到國際重視有關。反觀陳若曦，逆旅而行，卻得到重量級迴響，這當然與文革的政治效應有關，是時機問題。對照兩人作品，余光中分析《秧歌》複象疊景的手法，為《尹縣長》所無。《秧歌》即便不拿來和《尹縣長》對照，《秧歌》對張愛玲也有不同的意義，余光中看出《秧歌》的提升是「一改《傳奇》時代的華麗作風」，對《秧歌》有著很中肯的評價。

（二）《秧歌》與《尹縣長》饑餓意象比較

比較張愛玲《秧歌》以平淡接近自然的境界通篇寫「饑餓」，⑬與陳若曦《尹縣長》裡

---

⑫ 夏志清坦承張愛玲說這話「顯得太小氣」；張愛玲後來寫信給夏志清也談到：「現在臺局這樣，我上次信上有些話顯得太petty，來信請千萬不要提了。」見夏志清：〈張愛玲給我的信件（十）(93)〉，《聯合文學》，第一六五期（一九九八年七月），頁145。

⑬ 一九五四年《秧歌》出版，張愛玲寄給了胡適，胡適回信小評《秧歌》：「這本小說，從頭到尾，寫的是『飢餓』，……真有『平淡而近自然』的細緻功夫。」允為對《秧歌》最著名的評語。見張愛玲：〈憶胡適之〉，《張看》（臺北：皇冠出版社，一九九一年版），頁142、143。

部分篇章，可以看出，「饑餓」正是共同的主題。而兩人的共同處，還在於對知識分子的同情。

先說《秧歌》下鄉蒐集資料的知識分子顧岡，顧岡寄住金根、月香夫婦家裡，有天他背著饑餓的這家人偷吃，被由上海返鄉的女主人月香撞見這一幕，相當刻劃出知識分子最難堪的一面：

> 天還沒有黑，他那房間裡倒已經黑下來了，但是還沒有點燈。她站在門口，起初並沒有看見他正那裡吃一隻茶葉蛋。等她看明白了的時候，她脹紅了臉，站在那裡進退兩難，和他一樣地窘。

陳若曦〈值夜〉裡，同樣鋪陳知識分子小柳到農場改革的「饑餓」狀態：

> 小柳正慢條斯理地往嘴裡送飯，忽然對面板凳上又坐下一個人來。他一看，認得是農場雇請的編籮筐青年農民。……小柳看他飯盒裡盛了三只大饅頭，加上那碟青菜，此外便無他物了。他再瞧一眼桌上狼藉的骨頭頓感慚愧，竟沒有勇氣正視對方抓起饅頭大口撕咬的樣子。

最後，吃不飽的青年農民潛進伙房偷糧被追趕，被小柳暗中瞧見：

> 好像有條黑影，追了一陣，便不見什麼了。

同樣情節亦出現在《秧歌》，金根與一夥農民上繳糧食時，眾人與幹部起了衝突，雙方開打，金根負傷，與月香逃往鄰村後死亡，於是憤怒的月香潛回，一把火燒了糧倉。這時顧岡正袖手旁觀，民兵們揮動著紅纓鎗四處衝，一個民兵說：

曾經看見一個女人在黑影裡奔跑，被他追趕著，一直把她趕到火裡去了。

以兩篇情節相似的小說來看，《秧歌》描寫生理與心理的饑餓，「喚醒了一種古老的恐怖」；〈值夜〉小柳在一個照面後放走了青年農民，表現的是較溫和的人情味。作為少數見證張愛玲臺灣行的作家，陳若曦有命與張愛玲經歷互調，依循張愛玲給出的路線，成就了臺灣版《秧歌》。有趣的是，若說《尹縣長》出書時多暗潮洶湧，陳若曦之前追求紅色信仰就有多堅定，《尹縣長》、《歸》的風格因此強烈濃郁，多年後她卻文風丕變，徹底成了一名佛教徒，此時的陳若曦放下昔日鬥爭題材，潛心向佛，交出了探討佛門深院的小說《慧心蓮》。及至張愛玲去世，作別張愛玲，陳若曦才有機會做出回應，她對這位多年前有一面之緣的作家給予最大的肯定：「是對臺灣女作家影響最大的一位作家」。

第四節　愛而敬之朱西甯⑭

給西甯——在我心目中永遠是沈從文最好的故事裡的小兵。——張愛玲

可以說朱西甯是實踐哈羅德・布魯姆「對偶式批評」理論最貼近的張派作者。「對偶式批評」說的是透過模仿創造性的誤解的一系列轉向，第一轉向是以後人身分閱讀前驅者，第二次轉向是以徒弟身分去閱讀後人著作進行修正自己作品。一九四四年朱西甯文藝青年時期因為讀〈鴻鸞禧〉，開始走進張愛玲「謫仙下凡」的世界，到一九五四年再見《秧歌》是第一次轉向；⑮第二次轉向則顯現在朱西甯日後著作《八二三注》、《華太平家傳》。這樣

⑭ 一九七六年六月夏志清抵臺參加「中國大陸問題研討會」，談到「張迷」朱西甯，他比喻朱西甯對張愛玲是「愛而敬之」，見朱西甯：〈重讀「赤地之戀」〉，《聯合副刊》，《聯合報》，一九七八年六月三日，十二版。

⑮ 朱西甯曾言：我想，孤獨對她不會是一種痛苦；上界與紅塵，一個謫仙的孤獨，那正是她的世界。見朱西甯：〈一朝風月二十八年——記啟蒙我和提升我的張愛玲先生〉，《朱西甯隨筆》（臺北：水芙蓉出版社，一九七五年版），頁9。

的週期一直到一九九五年張愛玲去世才算結束，之前一路以來各種名目討論、筆戰、回憶、追悼，朱西甯從未缺席。朱西甯之與張派聯結，可說是從想像開始，及至來臺後閱讀到《秧歌》，才有機會寫信給張愛玲並認識了張愛玲，張愛玲從而轉為朱西甯反共繆思，《秧歌》遂成了朱西甯的寶典。

一 《秧歌》民族性啟蒙

一九五四年朱西甯在臺灣看到《秧歌》，石沉大海多年的偶像再度發出訊號，拜讀後，朱西甯「肯定《秧歌》的確是張愛玲新作了」，時已出版短篇小說集《大火炬的愛》（一九五二）的他放下作家身段，「不能克制自己不寫信給她」，寄出「濃縮了千言萬語的慕情和祝賀」之信。

（一）永遠的小兵

卻要到一九六三年朱西甯第三本短篇小說集《鐵漿》出版，才激起張愛玲與之對話。朱西甯託小說家聶華苓赴美時帶皇冠版《鐵漿》轉給張愛玲。一九六五年秋天，文星轉來了張愛玲的第一封信：「《鐵漿》這樣富於鄉土氣氛，與大家不太知道的民族性，例如像戰國時代的血性，在我看來是我與多數人失去了的錯過的一切，看了不止一次，尤其〈新墳〉。請原諒我不大寫信。祝筆健。」一九六七年夏天，張愛玲二次來信：「一九六〇年在雜誌上看到《鐵漿》，在臺灣匆匆幾天的時候屢次對人提起你……你的作品除了我最欣賞的比地方色彩更深一層的鄉土氣息外，故事性強……。」張愛玲的肯定與嘉勉，愈加觸發朱西甯將「愛而敬之」實體化與「提升」。又在一九六八年《張愛玲短篇小說集》出版時，書贈朱西甯，並以黑墨水鋼筆在扉頁題字「給西甯——在我心目中永遠是沈從文最好的故事裡的小兵」。可以說一九六〇年代至一九七〇年時期，朱西甯與張愛玲書信互動良好。

從那時起，朱西甯雖見不著張愛玲，但畢竟因著他自己也成了作家，兩人距離是前所未有的近，他且聽聞於梨華形容，⑯開始遙想這位作家之神，並標高時居紐約的張愛玲是「謫仙的孤獨」：

⑯ 於梨華回憶共見過張愛玲四次，第一次即在紐約，於梨華敘述：「一九六六年夏志清帶我去見她，那時她住在紐約市百老匯六十幾街上一個高樓的小公寓。……她講過她不在意百老匯的紛沓雜吵，她在高樓上，望下來是車水馬龍、熙攘的人間，各種聲音，各種氣味，一點不妨礙她寫作。」見於梨華：〈來也匆匆〉，《明報月刊》，總三百五十八期（一九九五年十月），頁37、38。

公寓的一所斗室，她就是那麼孤獨的臨窗俯瞰著她和那個大城市互不相屬的一片渺茫。我想，孤獨對她不會是一種痛苦；上界與紅塵，一個謫仙的孤獨，那正是她的世界。

朱西甯滿腔敬意，終於一九七一年有機會編《中國現代文學大系》得以展現，《大系》共收九十八位作家作品，排首正是「中國現代小說第一人」張愛玲〈傾城之戀〉、〈五四遺事〉，亦是張愛玲少數同意文章編入的選集，足見張愛玲與小說同業朱西甯的彼此相重。

（二）反共繆思

來到島上重新閱讀張愛玲，小說家朱西甯同時有著軍人身分，在作品上應不免有種投射，也就難怪他的「反共繆思不是別人，正是張愛玲」。朱西甯雖一九七二年便自軍中退伍，但當時氣氛軍中作家與反共作家是劃上等號的，意味著他很早便被貼上「軍中作家」、「反共作家」的標籤，撕下這個標籤不是那麼容易，這就看出為何《秧歌》、《赤地之戀》的反共標籤，張愛玲如此敬謝不敏，但朱西甯雖感同身受，但軍人背景的他必會挺身捍衛。

譬如有言論以「一種逝去的文學」指涉反共文學過時，朱西甯絕對起身維護予以正名：「反共文學在二十世紀自由世界的今天，沒有逝去，也不可能逝去。」並舉例一代反共作家潘人木、姜貴、趙滋藩、司馬中原、張愛玲等，「無一不是風骨耿介，豈有輕易肯於聽從官方指使驅役，甘為政治附庸者？」很明顯，張愛玲是朱西甯心目中並肩火線的戰友。朱西甯將「反共作家」發揮得淋漓盡致的著作，正是《八二三注》。《八二三注》主要寫一九五八年中共對金門發動八二三砲戰猛烈炮火攻擊，最後無功而退事件。

張愛玲盛讚《鐵漿》富於鄉土氣民族性，像戰國時代的血性，朱西甯豈能無感，朱西甯不止一次娓娓敘述初讀張愛玲的《秧歌》、《赤地之戀》引發的震撼。若說朱西甯從《秧歌》得到靈感，進一步複製張愛玲所言具民族性及血性的小兵自身投射，才可解釋，朱西甯何以在三十九歲至四十九歲識見精力最成熟的十載壯年階段，立意投注創作反共小說《八二三注》。巧合的是，朱西甯一九六六年春開筆至一九七五年完成的這部「反共鉅著」，時程跨度正好吻合一九六五年秋張愛玲給朱西甯第一封信至一九七五年最後一封信。可見張愛玲的信確是朱西甯「反共寫作時期」的慰藉與支柱。

就在《八二三注》這部小說裡，朱西甯《鐵漿》裡走著永不討饒的鄉野漢子原型，與現代化大兵時空交接。《八二三注》裡桀驁不馴的軍人魂角色如邵家聖邵大尉，正是骨子裡深埋大是大非的血性人物的借屍還魂。也因著這些人物非被塑造成樣板革命軍人，故事不走教忠教孝，使得朱西甯可以跳升「反共文學」層次，增大視野，直接承續其鄉野文學一脈。

二　張腔胡調一體成型

一九七二年可謂朱西甯創作生涯重要轉折。這一年他自軍中退役，同時搬遷出象徵同袍共同生活體的眷村，延請胡蘭成為女授課。是為張腔胡調影響的具體時間點。張愛玲一九七五年因朱西甯信諫而斷了書信，朱西甯從而改為供養胡蘭成，張腔胡調進入朱西甯書寫，可說自有因緣。

（一）提鍊朱體

若要明白朱西甯如何由沈從文故事裡的小兵風格走向「張腔胡調」，甚至成為「胡腔胡調」實驗的「犧牲者」，胡蘭成無異起了最大關鍵。⑰張大春即指胡蘭成「獨具中國古代舊式文人學者的氣味且兼具語言上的妖媚之氣，對朱西甯的影響明顯可見」，但張大春同時以

⑰ 張愛玲去世，徐淑卿的報導追溯了朱西甯與「三三集刊」深受胡蘭成影響，而以朱西甯女兒為主成立的「三三集刊」作者群展現的張愛玲風格，尤其不少胡蘭成的影子。見徐淑卿：〈臺灣不少作家的風格深受張作品之影響〉，《中國時報》，一九九五年九月十日，三版。

為「這也就給了朱西甯進行『文白夾雜』的文體革命機會，發展出獨屬自己的『朱體』」。以此觀之，張愛玲對〈鐵漿〉別有所感，不是沒有道理的。

〈鐵漿〉中孟昭有與沈長發競價爭奪包鹽情節裡，人們的視線及聽覺逐漸轉向象徵入侵及挑戰的黑色怪獸——火車的與日逼近，最後，當孟昭有高舉起鐵漿朝自己的口中灌下，象徵死亡的車體此時鳴笛而來：

> 人似乎聽見孟昭有一聲尖叫，幾乎像耳鳴一樣的貼在耳膜上，許久許久不散。可那是火車汽笛在長鳴，響亮的，長長的一聲。

這段描寫何其眼熟。可不正是張愛玲《秧歌》裡，象徵農民命脈的糧倉一夕之間被大火吞吃得一乾二淨——「巨大的黑色灰渣像一隻隻鳥雀似的歇在屋樑上。」當時代悲劇如一節節火車車廂投進時間的洪爐，在張愛玲筆下化做一隻隻鳥雀，灰燼中難以展翅。

這部張愛玲最接近「鄉土」小說的結尾，村民們遊行的隊伍排將起來，敲鑼打鼓，跳著扭秧歌給軍屬拜年，何嘗不是「死亡之舞」戲碼？（夏志清語）

> 他們緩緩地前進，沿著那彎彎曲曲的田徑，穿過那棕黃色的平原，向天邊走去。大鑼小鑼繼

續大聲敲著：

「嗆嗆嘍嗆嗆！嗆嗆嘍嗆嗆！」

但是在那龐大的天空下，那鑼聲就像是用布蒙著似的，聲音發不出來，聽上去異常微弱。

（二）愛玲所愛

要論朱西甯借張愛玲的寫作哲學還魂生出全新的朱體，就必須回到朱西甯未完遺作《華太平家傳》來看。

一九八〇年朱西甯開筆寫家族史《華太平家傳》，十年裡七度易稿，突破三十萬字時全遭白蟻食盡，他全都淡然以對。及至九度啟筆，寫到五十五萬字之際，在一九九七年十一月診斷出罹患肺癌。作為一位虔誠的基督教徒，放下寫了十七年未完長篇小說，「也沒什麼，也許主認為有人會寫得比我更好」。一九九八年三月二十二日朱西甯辭世，所交代後事作品的部分，提到「長篇寫作已完成部分五十五萬字交由子女整理出版」。至此，這位八〇年代以降被臺灣文學社會遺忘近二十年的小說家，以〈許願〉開章，「喻世訓誨和教諭」，融家史於國族歷史，走上迢迢回鄉之路。

對照張愛玲一寫數十年未示人的家族史《小團圓》，⑱巧合的是兩書都未完成，亦都寫家族史，⑲不同是，《小團圓》張愛玲交待銷毀，且不可用任何形式發表。⑳《華太平家傳》的下場朱西甯平常心得多。

以《華太平家傳》臆想《小團圓》；從《八二三注》反共陽剛氣質始，收梢於《華太平家傳》轉為一派俠情，暗合胡蘭成所謂張愛玲的「俠情」作風，應了黃錦樹的論點：「飛

---

⑱ 一九七一年水晶夜訪張愛玲，張愛玲表示正寫一本《小團圓》中篇，要好好整理，把它們發表出來，到一九九五年張愛玲去世，已二十五年，但《小團圓》一直未面世。見水晶：〈張愛玲創作生涯〉，《聯合副刊》，《聯合報》，一九九五年九月十日，三十六版。

⑲ 關於《小團圓》的內容，張愛玲一九九四年九月十一日給蘇偉貞信上提到「《小團圓》與《對照記》為同類性質的散文，內容也一樣，只較深入」。

⑳ 皇冠出版副董事長平雲接受訪問時提到：「張愛玲曾以小說體寫完《小團圓》，因不滿意而未曾發表，後來以散文重寫，可是只完成部分，仍留下許多空白稿紙。張愛玲生前特別寫信給宋淇，叮囑在其死後銷毀未完成的《小團圓》，因此《小團圓》不會以任何形式發表。」見徐開塵：〈張愛玲遺物長留臺灣　宋淇將遺物交皇冠處理　紀念文集正在編製〉，〈文化新聞〉，《民生報》，一九九六年二月九日，十五版。

揚中求安穩，所臻豈非胡蘭成所提倡的『王風文學』。」應了張愛玲給出的作品脈絡：「好的作品，還是在於它是以人生的安穩做底子來描寫人生的飛揚的。」

但同而不同，張腔的「私語」氣質（張愛玲自曝家醜散文〈私語〉篇名），比對《華太平家傳》大格局，人世將還朱西甯一個公道，這是朱西甯在人生最後的終結張腔之作。

綜觀朱西甯寫作之年，幾一味地朝向這張愛玲給出的戒律——小兵＋民族性＋血性——走去。朱西甯捍衛張愛玲的決心，反映在對自己的作品一向很少辯護，卻對反駁攻擊張愛玲的言論不遺餘力，火力全開。他在一次接受採訪時談到自己的小說寫作——「小說受魯迅象徵手法的影響」，形式上「一度喜歡視覺上華麗的描寫」，真有張腔遺緒。關於張腔，是真的說不完，這裡我們不妨舉例朱西甯的〈餘燼〉中一把火燒了瞎子和瘸子的錢莊一段比較：

那隻給瞎子路的破竹竿兒一路敲點石頭，發出劈啞的聲響，嚓啦、嚓啦，緩緩的遠去，終是遠去了；然而依稀聽得很遠很深，黑夜還是白晝，都是一樣沉沉的壓在盲人的脊背上。嚓啦、嚓啦，彷彿永遠敲不破的夢，蒼涼，和那永續的爭執。

這故事似乎仍然沒有完，恐怕永遠也講不完的，人總是這樣子，不說也罷。

張愛玲也有〈餘燼錄〉，寫戰火餘生。拿朱西甯上段描寫，放在張愛玲〈傾城之戀〉豈非如出一轍：

> 胡琴咿咿啞啞拉著，在萬盞燈的夜晚，拉過來又拉過去，說不盡的蒼涼的故事——不問也罷！

拉開小說場景，回到真實事件中。一九七五年張愛玲在朱西甯這裡斷了音信，朱西甯仍一心一意在一九七六年夏寄了與胡蘭成出遊合照給張愛玲。胡蘭成是在一九八二年逝世。及至張愛玲也過世，朱西甯在追悼文章〈成全與造就〉裡，倒是要為自己與胡蘭成平反。撥點胡張一場姻緣，朱西甯認為胡蘭成的器識胸襟「遠遠博大精深於愛玲先生太多」、「委實是蘭成先生開啟了她（張愛玲）的情境與詩境」。看來胡蘭成才是正宗張派作家，黃錦樹的看法卻正正相反，他斷定「幾乎胡蘭成哲學的所有基本洞見都來自張愛玲」。別的不說，胡張關係真看得大夥兒目眩神迷。唯一不變的是朱西甯對張愛玲愛而敬之心意，謫仙已逝，他撰文祭悼，彰顯「所愛」從不缺席。㉑至此，我們要說，無論是通過胡蘭成還是張愛玲，由張腔胡派而朱體，終是張愛玲給予的「成全與造就」了（朱西甯悼張愛玲文章篇名）。

㉑ 張愛玲逝世，朱西甯以六十八歲之齡撰文追悼，仍維持青年時期初衷，對張充滿崇敬眷戀之意，發表相關追悼文章有〈愛玲之愛〉、〈成全與造就〉、〈金塔玉碑——敬悼張愛玲先生〉。

第五節　其他張派作家

相對亦崛起此一時期、常被歸入張派作家的白先勇，未將之列入第一代張派作家的理由是：一、鑑於夏志清曾謂白先勇的傳世扛鼎作《臺北人》，已經「可以說是部民國史」，他是他自己的流派。二、白先勇的知音歐陽子、喬志高都直指白先勇與美國南方小說巨擘福克納的風格切近，明示白先勇所寫，既非社會史也非政治史，「而是福克納所說的『人心的自我掙扎』的歷史。也正是在另一種文化裡被人剝奪而失去依憑的一群。」白先勇走在自己的路上，宜被看待是與張愛玲並肩而行，殊途同歸。依據以上兩點理由，很難把白先勇放進臺灣張派譜系中。

倒是與白先勇同代，較少被提起的女作家於梨華略可一談，於梨華成名於六〇年代，夏志清稱之為「罕見的最精緻的文體家」，夏志清還強調於梨華筆法富音樂性，呈現「不可名狀的悲哀」，這不可名狀的悲哀正是張愛玲文章最常見的主題了。

所謂不可名狀的悲哀，最常發生在相戀的男女無法結合場景上。於梨華《又見棕櫚．又見棕櫚》中，男主角牟天磊得到博士學位那天，有夫之婦他的情人佳利來與他告別，最是傳神：

她還沒出車門他就伏在她身上哭了起來。她扶著他的頭：手指理著他早該剃的髮。「記得我下午對你說的話嗎？堅強一點，像個成熟的男人。」

……然後她將他扶起來，像下午那樣用手扶著他的臉，看著他的眼睛說：「只要你試，你一定能的，……堅強的男人能得到女人的尊敬，而懦弱的只能得到她們的同情。」

「妳是同情我而對我這樣好？」

她不答，只看著他。他忽然記起很久以前，他曾問過她是否快樂的事，她也沒有回答。但是這兩件事，他多麼想知道。

再看張愛玲《半生緣》，已婚的男主角世鈞與昔日情人曼楨重逢：

她終於往後讓了讓，好看得見他，看了一會兒又吻他的臉，吻他耳底下那點暖意，再退後望著他，又半晌方道：「世鈞，你幸福嗎？」世鈞想道：「怎麼叫幸福？這要看怎麼解釋。她不應該問的。」……滿腹心酸為什麼不能對她說？……是男子氣？不肯認錯？

……以沉默為答覆。他在絕望中摟得她更緊，她也更百般依戀，一隻手不住地摸著他的臉。……

她一直知道的。是她說的，他們回不去了。他現在才明白為什麼今天老是那麼迷惘，他是跟時間在掙扎。

至於另一位常被提起與張愛玲有相同地理文化經驗的施叔青，於一九七九年起居住香港十六年，她反芻此段歷練，寫成「香港三部曲」，成為殖民地文學一支。這部被貼上「張派」標籤的小說，實係香港發聲，收進臺灣張派譜系的正當性不足，便不列入。

第四章　第二代張派作家（上）

臺灣「張派」來到七〇、八〇年代成其大，是為第二代張派作家。因此，要將這一代張派作家放在什麼位置，成為定位他們的關鍵思考。

參考夏志清《中國現代小說史》有以年代序綜論各時期作家、文學社群；有以專章專論巴金、老舍、魯迅等文學大家。更開創把張愛玲放在前輩作家吳組緗（一九〇八—一九九四）、錢鍾書、茅盾（沈雁冰，一八九六—一九八一）等更重要的位置來討論之規劃。是為這篇論文看待第二代張派作家一個重要的依據。

第二代張派作家煢煢獨立於第一代張派作家建造譜系初啟、第三代張派作家後繼難為之上。因此以較大篇幅討論第二代張派作家，是給予他們一個適當的空間。

第一節　綜論第二代張派作家

羅列第二代臺灣張派作家名單，袁瓊瓊、蘇偉貞、蔣曉雲、朱天文四位女作家咸認最具代表性。

四位作家相繼崛起七〇、八〇年代，各因不同風格被寫進張派譜系，這是此篇論文第一個要以較多篇幅討論她們的原因。但必須強調的是，即使不把她們放在「張派」的脈絡裡來討論，而放在臺灣文學史裡，也是一張重量級名單。

第二個要以較大篇幅討論的理由是，綜觀張派譜系建立史，朱天文深耕劫毀邊緣的邂逅、袁瓊瓊盡得庸俗喜劇真傳、蘇偉貞塑造清貞冷冽人物深得箇中三昧、蔣曉雲擅以平淡筆調經營日常瑣碎生活，識者皆以張派是在她們手上形成難以超越的高度。

名單中蔣曉雲雖說去國多年，一九九三年寫完〈楊敬遠回家〉之後，便與文壇脫勾，王德威說她「曇花一現，未成氣候」，確不為過。但她之成名，正是夏志清擔任《聯合》、《中時》兩報文學獎評審最密集時期，夏志清不時拿她與張愛玲相較，可說是夏志清「欽點」的張派作家，自不能把她排除在外。

至於不把常與張愛玲聯想的朱天心列入的理由，是朱天心較早在題目取材、心態意識與張派有歧義，頗不在胡腔張調的文風裡；且朱天心一九八九年寫出《我記得》後，明顯在寫作風格，與張派漸行漸遠。

總的來說，本章立意為鎖定第二代張派作家，並詳析其中同異。

一　每個人都是一座島嶼

張派小說唯妙唯肖，與其說作品像，不如說是姿態神似，其中最像的，我以為是如宿命般背離現實的「孤獨」運命。張愛玲「每個人都是一座島嶼」之說，恐怕是最貼切的注腳。❶

（一）孤獨的根性

所謂「孤獨」的根性，這是張愛玲教主與第二代張派作家的最大公約數與對話方式。臺灣作為一座島嶼，地理文化烘焙出的島嶼生態，往往內化為創作者的孤獨性格，形成文體樣貌之一。此處我們無意比較張派作家文體特色，可見的反倒是張派作家對文體的注重。

❶ 水晶：〈蟬——夜訪張愛玲〉，《張愛玲的小說藝術》（臺北：大地出版社，一九七三年版），頁17～41。

張愛玲便曾對水晶讚揚同代作家沈從文的作品：「這樣好的一個文體家」，顯現張愛玲對文體的肯定。後有袁瓊瓊評朱天文堪稱「有文體的作家」。王德威則形容朱天心《古都》中，化身日本遊客的敘述者，娓娓道出對歷史的焦慮，對城市（臺北・京都）經驗的執著，交錯出「論說文文體頗可令人側目。冗長的篇幅，散漫的議論隨想，在在透露作者無意討好讀者的決心」現象。可以說，這是廣義的張派跨世代作家對文體思考的對話了。而這個對話，基本上建立在孤獨的根性。

亦就是張愛玲三歲，便能搖搖擺擺立在滿清遺老前朗吟：「商女不知亡國恨/隔岸猶唱後庭花」的原由。也就無怪長成後，與真實生活無緣，在一間屋子住了兩年仍不知道電鈴在哪裡——「我等於一個廢物」下場。十六歲時母親回國看見張愛玲的低能，給她兩年學習適應環境：「我懊悔從前小心看護你的傷寒症，我寧願看你死，不願看你活著使你自己處處受痛苦。」與世俗格格不入之孤僻，終其一生，預言了張愛玲「在沒有人與人交接的場合」孤獨一生的寫照。

擅於獨處性格，這一代的張派作家表現在寫作上，毋寧是消極的，這一點與前行代及後代都不一樣。張誦聖〈袁瓊瓊與八〇年代台灣女性作家的「張愛玲熱」〉比較袁瓊瓊與其他女作家與張愛玲之間的同質性，指出張愛玲獨有的消極性 (negativity) 使張愛玲選擇了叛逃，其特立獨行的逾越行徑，離開了傳統價值體系，成就她筆下女性一種典型的負面特質。觀察袁瓊瓊筆下人物，一路以來，如〈自己的天空〉中的靜敏，《蘋果會微笑》的趙光明，掙脫傳統女性枷鎖，忠於自己情慾內在，展現的不忠正好是誠實，在在令人會心莞爾，這樣的女性即使年齡大了，仍帶有童女般的任性，符合張愛玲最了解的「酒精缸裡泡著的孩屍」深意。永不增長的舊式歲月，帶給她的邊緣感，孤獨如島，自成一國，這是張派作家的根性了。

（二）變換偏離

比照張愛玲孤獨一生最後孑然去世，在父親朱西甯過世後檢視未來，朱天文擬想自身之前之後生活形態，是「不斷變換的偏離」。在這個基礎上，朱天文坦承：「假如不是有家人同住在一起的話，大約也是就走往類似那樣的生活方式，因為那是最自在的。」❷其實

❷ 朱西甯過世，身為同業的女兒朱天文頓失庇護，心有所感，悼念文章裡，舉卡爾維諾(Ltalo Calvino, 1923–1985)「如果直線是命定的，兩點之間最短的距離是直線，那麼偏離，就能將此距離延長。」引喻如果偏離變換以至於隱藏了本身的軌跡，就此將過遺世獨立之生活，且日後將以「死亡的眼光」記憶逝者。見朱天文：〈做小金魚的人〉，《聯合副刊》，《聯合報》，一九九八年三月二十八日，四十一版。朱天文：〈另類的父親節禮物〉，〈健康〉，《聯合報》，一九九八年八月六日，三十四版。

早在和父母作家朱西甯、劉慕沙同年紀之齡，朱天文謂已失去了他們那種活力，自道「鋒芒斂盡，成為孤僻隱者」。

相同的寫作者姿態也在袁瓊瓊及蘇偉貞身上顯現，換了個時代生活空間，但終其一生，不僅「活在他方」，且愈益以背向人間的姿態，朝俗世生活更遠處退去。❸淡的不能再淡的紀事，交織其性格及創作。被視為張愛玲另類傳人的香港女作家黃碧雲（一九六二—）早期曾訪蘇偉貞談寫作，對蘇偉貞的印象是「有新色，甚至喜氣。」這新色與喜氣是潔淨不安到疏離陌生，蘇偉貞當時便透露道：「現代都市節奏簡直就像集體

❸ 袁瓊瓊評蘇偉貞《單人旅行》，認為《單人旅行》：「是一本異鄉人寫的書。這個人一輩子活在他方，與整個世界格格不入，他不了解世界，世界也不了解他。他總是逃離到另一處，對任何地方從來沒有習慣過。在述寫的同時，他已經逃離現場。」見袁瓊瓊：〈活在他方〉，《金石堂書訊》，一九九九年三月號，頁4、5；另蘇偉貞在寫作二十三年後推出短篇小說集《魔術時刻》，她在序中寫道：「神祕圖案無解而動人，為什麼岩畫中的人形都那麼寫意而非寫實？」透露生活及心境如退至岩洞，創作似被時間鎖住的壁上岩畫。見蘇偉貞：〈岩畫紀事〉，《魔術時刻》（臺北：印刻出版公司，二〇〇二年版），頁5。

毀滅」。❹這種潔淨不安，一如胡蘭成〈民國女子〉中所言：「愛玲是她的人新，像穿的新衣服對於不潔特別觸目。」對照蘇偉貞日後的背向人間，一路走來，這便是「滄桑」（袁瓊瓊小說篇名）了。

在成為「孤島」的過程中，檯面上的張派作家個個避世，但作品加上生活的肖似，直如真實的再現，這是生物學上的「擬態」(Simulation)了。❺八〇年代初成名，八〇年代中期轉入電影電視編劇的袁瓊瓊即有感而發：「別的事都要難得多，類如人際關係。我自己這五年來，在演藝界工作，就到現在，仍未學會如何應對和自處，給我很大的挫折感。」九〇年代中期袁瓊瓊再返文壇，觀察袁瓊瓊與文壇疏離前後，寫作對她一直是最自然簡單

---

❹ 黃碧雲訪問蘇偉貞，描述道：「蘇偉貞作品的人物時而無力、迷離，時而溫暖、和諧。無寧說這是臺灣都市文化與農村文化的交織。」見黃碧雲：〈蘇偉貞的迷離世界〉，〈社會與文化〉，《中報》，一九八七年一月七日，十一版。

❺ 「擬態」是生物學名詞，如掛在樹枝上的蟲，顏色與樹枝同，但是蟲而不是樹枝，稱之為「擬態」，用以形容電視符碼，以影像、聲音加上語言組成，更真實，讓人們直接以為這是真實的再現。有別於文學是文字表現。法國當代重要文化評論家Baudrilard，稱此現象為「擬態」、「擬仿」或「擬象」。見姚一葦：〈文學往何處去〉，《聯合文學》，第一五〇期（一九九七年四月），頁36。

的事，但生活則顯然是相反的。

相對袁瓊瓊的抽離，張誦聖以為張愛玲的特立獨行反映在她個人的書寫是故作姿態的挖苦，她筆下的負面女性的角色性格是一種久居社會劣勢發展出來的求生策略，進而推論七〇年代末至八〇年代初一群「唯情主義風格」自承受到張愛玲影響的年輕女作家在臺灣崛起，張愛玲遂成為她們的精神導師。且因一九四九年前即成名後定居美國，時空距離，張愛玲無疑為這一代女作家提供了誘人的典範。❻

二 眷村及都會的背景

張誦聖還觀察張愛玲流風移植臺灣，日積月累，她獨具的負面女性的角色譏諷手法，

❻ 張誦聖點名的七〇年代晚期出現一批引人注目的女作家，包括蕭颯（蕭慶餘，一九五三—）、廖輝英（一九四八—）、李昂、鄭寶娟（一九五七—）、蕭麗紅（一九五〇—）、蔣曉雲、朱天文、朱天心、蘇偉貞、鍾曉陽（一九六二—）、袁瓊瓊。她指後面七位受到張愛玲不同程度的影響。見張誦聖：〈袁瓊瓊與八〇年代台灣女性作家的「張愛玲熱」〉，《文學場域的變遷》（臺北：聯合文學出版社，二〇〇一年版），頁57。

來到七〇年代，新世代女作家或出身人際關係密切的眷村，或來自中產階級都會。張派女作家多人具有眷村背景尤其是一值得玩味的現象，像袁瓊瓊、蘇偉貞、朱天文都是軍人子弟成長於眷村。眷村是軍人眷社，有些建在部隊附近，也有因地價便宜建在偏遠處，大部分眷村都有自己的小學、自治會、眷補系統，可以說過著自我完整的生活，這是臺灣獨有的文化。眷村的封閉特質，張誦聖指出這一代師法張愛玲的作家，在中產階級及眷村自足支撐下，逐漸衍生出一種另類浪漫綺想及美學式的「逃避主義」(aesthetic escapism)。可以這麼說，是中產階級及眷村複雜又封閉的人際訓練，加速第二代張派作家出線時間。

對女作家崛起的時間點持相同看法的還有范銘如，但她更將時程朝前推至六〇年代，她以為七〇年代女作家有崛起的空間，是因為女作家經過六〇年代現代主義菁英文學衝擊黑暗期，退居兩大文學陣營邊緣，既未受學院青睞，亦非暢銷主力，相對整個臺灣女性文學創作史，是歷經了最黯淡的時期。亦即六〇年代女作家與當時「戰鬥文藝」代表的主流男作家，因著時局，造成了「我們」(Ours)及「他們」(Others)的對峙狀態而耗盡心力。難保七〇年代女作家們一有機會就試圖大舉，眾聲喧譁。

探討張誦聖所說的逃避主義，可視為另類「個人主義者」(胡蘭成形容張愛玲語)，日後第二代張派作家轉化成為寫作策略，卻是破解傳統「張派」不二法門，所謂同中求異，異中求同。

一、同中求異。舉例來說，連很早便與張愛玲劃清界限的朱天心，便摸索張愛玲嘗引用的樂府「來日大難，口燥舌乾」議論體，從而思變自創門號，不僅是走出，可說走遠「張派」門楣。而舞鶴（陳國城，一九五一－）看出朱天文的格物理論，是帶著漠漠冷辣個人風格，以寫作抵抗生活的綜藝化、虛擬化、贗品化闖出個人主義一片天。及早朱天文寫《荒人手記》是「對現狀難以忍受的逃脫，放棄溝通」。范銘如指出蘇偉貞《沉默之島》中展現的不耐、困阻、隔閡，化身為不同的女性，女主角晨勉浮游於各大版塊間，以緘默抗議，此言最能代表蘇偉貞以小說行走人世的「不耐」氣質，有別於張派。范銘如還指出袁瓊瓊九〇年代後，轉戰電影電視編劇，從小說淡出。一九九八年出版黑色幽默極短篇小說集《恐怖時代》，出人意表的情節和冷冽嘲諷，另闢一個異次元，《恐怖時代》不以大敘述為念，不囿於文學形式主旨，專治娛樂性及通俗化「小」說題材，反倒掌握多元、解體、遊戲九〇年代臺灣社會精髓。見出袁瓊瓊更彳亍獨行另闢黑色驚悚異次元空間，最是可觀。以上皆是從張派出走，從而建立個人風格例證，這種種都是由「個人主義」的變調，說是「同中求異」實不為過。

二、異中求同。在島上，一代一代的張派作家愈趨孤僻避世，論樣本，無疑得前推至張愛玲。「善隱世」的張愛玲曾致函一位對她文學成就毫不知情的美國學者詹姆士・萊昂(James K. Lyon)談到自己「日益從人際中退縮」，並言挫敗正在於「無法找到談話的對象。」一九七一年二月二日，詹姆士・萊昂因研究德國劇作家布萊希特與賴雅的關係，赴加州柏克萊大學訪問張愛玲。事後兩人仍有書信來往，詹姆士・萊昂強調「訪談過後兩個月，張女士仍舊可以詳記我們會晤當天她所說的一切，……這樣的親切無疑打破她孤僻難纏的惡名；相反的，她的行徑說明了一種與人為善、有高度社交經驗的人方有的慷慨」。所謂「高度的社交經驗」宜解釋為深諳人情世故，以此反向循尋，在在於朱天文、袁瓊瓊、蘇偉貞的作品見出，弔詭的是他們筆下的角色常是社交低能者，若說寫作需要大量生活經驗，他們的共同性是違逆儘管違逆，筆下卻有不同的現實世界勾勒，亦就是各人有各人的道。以朱天文為例，她在二〇〇三年以〈巫看〉為新長篇小說《巫言》開章，理出「一條是巫者生活如何與世事無爭，一條是率性寫作者如何將生活如何相關不相關的元素轉化為小說的能力」反寫作經驗姿態，顯現這一代張派作家們是如何異中求同，走出自己一條路。

　　上述觀點，作為分析第二代張派作家主軸，不難發現善隱者之懂得人情世故與退至寫作封閉世界並不相悖，宜為看待張派第二代作家一道極重要的視窗。

第二節　明月前身朱天文

你們兩位（朱天文、朱天心）的寫法都受張愛玲的影響，你們的爸爸（朱西甯），亦一樣受有張愛玲影響。——胡蘭成❼

要討論朱天文的張派氣質，必須先通過她承認自己也毫無辦法的「胡腔胡調」時期，才能明白何以一九九三年她因《荒人手記》與張愛玲《對照記》同臺獲獎時不禁「哽咽失語」，並了解何以她趁此機會，向漫長的「張派」身分正式「叛逃張愛玲」。

❼　朱天文參加二〇〇〇年香港嶺南大學主辦「張愛玲與現代中文文學國際研討會」的「張愛玲與我」座談，現身說法意識如何受張愛玲啟蒙、受教胡蘭成。這是朱天文在張愛玲逝後，繼一九九六年發表〈花憶前身〉八書記胡蘭成後，第一次在海外學術會議上發表對己身受張愛玲影響的記錄。見許子東：〈「張愛玲與現代中文文學國際研討會」側記〉，劉紹銘、梁秉鈞、許子東編：《再讀張愛玲》，頁343。

一　華麗的同臺演出

一九九四年十月二日第十七屆《中國時報》文學獎揭曉，張愛玲以《對照記》獲贈「特別成就獎」，同年十一月十二日，《中國時報》文學獎百萬小說獎揭曉，朱天文以《荒人手記》得首獎，蘇偉貞以《沉默之島》獲評審獎。十二月二日贈獎典禮當天，張愛玲不僅寄上近照，更發表書面得獎感言〈憶《西風》〉；朱天文和蘇偉貞亦上臺代表致詞。朱天文日後提到「因《荒人手記》獲獎看到臺上橫幅同時寫有張愛玲與自己的名字時，哽咽失語。」這不僅是張派作家一次華麗的同臺演出，亦是朱天文與張愛玲的歷史性連結了。

（一）文學獎因緣

此一戲劇性演出，可說是臺灣文壇「張派作家」同臺的一次高潮。亦揭示了臺灣張派作家的承接路線。對朱天文而言，這次小說獎的意義，還在於是一次文學行動的致敬與結束。回溯這個路線，我們試圖呈現第二代張派作家分水嶺，與朱天文作為第二代張派作家的依據。

一九七六年三月十八日，《聯合報》宣布「《聯合報》小說獎徵選作品辦法」，以十萬元徵選六個短篇小說，首創媒體舉辦「鼓盪沉寂已久的小說創作」養望之舉。彼時胡蘭成被延師授課於朱西甯家，他對在朱家進出諸子不時給予指點與鼓勵，日後以朱家姊妹為班底的「三三集刊」成員相約參加徵文，導致文學獎成為「張派」溫床的事實發生。在討論「三三」藉由文學獎勾畫張派圖騰前，我們有必要先對「三三集刊」進行了解。

一九七七年四月「三三集刊」成立，「三三」意涵蘭亭修禊事，日本女兒節，都在三月三日，對「三三」，「三三群士」確有外人難察的可喜心境，「三三」奉胡氏「無名目的大志」為「胡氏教條」，朱家諸子青春熱情被煽動不說，更大開眼界，體認思想啟蒙的重要。胡蘭成一九七五年五月以半年時間來臺去臺，依勢誘導「三三集刊」創刊，「三三集刊」創刊及日後三三出版社成立，可以視為「胡氏思想」的勝利，雖說此「胡氏」非彼「胡適」，也自有一番文學嫵媚想像空間。朱天文比擬為梁啟超與臺灣聞人林獻堂的歷史際會，不會是無心之言。

先看葉榮鐘《臺灣民族運動史》以當代人寫當代史，極盡幽微。文中描述一九一〇年流亡日本的梁啟超來臺演講，作七律「破碎山河誰料得，艱難兄弟自相親」，撫慰臺灣知識分子，激發年輕士子以臺中霧峰世家林獻堂為首組黨，梁啟超諫告林獻堂切莫以文人終身最是要點，要努力研究政經思想等社會科學知識，朱天文物傷其類，以這段典故自況「三三」與胡蘭成。「三三集刊」的成立，不免附著胡蘭成一九四四至一九四五年所創辦《苦竹》

雜誌風氣。《苦竹》分別於一九四四年十月、十一月及一九四五年三月，刊登張愛玲〈談音樂〉、〈自己的文章〉、〈桂花蒸 阿小悲秋〉，炎櫻〈死歌〉、〈生命的顏色〉及胡蘭成〈求開國民會議〉等文章，端的是以此取得發言權。《苦竹》共辦了四期；「三三集刊」則出了二十八輯雜誌。兩本雜誌皆屬於典型的同仁雜誌。日後朱天文才「恍然大悟，原來『三三集刊』乃《苦竹》還魂也。」但黃金事物難久留，「三三」與《苦竹》都因胡蘭成起、因胡蘭成散，難怪朱天文日後要感慨：「當時我們絕不相信，並沒有多久，我們或多或少都反逆了胡老師，更叛別了『三三』。」這是朱天文的懺悔錄了。

（二）三三書坊與胡蘭成學說

「三三集刊」創立之前，其實相類的知識群社早有前例，西方著名十九世紀以英國女作家維吉尼亞・吳爾芙為重心的「布魯姆斯貝里藝文圈」（The Bloomsbury Group），便代表了當時倫敦思想最進步的文化菁英群社，「布魯姆斯貝里藝文圈」與「三三」諸子不同處，在於前者成員泰半出身學風自由的劍橋大學，對於人與人之間關係的看重遠勝對國家社會的效忠。而「三三」，則在在實踐的是胡蘭成思想。

先說「布魯姆斯貝里藝文圈」，小說家佛斯特（E. M. Forster, 1879–1970）、詩人艾略特

(T. S. Eliot, 1888–1965)、經濟學家凱因斯 (John Maynard Keynes, 1883–1946) 都是這個團體成員，彼此交換智識，探尋創作，凱因斯則是社會科學知識的標記。吳爾芙是眾人的精神繆思，互為影響下，真是「誰不愛吳爾芙」（朱偉誠語）。來到二十世紀，Michael Cunningham 創作的小說 *The Hours*，將吳爾芙塑造出最清癯龐然的身影，吳爾芙與她的小說，始終是「布魯姆斯貝里藝文圈」最好的代言人。但對「三三」，我們要說，「誰不愛胡蘭成」。總歸來看，吳爾芙扮演的靈魂人物角色，胡蘭成有幾分神似。

最相似的部分還有吳爾芙嫁給李歐納德後創立了霍加斯出版社 (Hogarth Press)，此一結合，不僅出版吳爾芙所有作品，也出版許多當代名家著作：如艾略特的《荒原》(*The Waste Land*)、曼殊非爾 (Katherine Mansfield, 1888–1923) 的《序曲》(*Prelude*)、佛斯特的小說，皆一時之選，創造了叫好叫座雙贏局面。布魯姆斯貝里團體儼然象徵了前衛知識分子陣營，亦成為一個時代的美談。

「三三」則在多年後，「三三」成員中，馬叔禮、朱天文、朱天心、謝材俊等，亦以文學結盟，創辦三三書坊，其主要功能，即出版胡蘭成與「三三」成員的書。胡蘭成一手調教「三三集刊」的創辦，且直接於一九七九年，促成三三書坊成立。其時胡蘭成作品常招物議，便化名李磬寫作，三三書坊成立原意是為出版胡蘭成化名李磬所寫《禪是一枝花》，累積日後共出版了胡蘭成全本《山河歲月》、《今生今世》等四本書。此外還出版了朱西甯《八二三注》，朱天文《淡江記》、《小畢的故事》，朱天心《擊壤歌》，陳玉慧《失火》，鍾曉陽（一九六二—）《停車暫借問》等三三同仁著作。頗有向霍加斯出版社學習之意。一如霍加斯出版社由吳爾芙掛帥，三三亦由朱天文出任發行人，朱天心擔任業務經理，和會計妹妹朱天衣是重慶南路書街有名的「三三小姐」，譜寫當年「三三現象」之文學佳話。

二　朱家班的張派實驗

一九七六年的第一屆《聯合報》小說獎，可謂「三三」群士風起雲湧之文學元年。在此不妨取樣小說獎成績榜，以朱天文、蔣曉雲領軍的「三三」群士，日後如何證實他們曾經通往張派之路。

（一）文學獎考驗

可以如是觀，若非通過文學獎的考驗，便不會促成隔年「三三集刊」如此快速成立在後。所以說「三三集刊」的前身即是朱家班。

《聯合報》小說獎加持

一九七六年的第一屆《聯合報》小說獎揭曉，朱家班在胡蘭成督軍下大獲全勝亦招物議。在勝利部分，蔣曉雲〈掉傘天〉與丁亞民〈冬祭〉並列二獎（首獎從缺）；朱天文〈喬太守新記〉得第三獎；朱天心〈天涼好個秋〉、馬叔禮〈四秒鐘〉、蔣家語〈關山今夜月〉得佳作。爭議部分則是朱西甯這年擔任評審，難免有護航之慼，其公正性宜受公評。❽

越年，第二屆《聯合報》小說獎揭曉，蔣曉雲復以〈樂山行〉再得第二獎；第三屆一九七八年，袁瓊瓊以〈等待一個生命〉得佳作；一九七九年第四屆增設中篇小說獎，蔣曉雲以《姻緣路》得第一獎；朱西甯在一年獲贈特別貢獻獎。

《中國時報》小說獎完美句號

我們有理由相信，文學獎印證了「三三」結盟的社群意義，在他們是平行傳遞文學信

---

❽ 焦桐以「有權力就有反抗」對當年這個事件，有很直接的聯想。文章提到：朱西甯應邀擔任第一屆《聯合報》小說獎的決審委員，恰好他的女兒朱天文、朱天心都得獎，徵文揭曉後，許多人直接寫信給《聯合報》董事長王惕吾，質疑該獎的公正性，質疑承辦單位利益輸送，其中對朱西甯頗多謾罵、懷疑。為了避嫌，朱西甯一直到一九七九年，才再度應邀擔任《聯合報》小說獎中長篇決審委員。見焦桐：《臺灣文學的街頭運動》（臺北：時報文化出版公司，一九九八年版），頁208。

仰價值的道。「三三」眾人參加並創下佳績，脫胎換骨的情況下，不僅促發朱天文等結盟創辦「三三集刊」及三三書坊，更穿透朱西甯，直接與張愛玲、胡蘭成兩位教主對話。「三三集刊」若是第二代「張派作家」的溫床，全拜胡蘭成之賜，朱天文則是直接受記胡蘭成最深的「三三」成員。

於是當一九七七八年《中國時報》跟進舉辦時報文學獎，「三三」諸子再度全速揮軍前進，朱天心以〈愛情〉得優等獎，盧非易以〈日光男孩〉、馬叔禮以〈露水師生〉獲佳作；一九七九年朱天心〈昨日當我年輕時〉得佳作；一九八二年朱天文以〈伊甸不再〉得到優等獎，日後朱天文一九九三年再度以《荒人手記》得到時報百萬小說大獎，是「三三」參加文學獎成績最好的一位。隔年張愛玲逝世，這次得與張愛玲同臺獲獎，神奇的為朱天文與張派因緣劃下了完美的句號。

（二）張腔與胡調的蛻變

朱天文早期受教胡蘭成學說，開始是「過分一本正經而顯現的天真」，再早在胡蘭成那裡得了句「以前的人比較有個浪漫」則喜不自勝。日後遊走張派之門，朱天文自喻胡蘭成來臺離臺，對她啟了「成人儀式」深層作用，蛻掉童稚，進入成人。我們要說，那正是一場蛻變，依賴的是思想洗滌。

花憶前身

胡蘭成自云：「我為什麼要這樣念念於政治呢？因為我是天涯浪子，不事家人生產作業。」❾就因為胡蘭成念念於政治，才對著尚未成年的朱天文宣教——「你能學國父就好了」。引起朱天文的鄭重騷動。回顧朱天文早期散文〈仙緣如花〉確實充滿家國信念——「大大的立下志氣，把世上的一切不平掃蕩」、「單單為了張愛玲喜歡上海天光裡的電車叮鈴鈴開過去，我也要繼承國父未完成的革命志願，打出中國的新江山來」等句式，驗證胡蘭成是如何感動了朱天文，因著這樣青春難得，最初「三三」曾考慮用「江河」（長江黃河）做集刊名，無非表達回向胡蘭成禮樂之學政治想像的「思想啟蒙」之功，在朱天文，日後必須以寫作天命回報。

這一場禮樂文化的「招魂大會」演出，正值年少的朱天文宣誓效忠：「我只是向中華民族的江山華年私語，他才是我千古懷想不盡的戀人。」多麼悲壯，不是受胡蘭成「王道秩序」理論魅惑是什麼？細究起來，處處充滿以國父孫中山、三民主義與國民革命為禮樂王道的證詞，果然是「大肆強化革命情調、愛國情操民族自尊」，這是胡蘭成對朱天文啟蒙

❾ 胡蘭成：〈瀛海三淺〉，《今生今世》（臺北：三三書坊，一九九〇年版），頁661。

的代表臺詞了。

眾所周知，三三群士自朱天文以降，革命情調上求的是「三民主義真理的故事」；⑩文學價值求的是胡蘭成給出司馬相如太史公充滿天真人趣與物無差別的善意之「王風文學」。朱天文也就循著胡蘭成給出的路，走上隱性的「張派」之道。王德威認為多年後朱天文以同樣虔誠的態度，詠嘆末世，賞讚頹廢，才將胡蘭成「革命背景是沒有名目的大

---

⑩「三三集刊」發刊辭如下：春潮方生兮／日月星辰啪啪的浪潮中燦爛升起／呀——／竟也在這樣的三月三／三三或是出雲的紫微／這或是偶然，或是必然；或是人意，或是天意／又或者什麼都不是／你訝異也好／——最好是笑一笑／它的光靜靜落沙灘上／銀河裡思凡的星／您無意拾起來／讓它向您訴說天上的故事／您若認為三三縱排出乾卦，橫排出坤卦，也好／您若認為三三嚮往中國文學傳統的興比賦，也好／您若認為三三想要三達德，也好／或者／您若認為三三說的一生二，二生三，三生萬物的故事，也好／您若認為三三說的是三位一體真神的故事，也好／您若認為三三說的是三民主義真理的故事，也好／也許／您若認為三三就只是那樣的一個三三，也好，那樣一個思凡的／靜靜落在沙灘上的／浪濤千古打不斷的／您舉目一望／那說不盡的星海燦爛無限意／三三／深願以您的認為，做為它的心願……。

志」，⓫轉為張愛玲「革命是認真而未有名目的鬥爭」。

關於這場受教的過程，朱天文銘記再三：「『三三』始終沒有做到胡老師所期待的那樣千萬分之一。」她還說：「世事亦不因人的意志和作為而扭轉，倒是人在時間裡老去。」

知己之感

相較朱西甯，朱天文對胡蘭成更有一種知己之感。「花憶前身」難道說的正是「明月前身／梅花知己」深意？也就無怪日後朱天文以報仇動力續完胡蘭成《中國的女人》寫出《荒人手記》，還了悲願。⓬

⓫ 關於受胡蘭成影響功過，王德威評朱天文受胡蘭成革命觀念影響：「謝天謝地，朱的革命大志，來得急去得快。……朱因為過分一本正經而顯現的天真，……終於走出自己的路來。」見王德威：〈從〈狂人日記〉到《荒人手記》——論朱天文，兼及胡蘭成與張愛玲〉，朱天文：《花憶前身》，頁12、13；朱天文則認為那是一場成人儀式，儀式的功能是將人拋出去，而非包容人，親炙胡蘭成的過程是如躍然大雄峰上，上山容易下山難，以後的十幾年，她都是在找路下山，顯示她肯定這樣的影響。

⓬ 胡蘭成去世，朱天文給自己一個悲願：不管用什麼樣的方式，什麼樣的內容，總有一天，我要把這未完的稿子續完，你看著好了。這使我想到像張愛玲見弟弟被父親打了一巴掌而後母在笑，她進浴室對鏡子說：「我要報仇，有一天我要報仇。」見朱天文：《花憶前身》（臺北：麥田出版社，一九九六年版），頁95。

受教胡蘭成，卻頂著張愛玲的外表，真是尷尬，因此，與其說朱天文直面張愛玲，不如說透過胡蘭成抵達張愛玲。但無論如何，張愛玲終是一個目的。這也就是為什麼，一九九五年張愛玲去世，朱天文躲開了任何發言邀稿，朱西甯有異議，朱天文、朱天心持的理由是：「缺席也是一種悼念」。

朱天文信仰胡蘭成，一如朱西甯信仰張愛玲；張愛玲給出的是鄉土血性，胡蘭成則啟發了她關於「史上女人創造了文明」的原初概念。這是何以朱西甯的張派體悟寫出了《八二三注》、《華太平家傳》；而朱天文是以《荒人手記》回向胡蘭成。胡蘭成說部比喻生動，不無幾分嫵媚浮誇，如果當年張愛玲逃不過，朱天文更難。

更具體的文本是，一九七六年胡蘭成搬至朱家隔壁著書講學，連結一九七四年朱天文初見胡蘭成至一九八一年胡蘭成去世為止，雖說僅僅七年時間，卻橫亙朱天文十八歲至二十五歲「黃金歲月」，牽引所及，朱天文謂此時期是為「前身」，言明日後的寫作生涯，「整個的其實都在咀嚼，吞吐，反覆塗寫和利用這個，前身」。

事實上，朱天文初見胡蘭成，原本的打算是「見不到張愛玲，見見胡蘭成也好。」一年後，手抄胡蘭成日文版《今生今世》，「這一看就覺石破天驚，雲垂海立，非常非常之悲哀」，從此捲入「胡腔胡說」輪迴。朱天文的悲哀或在於：「我認為胡先生比張愛玲厲害多了，很懊悔一年前為什麼只看見張愛玲，沒看見胡蘭成，只好恨自己是，有眼無珠。」從「家族張迷一員」朱天文突變為「胡腔胡說」，朱天文從不隱諱。弔詭的是，要得張愛玲的道，離題換線，朱天文卻走的胡蘭成遠路，從不覺浪費。朱天文自白這是「離題」式策略，如小說敘述的括弧括弧再括弧、離題離題再離題的顛覆，基本不脫朱天文行使張派的姿態。印證朱天文《荒人手記》議敘分合、文體錯綜，如召喚胡張幽靈的風格，說朱天文「書寫特徵承之於張愛玲者顯，承之於胡蘭成者隱」實不為過。

但朱天文回到張愛玲的正宗法乳，一直要到胡蘭成去世前所寫〈女人論〉及《中國的女人》。《中國的女人》胡蘭成去世時僅寫了開頭，朱天文觸景神傷，遂發誓，不管用什麼樣的方式，什麼樣的內容，「總有一天，我要把這未完的稿子續完，你看著好了。」此一心願多像張愛玲的家庭革命：「我要報仇，有一天我要報仇。」

三　逆張與肖張之路

一九九四年，朱天文果然完成了她的誓言，以《荒人手記》重建胡蘭成所允諾「日神世紀的復歸」。其「逆張」與「肖張」眉目，括然清楚。

（一）逆張：奢靡文體的落差

張愛玲論「自己的文章」，表示單純寫法是行不通的——「我只能從描寫現代人機智與裝飾中去襯出人生素樸的底子。因此我的文章容易被人看做過於華靡」。張愛玲以機誚與裝飾去襯托素樸的底子，反觀朱天文《荒人手記》用的是一種「簡潔如聖經的文體，來寫最色感的內容」，套朱天文的說法，是用簡潔直訴的方式來寫頹廢。張愛玲以華靡層次寫素樸的手法，朱天文顯然牢記在心，她卻反其道而行，朱文天自陳非常嚮往「文體與內容之間產生的反差越大，會越有挑戰性」，但她以為「素樸的情慾」那種本色，她寫不來，「非不為也，不能也」，使得她越發走上「複疊、曖昧」的書寫方向，宛若一場「奢靡的實踐」。這是「逆張」之路了。

朱天文以荒人之姿「拒絕勢之所趨」，實踐的正是「食傷的情慾」，從建立以雌雄同體不以生殖為目的「不要後代，被書寫化的情慾美學」，終至大廢不起的同志情慾書寫來看，這種頹廢即如阿城所說「先要有物質、文化底子的頹廢。」此說無異對立張愛玲「浮華之中有素樸」的作風。這在朱天文是要顛覆張愛玲了。

胡蘭成慨言是從張愛玲那裡「得了無字天書」寫出《今生今世》，郭松棻謂這是中國人難得的「懺悔錄」。張愛玲領教之餘卻是敬謝不敏，不欲沾染。反觀朱天文日後以《荒人手記》致祭胡蘭成，這是「懺情書」了。《荒人手記》以奢靡寫頹靡，挑戰張愛玲「浮華之中有素樸」正宗法乳，贏了，了卻對胡蘭成的心願，得到救贖，撕下「張派」標籤；輸了，她實驗超越之路，沒有損失。這也見出朱天文夾在胡張之間多少有些尷尬。⑬所以這是前述本文談到如果《今生今世》是胡蘭成的懺悔錄，那麼〈花憶前身〉與《荒人手記》就是朱天文撇開張愛玲，對胡蘭成寫下的懺情書。

我們不妨順著黃錦樹對《荒人手記》的分析進入朱天文內心：「朱天文悄悄穿起少女時期的神姬之服，幽幽的向她的蘭師跳起巫女之舞，是禮敬，也是對他當年期許的一個回答。」《荒人手記》確是朱天文對胡蘭成「女人論」的一個完成與回答，黃錦樹看出端倪，召來朱天文「這使我感激」，打破多年禁口令，現身說法交待胡蘭成跟三三關係，做個了結才好開始。多年後，朱天文越過胡張障礙，對著啟蒙她、抑或「變成一個笑話或夢話」的精神導師跳起「對神之舞」，所對的「神」，不是別人，正是胡蘭成。⑭這是逆張而向胡了。

---

⑬ 同⑫，頁291。關於救贖的概念主要引述黃錦樹的理論：「朱天文在《荒人手記》中正是以告解者的救贖為其修行的『內容』。」

⑭ 同⑫，頁97。對「三三」成軍，朱天文表白：「三三變成如果是一個笑話或夢話之前，它曾經被這樣試圖實踐過的。」

或者與其說朱天文是以《荒人手記》向胡蘭成還願，不如說，是向張愛玲道別。

（二）肖張：戲劇化的演出

但逆張與肖張，無異光譜的兩頭，觀察世紀末的朱天文，王德威小結說她寫作「越發老練蒼涼，張愛玲於她的影響，反而較從前更加明顯」。朱天文如何走上肖張之路的，在此，我們不妨梳理朱天文作品，參照年代做對比。

七〇年代《淡江記》

這裡以年代作為聯結，援引劉大任（一九三九－）比較張愛玲生前最後一書《對照記》與早年作品〈金鎖記〉，生出了「文字上沒有發展，雖然兩文寫作年代相隔快五十年」的感慨。並參考王德威以年代析論朱天文，如提到七〇年代末《淡江記》中呈現了青年朱天文「緣情似水，多愛不忍」的特質，這樣的特質在八〇、九〇年代相繼被自己顛覆。再綜理朱天文喜愛張愛玲在先、受教胡蘭成在後，但總總數十年時間，其書寫風格的演進，肖張與背叛胡蘭成路上，在在說的是如此一名寫作者的故事：

> 這二十年來的改變，則印證一個作者追逐周遭事物及文字的軌跡。朱天文學不來張愛玲的狎

暱與譏誚。她的荒人在最絕望的時分，依舊透露莊重而誇張的姿態。在這裡「姿態」(mannerism)指的是生活的戲劇化演出。

顯然這戲劇化的演出，仍在百變演出張愛玲「生活的戲劇化是不健康的」奉行不諱的題旨。朱天文事張之路，最終仍難脫卸姿態上的神似。

八〇年代《最想念的季節》

轉入八〇年代，朱天文在初期即交出《最想念的季節》(一九八四)。袁瓊瓊以作家眼光指出，收在集中的短篇小說〈伊甸不再〉，寫人寫事，犀利明快，有種朱天文前所未見的豁達。⓯就在這篇朱天文得到時報文學大獎的〈伊甸不再〉裡，她不忘寄語張愛玲。小說中女主角甄梨見了年長許多的電視臺導播喬樵，酒一杯杯喝——「感覺自己一點點低、低、

⓯ 袁瓊瓊與「三三集刊」多有過從，她左手寫小說，右手以筆名朱陵寫詩，朱西甯認為本家妹子，她稱朱西甯為西甯大兄，她在為朱天文《最想念的季節》寫序，文中道：「因為性情，我一直比較偏愛天心，天心的東西火熱，而且老有種孩子氣的新鮮。天文一開始寫小說，她自己就在距離之外，寫什麼都是漠漠的，帶點冷辣，比較接近西甯大哥的風格，很注重技巧和語法。」見袁瓊瓊：〈天文種種〉，朱天文：《最想念的季節》(臺北：三三書坊，一九八四年版)，頁9。

低到塵埃裡去。」覆刻張愛玲送相片給胡蘭成後頭題字：

> 見了他，她變得很低很低，低到塵埃裡，但她心裡是歡喜的，從塵埃裡開出花來。

九〇年代《世紀末的華麗》

甫進入九〇年代，朱天文即交出被視為「寫出了年紀」之作《世紀末的華麗》，開始走出精神狀態上的青春期。

黃錦樹以為這是朱天文揭開以都市作為視景的序幕。這何嘗不是張愛玲念茲在茲的主題。作為書內指標作品的〈世紀末的華麗〉，主線寫模特兒米亞的情愛生活鮮少情節，副線則圍繞衣裳服飾潮流知識細節。這時期的朱天文逐漸展現她對「資本主義過度發達的臺北都會的物質狀況與精神狀況已感到十分疲怠，卻又身在其中，無可逃離」的姿態，〈世紀末的華麗〉的成就，還在於綜合了張愛玲〈更衣記〉及〈談女人〉題意。這是朱天文與張愛玲的「服裝密碼」了，這裡我們先看張愛玲怎麼說：

> 近年來最重要的變化是衣袖的廢除。同時衣領矮了，袍身短了，裝飾性質的鑲滾也免了，……所有的點綴品，無論有用沒用，一概剔去。剩下的只是一件緊身背心，露出頸項、兩臂與小腿。

時裝的日新月異並不一定表現活潑的精神與新穎的思想。恰巧相反。它可以代表呆滯；由於其他活動範圍內的失敗，所有的創造力都流入衣服的區域裡去。在政治混亂時期，人們沒有能力改良他們的生活情形。他們只能夠創造他們貼身的環境——那就是衣服。我們各人住在各人的衣服裡。

再看朱天文，如果說《荒人手記》是透過一段同性戀無後的傾世之戀，詮釋張愛玲〈傾城之戀〉裡「死生契闊，與子成說；執子之手，與子偕老」的基調，向胡蘭成交心，那麼〈世紀末的華麗〉則是朱天文以少女之身，革〈更衣記〉的命：

那年頭，脫掉制服她穿軍裝式，卡其，米色系，徽章，……她率先穿起兩肩破大洞的乞丐裝。……即使八四年金子功另創一股田園風，鄉村小碎花與層層荷葉邊，米亞讓她的女友寶貝穿，她搭礦灰騎師夾克，樹皮色七分農夫褲底下空腳步鞋。

九二年冬裝，帝政遺風仍興。上披披風斗篷，下配緊身褲或長襪或搭長及膝上的靴子。臺灣沒有穿長靴的氣候，但可以修正腿與身體比例，鶴勢螂形。織上金線，格子，豹點圖案的長襪成為冬季主題。

不同的是，〈世紀末的華麗〉結束時，二十五歲即已年老色衰的「老少女」米亞的預言何其正經：

> 有一天男人用理論與制度建立起的世界會倒塌，她將以嗅覺和顏色的記憶存活，從這裡並予之重建。

張愛玲〈談女人〉一仍輕鬆嘲諷：

> 人類馴服了飛禽走獸，獨獨不能徹底馴服女人。幾千年來女人始終處於教化之外，焉知她們不在那裡培養元氣，徐圖大舉。

朱天文的這支服裝隊伍，果然小女生打下了江山，一領人世萬般風騷：

> 拋置大墊肩，三件頭套裝。……女人經常那樣穿，視同自動放棄女人權利。……她就是要佔身為女人的便宜，越多女人味的女人能從男人那裡獲利越多。

反觀張愛玲〈更衣記〉從容有把握得多。明眼人不難看出其中奧妙在於張愛玲機鋒俏皮，卻無意爭女權，來到男女衣史幽微處，她觀察男裝的近代史和女性相比平淡得多。男人西裝，謹嚴而黯淡，連中式服裝也長年在灰色、咖啡色、深青裡面打滾，質地與圖案極單調，她內心有底，才能語帶雙關若無其事調侃道：

男子的生活比女子自由得多，然而單憑這一件不自由，我就不願意做一個男子。

張愛玲〈花凋〉裡維也納回國的留學生章雲藩，對過時的長旗袍的喜愛，是張愛玲筆下普世舊派男性對女人的理想與想像的代表心理：

她這件衣服，想必是舊的，既長又不合身，可是太大的衣服另有一種特殊的誘惑性，走起路來，一波未平，一波又起，有人的地方是人在顫抖，無人的地方是衣服在顫抖，虛虛實實，實實虛虛，極其神秘。

虛虛實實，實實虛虛，四兩撥千斤，這是張愛玲與女人及衣服的對話。在朱天文那裡，顯然她與女人及衣服的對話更鄭重而微。

童女過招

不說文章裡的更衣世代，張愛玲也有她自己的「服裝情結」。張愛玲八歲時母親自國外歸來，對張愛玲的衣著頗有意見，一下子便結束了她對衣服的浪漫童稚時期。⑯如果我們懂得張愛玲如何避開來自家庭的衝突、壓抑與禁錮，⑰就會知道她無須歷經外界滄桑已懂世故，那是張愛玲生命的底色與試場。若說張愛玲是飽經家庭磨練出的「世故的少女」，那麼朱天文正是廣受家庭庇蔭不想長大的童女世界。〈世紀末的華麗〉裡的米亞過早衰頹，說的其實正是朱天文不讓她的女主角、她自己「轉大人」的內心渴望；一如〈傾城之戀〉裡的白流蘇空有一張不顯老的臉，她的衣著姿態看似

⑯ 八歲時張愛玲母親出國多年回國，張愛玲吵著穿上自認最俏皮的小紅襖，母親見了第一句話就說：「怎麼給她穿這樣小的衣服？」後來父親再婚，繼母帶了兩箱舊衣服給張愛玲，有些領口都磨破了，令她相當難堪。見張愛玲：〈私語〉，《流言》，頁159；及張愛玲：《對照記》（臺北：皇冠出版社，一九九四年版），頁30。

⑰ 張愛玲形容家人關係如毛澤東所說的行軍或進步之舞，「前進兩步退一步，希望能比給他們帶來痛苦的人活得更加長久。我母親家那邊的消息，我都是從我舅舅的一個女兒那兒聽來的，她是惟一一個出來的。『我們黃家算是完了』。」但她也說：「很多人不久就發現自己聰明有限，於是把別的放棄了，專靠土地歲入吃飯。戰爭、饑饉、通貨膨脹，接連不斷，歲入是損之又損，他們是愈來愈窮。共產黨也只不過是讓結局來得更快一點罷了。」見張愛玲著，劉錚譯：〈回到前方〉，〈人間副刊〉，《中國時報》，二〇〇二年十二月十四—十七日，三十九版。

十分羅曼蒂克，但我們要知道，白流蘇婚姻來去也才二十八歲，在千年如一日的白公館裡，她同樣怕老：

流蘇突然叫了一聲，掩住自己的眼睛，跌跌撞撞往樓上爬，往樓上爬……上了樓，到了她自己的屋子裡，她開了燈，撲在穿衣鏡上，端詳她自己。還好，她還不怎麼老。

魯迅形容世故的少女，「是在招搖，也在固守，在羅致，也在抵禦，像一切異性的親人，也像一切異性的敵人」。端的是白流蘇與米亞寫照，亦是世故的少女與童女過招了。但「世故的少女」與「童女」都出自一種自覺。此一自覺，顯示於寫作姿態上，楊澤以為，張愛玲在提示自己文學位置時，「十分自覺地把自己和《金瓶梅》、《紅樓夢》、《海上花》所代表的情色小說傳統連結起來；她也談到這幾座文學的高峰，峰與峰之間、之後的斷裂，隱隱地暗示了自己文學史上的位置」；至於朱天文省察自己的寫作，年輕時是「太恃才太率性了，缺乏責任感也沒有紀律，這是暴殄天物」，及長，她有了十分的自覺，通過踐履「巫者」之「它是一個命定，所以它是一個責任，不容逃避的」身分，也就在歷經現實與創作的童女轉大人儀式後，朱天文來到了九〇年代超越之路。

四　寫出了年紀

但朱天文九〇年代超越之路並非豁然開朗，觸及都市論述之《世紀末的華麗》、《荒人手記》之前，她必須先回首來時路做出整理，一九八七年兩岸開放探親，可說是一個契機。「探親文學」隨著探親的開放政策於焉興起，並成為專有名詞或說外省人的「專有權利」。但對朱天文，那是她童女時代與「寫出了年紀」的中線。跨過這條中線，她才能揮別童女時代。

（一）圓了世夢

探親之旅展開，朱天文跟著父親朱西甯與過去實際接軌，走一趟當年背包裡放著張愛玲《傳奇》的小兵回家之路，並將之寫入〈世夢〉，從而有了真正與過往江山的「離別」。朱天文賦與她的〈世夢〉女主角必嘉帶著她的心與眼，跟隨父親與五姑、表哥，不要忘了，現實故事裡朱西甯和南京的六姐，在內戰時是兩個大張迷。小說版〈世夢〉裡，親人香港見面，這個沒墓可掃的家族，於此圓了真實與小說的「世夢」，朱天文不止一次在小說中藉由〈世夢〉的管道作者自訴：

姑姑接到父親第一封信回信說，大家捧信讀了好幾遍，可是姑姑讀過一遍就不再讀了，因為人的福分都有一定，多讀一遍是多支一份福，卻希望留到有一天能夠相見。

臺灣這對父女同行，飛到香港上空：

後來機身一側，朝下斜飛，陡見傾掛在外的海洋跟島嶼，嶼上突斜著一棟棟鴿灰樓籠，密密切切，父親像是很受刺激，大喘一口氣。

大陸這對母子則由南京到廣州已經半夜，大清早買火車票到深圳排隊等出關，羅湖等了五小時才拿到證件，表哥道：

那官員先問我話，看我能講一些，一路扯，前陣子上海學生鬧事兒的情況，問胡耀邦下台我的看法，興致挺高的，這樣扯了一小時，我看實在不行了，跟他抱歉下面還要辦手續，才放我過關。

真實與虛構，雙方見面結束的時間到了，進入大陸的羅湖關口上：

姑姑撲簌簌掉下眼淚，握著父親手：「咱們是最後一次見了。你自己保重身體。」姑姑復握了握她，道：「大概以後也見不到了。」互又道了再見，與表哥拉著行李走進關內。

半輩子生離死別，最後仍回去當年離開後便注定回不了頭的「他鄉」：

機窗外，雲像堆雪在底下，上方青天蕩蕩，白晝杳杳，她與父親正在回家的路上。

告別了中華江山，一如班雅明（Walter Benjamin, 1892–1940），在希特勒掌權後，亡命天涯出走德國，背向歷史風暴，落得流亡異鄉。⑱

清清楚楚的，兩岸開放了，朱天文張望黃河江山卻無力可使，根本沒有革命。三三早風雲散去。此時，祖國已成異國：

第二代探親，親是有的，然而生活上共同的情緒卻好陌生疏離。與魚潮般的眾生擠在一起等車的時候，這裡是中國，而一切恍如異國。

何其眼熟，這段告別之旅，可不正是張愛玲「重回前方」過程：

⑱ 朱天文形容胡蘭成的亡命天涯其自覺自省處像班雅明，不無自況之意。見朱天文：〈花憶前身——回憶張愛玲和胡蘭成〉，劉紹銘、梁秉鈞、許子東編：《再讀張愛玲》（香港：牛津大學出版社，二〇〇二年版），頁281。

我記得十年前出來的那會兒，走羅湖橋上最後那段路，腳下是粗糙的木板，兩側是兵舍和板牆。……那條生命攸關的橋常被人比作連接人間與冥界的奈何橋。……親身經歷過，才知道它的真實。

現在回過頭來看，我終於明白了我的家庭、我的親戚們是怎樣牢記庭訓，死也不願意離開土地的，因為土地是惟一乾淨結實的東西。

總結少女情懷，朱天文在一九八七年出版了《炎夏之都》，內收〈世夢〉等篇，基本上〈世夢〉是《炎夏之都》諸篇的底色，一種道別之聲，就此，朱天文才好安心下來「清理自身的存在」與過去劃出界線。

如果少女成人，必須通過一道成人儀式，那麼九〇年代《世紀末的華麗》堪稱是朱天文另一「創作路程的里程碑」。但要等到之後的《荒人手記》完成，這段旅程才算正式完成。事實上，《世紀末的華麗》之後，《荒人手記》之前，朱天文對小說題材與表現形式，不是沒有過掙扎與實驗，如一九九二年朱天文大肆鋪寫的女性故事〈日神的後裔〉到第七章停筆，所以寫不下去，朱天文表示因為「徒具意念，沒有血肉」。平行看待《炎夏之都》、《世紀末的華麗》、《荒人手記》，識者不難看出其中的聯結，可以說這三本著作是朱天文寫作里程之情慾書寫三部曲。從這個脈絡來看，半途而廢的〈日神的後裔〉，注解了三個文本的主人：

> 一生裡女人們的啟蒙季節到來的時候，她的身體，她的心智，她的全部人橫蕩展開像一座新琴，沉默如深淵，沃黑似星空，等待人來打開她彈出清越華麗的樂章。

〈日神的後裔〉的實驗終成殘篇，但好在朱天文懂得放手，才有了《荒人手記》的成功。至此朱天文建構《炎夏之都》、《世紀末的華麗》與《荒人手記》成為情慾書寫三部曲的意義，於焉浮現。

（二）寫作是意志的實踐

> 有身體好好！有身體好好。——朱天文〈炎夏之都〉

完成於一九八六年的〈炎夏之都〉，寫的是一個炎熱之夏的蠻荒空城故事。都市商人呂聰智周旋在工作、家庭生活與情感歷程間，糾纏不清散發洪荒草昧令人窒息的情慾氣息，充塞小市民不上不下的尷尬處境。

《炎夏之都》：情慾書寫首部曲

〈炎夏之都〉單篇小說寫於朱天文三十歲前一年，隔年《炎夏之都》書出版。三十歲是朱天文自言離張愛玲越來越遠距胡蘭成越近的分界點。⑲以「炎夏之都」作為書名，朱天文的心事昭然若揭，〈炎夏之都〉實踐的正是張愛玲〈浮花浪蕊〉裡末世劫毀情狀。⑳循著這個思考，若言〈炎夏之都〉充塞了時代劫毀特質，是為朱天文另一條超越張派之路，誰曰不可。〈炎夏之都〉的洪荒草昧的流淌騷動無以名目，我們很容易看出，那種無謂的消耗與浪費，其實頗能見出之後《荒人手記》無性生殖名目的浪費意味，而這種浪費，最是生物本能：

他一輩子不曾忘記，燕怡在他底下緊緊抱住他，像是笑像是哭的喃喃說：「有身體好好，有

---

⑲ 在《荒人手記》得到文學大獎受訪報導如是描述：「在三十歲以前，確實受到張愛玲的影響很深，但近幾年，已經離她越來越遠了。也許，胡蘭成對她的文字風格的塑造，甚至對事物的體會都有更大影響。」見李臨冰：〈朱天文知道自己的位置在哪〉，《中國時報》，一九九四年六月十三日，三版。

⑳ 同⑫，頁67。胡蘭成讀張愛玲〈浮花浪蕊〉，說：「如默示錄的氣氛，連泡沫亦無漣漪，是灰塵也不飛揚，使人思之悚然於這時代劫毀之大。亦可以說是小小的天地不仁。」

身體好好。」他感動得任眼淚掉進她蓬香的頭髮裡，發出像水滴打在火上的淬淬的聲響。

月亮從樓叢之間昇起，勾勒出一幅後現代建築的荒蠻空城，而仍有高樓在建，碩大無朋的氣球吊著標語浮在半空，像一隻夜獸眈眈俯視他。……

想起了多年以前所愛的人的那句話，有身體好好！有身體好好……淚水從他的頰上滾下。

這不僅僅是「有身體好好！」之思了。〈炎夏之都〉說的還有都市男女無有出路的情感離合，附著時代劫毀天地不仁氣氛。

但朱天文處理情慾手法，雖時代不同，卻與張愛玲〈金鎖記〉描述不謀而合，猶如一場女性感官的「吶喊」：

七巧直挺挺的站了起來，兩手扶著桌子，垂著眼皮，臉龐的下半部抖得像嘴裡含著滾燙的蠟燭油似的，用尖細的聲音逼出兩句話道：「你去挨著你二哥坐坐！你去挨著你二哥坐坐！」……七巧道：「天哪，你沒挨著他的肉，你不知道沒病的身子是多好的……多好的……」她順著椅子溜下去，蹲在地上，臉枕著袖子，聽不見她哭，只看見髮髻上插的風涼針，針頭上的一粒鑽石的光，閃閃掣動著。

今天晚上的月亮比哪一天都好，高高的一輪滿月，萬里無雲，像是黑漆的天上一個白太陽。

遍地的藍影子，帳頂上也是藍影子，她的一隻腳也在那死寂的影子裡。七巧挪了挪頭底下的荷葉邊小洋枕，湊上臉去揉擦了一下，那一面的一滴眼淚她就懶怠去揩拭，由它掛在腮上，漸漸自己乾了。

朱天文的情慾是有所本，她特別傷感於日本老男人夜觀服藥的年輕「睡美人」，對比青春與衰老，所謂色授魂予，終至大廢不起，對朱天文絕對是「宿命的一個悲哀」。因此，如果說，是在八〇年代《炎夏之都》開始，朱天文「變本加厲」擺脫昔日歌頌青春少女寫作氣質，一頭栽進對衰老的描寫課題。那麼九〇年代《世紀末的華麗》與《荒人手記》，則是對色授魂予「食傷的情慾」的總結。這是我們要說《炎夏之都》、《世紀末的華麗》、《荒人手記》為朱天文情慾書寫三部曲的理由。

〈世紀末的華麗〉：情慾書寫二部曲

評者有論，九〇年代女性小說是由朱天文〈世紀末的華麗〉拉開絢爛的開幕。〈世紀末的華麗〉敷衍的是物慾與衣裳符識，表面像是一場場「紙上服裝秀」，內在埋伏二十五歲模特兒米亞與老父般的老段的羅曼史註定是一場「耗盡心力的因緣」。

順著同時王德威給出的「詠嘆末世，賞讚頹廢」主調來看，《世紀末的華麗》是朱天文寫出了「堪稱個人創作路程的里程碑」（王德威語）之著。這本短篇小說集一般咸認〈柴師父〉與〈世紀末的華麗〉是最好的兩篇作品。其中〈柴師父〉寫氣功師父柴明儀對年輕病人女體的慾望，隱晦的心事與往事交織如網，埋著「坤卦曰、東北喪朋，西南得朋，同類而行，終獲喜慶」密碼。朱天文由胡蘭成教講《易經》坤卦「西南得朋，東北喪朋」，得到靈感，鋪寫胡蘭成當年由臺北市北之陽明山落腳南邊朱家的一張路線圖——「陽明山在北，我們景美居南，喪朋之後得朋，是臭味相投聚到一起了。」給出了一絲線索。再看朱天文讀〈西洲曲〉句子「垂手如明月」，胡蘭成當即詩道：「這是寫的天文小姐哩！」胡蘭成還比喻朱天文、朱天心：「像對一件好東西生怕會碰壞它。每每當心得不得當，這是人代替天意干涉。戀愛如果像這樣，一定是最不好的一種戀愛。」真是由衷愛惜。凡此種種，青春年少的朱天文於是幽幽吐露心事：「天心喊胡爺，我有一些躊躇，還是把自己歸到喊胡老師那邊，因為喊胡爺就喊定了，再無別的可能。詩三百篇，思無邪，但我是思有邪。」暗合〈柴師父〉七十歲的柴師父「等待女孩像等待一塊綠洲」、「等待女孩像等待青春復活」，以及「等待那個年齡可以做他孫子的女孩，像料峭春寒裡等待一樹顫抖泣開的杏花，他不會知道已經四十年過去」。

真是「事不關己，關己者切」。㉑朱天文對情感不能不說有相當的體悟，〈世紀末的華麗〉鋪敘的正是由胡蘭成處領教的「藐不足道的悲歡離合都隨水成塵」情狀，真不足為外人道，朱天文由張愛玲〈浮花浪蕊〉胡蘭成形容的亂世泡沫氛圍著手，天地不仁，朱天文說：「若有不平，學卡爾維諾寫《給下一個太平盛世的備忘錄》的從容，待到浮花浪蕊都盡時。」這是〈浮花浪蕊〉的題旨了。

《荒人手記》：情慾書寫三部曲

朱天文自言《荒人手記》的前身是〈日神的後裔〉，但〈日神的後裔〉書寫到第七章停筆。是要到《荒人手記》，不僅代表了朱天文「寫作是意志的實踐」之貫徹力的達成，更寓意未來世紀翻新之時，朱天文將更上一層樓，以新國族寓言登上國際文壇，與張愛玲當年高度看齊，可說水到渠成，這是第二代張派作家比打頭陣的祖師奶奶幸運的地方。

㉑同⑫，頁85、86。朱天文謂八〇年代發生在臺灣的美麗島事件，眾多人因之而覺醒啟蒙，但她與之擦身而過，彷彿活在兩個版本不同的歷史中，她表示「事不關己，關己者切。我正投注於另一場青春騷動的燃燒裡，已經給了全部我所能給的。」並取胡蘭成詩句——「梅花有素心，雪月同一色。照徹長夜中，遂令天下白。」意指《山海經》炎帝女兒溺死東海化成精衛鳥，啣石填海發清哀之音。胡蘭成謂「聽那鳥音，為那少女的清哀，願與同填此海水。」

較之一九六二年張愛玲的《怨女》(*The Rouge of the North*)，寫於一九九四年的《荒人手記》，真是開發出了小說「新國族寓言」新向度。在新的張派推手王德威主事下，《荒人手記》由美哥倫比亞大學出版社英譯出版，一九九九年八月二十二日《紐約時報・書評周刊》很快刊出 Peter Kurth〈這男人是孤島〉(*This Man Is an Island*) 書評，透視英譯《荒人手記》所寫愛滋病橫流，同志面對死神掠身的處境，如同政治孤立的島國，肯定其為朱天文最拿手也最反諷的技法，並調敘事者藉書寫對抗時間與生命的汰逝，「不是一本消沉憂鬱之書」。㉒

臺灣學者張淑麗則指《荒人手記》重點，為感嘆當代通俗文化庸俗化，是一擺盪於現代與後現代之作。將《荒人手記》放上國際文壇檢視，《荒人手記》裡物慾橫流，朱天文有機會展示師法班雅明對事物描寫之「不厭精細」手法，朱西甯描摹之間亦有此一特質，換言之，朱天文在這部分無疑展示了對「父親形象」(father figure) 的孺慕之情，體現出「熱愛小的東西是孩子似的情感」的神髓。

㉒《荒人手記》英譯本 *Note of a Desolate Man* 由知名漢學家葛浩文 (Howard Goldblatt) 與妻子林麗君合譯，Peter Kurth 稱《荒人手記》展示朱天文最拿手也最反諷的技法——名流時尚、印度教導師、搖滾巨星、名導演與奇人軼事，走馬燈一般輪番上陣。見方念豫：《荒人手記》英譯本書評登上紐約時報〉，〈讀書人周報〉，《聯合報》，一九九九年八月三十日，四十一版。

朱天文的「不厭精細」，說是肖父，卻也帶著張愛玲特有的「戀物癖」，對物質，那是張愛玲認定的「有些東西我覺得是應當為我所有的，因為我較別人更會享受它，因為它給我無比的喜悅」。張淑麗延伸解讀，集「戀物癖」、「戀字癖」及與現實脫離的現象，暗合劉亮雅析論《荒人手記》文本分裂的原因。劉亮雅指出，朱天文的小說之所以懸盪在現代與後現代之間，正因其書寫手法極其後現代，大量使用拼貼、仿諷等技巧，卻又無法真正擁抱現代都會生活。

這回朱天文以雌雄同體做陰性宣言，穿透胡蘭成向張愛玲的女人論「超人是男性的，神卻帶有女性的成分」基礎，朱天文如是說道：

所謂神性，亦即陰性。

世紀末，因著《荒人手記》，朱天文來到情慾的新神話國度。

（三）重新與父親對話

及身而返，二〇〇三年九月，放下與張愛玲、胡蘭成對話，睽違三千天，朱天文以〈巫看〉為新長篇小說《巫言》開章，展示新世紀之旅，不比以往，書寫之初，朱天文即宣告寫作生命進入陽春白雪「只寫表面」心境。㉓這會兒，朱天文成為一名「不結伴旅行者」來到寫作生命的天涯海角。繼《荒人手記》之後，比擬卡夫卡「拆毀生命的圖像」，新作《巫言》，朱天文找到了一個出口，「以之回向父親」。

如今，回到朱天文的「漠漠冷辣接近朱西甯」的風格。㉔貼近「愛而敬之」張愛玲的父親，究竟是遠了「張派」還是近了「張派」，這是新世紀書寫的另一章了。我們看見的是，逝者未曾遠離，朱天文由肖張的路上及身而返，從頭思之念之父親不夠，在她自《荒人手記》後沉潛十年再出發的《巫言》裡，她再度借重朱西甯〈現在幾點鐘〉裡句子模式，與父親展開雙重對話：

電話裡她會向父親問候道：「你那裡現在幾點？」

重回朱家班，這是朱天文穿透胡蘭成與張愛玲，站上最初的「肖父」位置了。

㉓ 朱天文嘗試只寫表面。用她寫給侯孝賢導演的廣告詞作為解釋：「深度是隱藏的，藏在哪裡？藏在表面。」見舞鶴：〈舞鶴凝視朱天文〉，《印刻文學生活誌》，創刊號（二〇〇三年九月），頁41～43。

㉔ 袁瓊瓊對朱天文的小說風格有獨到的看法，認為朱天文總在距離之外，寫什麼都是漠漠的，帶點冷辣，比較接近朱西甯的風格，很注重技巧和語法。見袁瓊瓊：〈天文種種〉，朱天文：《最想念的季節》（臺北：三三書坊，一九八四年版），頁9。

第三節　隨緣的蔣曉雲

〈隨緣〉比起張愛玲《傳奇》裡那幾篇喜劇型的短篇來，真的並無愧色。——夏志清

一九七五年十月，蔣曉雲（一九五四—）參加救國團暑期育樂活動文藝營徵文比賽，以〈隨緣〉獲大專組第二名，得獎作登於救國團刊物《幼獅文藝》成為她的處女發表作。〈隨緣〉一出手即招來朱西甯「一看也是張愛玲小說的風味」封號。朱西甯愛才，不久蔣曉雲即與朱家班時相往來；「三三集刊」成立後，蔣曉雲則是基本作家。

一　夏志清的肯定

夏志清一開始便肯定〈隨緣〉寫作成熟：「比起張愛玲《傳奇》裡那幾篇喜劇型的短篇來，真的並無愧色。陳若曦大學時期寫的小說遠比不上〈隨緣〉；白先勇早期作品，除〈玉卿嫂〉特別出色，大半也不成熟。」

（一）〈隨緣〉初啟

以夏志清五十四歲的「壯年」背景，無論在年齡或評論地位，都可說如日中天，因著他，蔣曉雲很快便入列「張派」之門。

蔣曉雲毋寧是早慧的，〈隨緣〉得獎時才二十一歲，較之張愛玲二十三歲發表〈沉香屑──第一爐香〉可說更年輕。以年齡作為基準，夏志清且比較陳若曦十九歲發表小說處女作〈週末〉，勾勒蔣曉雲的才華還顯現在「具有觀察人世特具的智慧」之特質，這就很容易拿來與張愛玲的世故譏誚比賦了，難怪夏志清要依附朱西甯的看法──蔣曉雲「甚易給人歸入所謂『鴛鴦蝴蝶派』，或敬重些的視她做『張派』」。夏志清對蔣曉雲的注目是否來自「張派」不可知，但說他注意到了蔣曉雲與張愛玲的相似，應有跡可循。我們要知道，斯時正是張派光環躍升的年代。張愛玲甫以新作〈談看書〉再度引發文壇驚嘆。同期胡蘭成亦在臺講學，愈加煽動了「看張」的風氣。加以朱西甯點撥，這或是夏志清將蔣曉雲與張愛玲聯想的原因。

惟可以確定的，是《聯合報》小說獎給了蔣曉雲被夏志清評價的機會。一九七六年，《聯合報》開辦小說徵獎，蔣曉雲與三三諸子攜手參賽，一出手，便以〈掉傘天〉得到二獎(首獎從缺),三三諸子以她的成績最佳,夏志清詡為新興小說家中最優秀的一位。第二年,蔣曉雲再以〈樂山行〉得短篇小說第二獎。一九七九年更以《姻緣路》得中篇小說首獎。一路下來,適逢夏志清自一九七七年以來,密集參與《中時》、《聯合》兩報文學獎評審。受到他將張愛玲推上國際舞臺的影響,他的評審意見與風格相對凸顯。以夏志清擔任兩報小說獎決審委員皆以書面方式,可見被倚重程度,他對得獎小說的評論往往獨具看法。㉕開始便對蔣曉雲小說評價甚高。可以說,文學獎作為三三操演「張派」的溫床,夏志清亦是從文學獎開始較深入認識蔣曉雲。引發夏志清日後少見的為其《姻緣路》寫了篇長序,從此蔣曉雲順理成章名列「張派」旗下。這在蔣曉雲或是「有口難言」,然而名號一旦打響,也就很難辯白了。

㉕ 一九七八年夏志清同時擔任《中國時報》與《聯合報》文學獎決審委員,《中國時報》詹明儒〈進香〉得首獎,《聯合報》則是張子樟〈老榕〉得第一獎。兩篇都呈現鄉土文學氣息。夏志清在評審報告中強調:「詹明儒〈進香〉在意識上過份強調『孝』。文學革命以來,我們早已唾棄舊社會不合人道的風俗、習慣、思想的新傳統。我們文學的新傳統,其實正保留了孔孟哲學裡的仁愛二字。我這種想法來評〈進香〉,簡直不能相信是當代青年的作品。」見夏志清:〈正襟危坐讀小說〉,〈聯合副刊〉,《聯合報》,一九七七年十月十一|十三日,十二版;夏志清:〈兩報小說獎作品選評〉,《新文學的傳統》(臺北:時報文化出版公司,一九七九年版),頁267～306。

（二）島上複製張愛玲的意圖

比較同為「三三群士」，蔣曉雲確是夏志清最早欽點的「張派」傳人。重新發現張愛玲後繼者，適正反映了夏志清當時的處境與困局。

之前，夏志清成功闖出海外功名及完成張愛玲「銷臺」之舉，清楚看出，他長期依傍的文學觀點是奉「永恆的文學」為準則，強調好的作品應「多關注永恆的人類問題」。

循此檢驗他在竹幕關閉後的中文文學閱讀卻是失重的。大陸自一九四九年以來，彼時重創文學傳承命脈的文化大革命正進入關鍵的結束年代，尤有甚者，毛澤東「利用小說反黨，這是一個創造」的講話，更斲傷了文學創作。

長期的文學封鎖，夏志清當然失去持續研究如錢鍾書、沈從文、張天翼等人作品的機會。我們相信，作家失去了創作輸出的機會，評者失去研究的管道；雪上加霜的還有夏志清無法從事第一手研究的痛。

無法從事第一手研究，夏志清惟有將目光投向同樣反共取向的臺灣。之前因為夏志清的評介，張愛玲雖被貼上「反共文學」標籤，卻有機會在臺灣流行，是為不爭的事實。

關於此事的爭議多年後浮出檯面，陳芳明為張愛玲被貼上「反共文學」標籤伸冤：「張愛玲小說之所以成功，恰恰就是沒有受到文藝政策的支配。」邱貴芬卻以為張愛玲小說創作雖與國府的反共文藝政策無關，她作品在臺流行、傳播卻與臺灣當時的文藝政策與往後數十年臺灣文壇的生態大有關係，她強調：「張愛玲能在現代中國文學爭得如許崇高地位，不得不歸功反共立場鮮明的夏志清。」亦就是「反共文學」仍是張愛玲無法去掉的標籤。然而教學及家庭事務的忙碌，使得他自一九六一年出版 *A History of Modern Chinese Fiction* 後，對臺灣文壇的了解是以姜貴、陳紀瀅、朱西甯、王禎和、陳映真、黃春明為主。而這些作家，有以反共文學名世或作為信仰，如姜貴、陳紀瀅、朱西甯；有以鄉土文學享有成就卻困於七〇年代臺灣當時的鄉土文學論爭裡，如王禎和、陳映真、黃春明等。一時之間他並看不見新的較有可能的面孔。不爭的事實是，夏志清既無法做中國第一手研究，難免興起在島上複製張愛玲私心，卻受制缺乏有分量的新作家，文學獎平臺，就給了他一個機會。蔣曉雲以〈掉傘天〉崛起的《聯合報》第一屆小說獎，他無緣參與，但他趕上了第二屆，於是他眼光一亮看見了「不止天才，簡直可說是小說全才」的蔣曉雲。種種跡象顯示，短短四五年時間，夏志清確定蔣曉雲不僅會繼續發表作品，也是一位「早熟」作家，從張愛玲一經品評身價百倍模式與自信，這恐怕才是他很快認了蔣曉雲並急著為她定調的原因。也才有他為蔣曉雲第二本小說集《姻緣路》作序之舉。夏志清成為張愛玲與蔣曉雲的伯樂，最大的功能，我們要說，是讀者更加清楚意識到蔣曉雲的「張派」色彩。

因此，若要論蔣曉雲之為「張派」及完成、超越之路，不妨循著夏志清給出的界定，劃出三條路線：一是，七〇年代：真情與假緣；二是，八〇年代：海外生活的轉換；三是，九〇年代：書寫的完成。

二 七〇年代：真情與假緣

單論夏志清為蔣曉雲《姻緣路》寫長序作為，很容易做聯想的是夏志清《中國現代小說史》全面評價張愛玲。這篇序裡，夏志清舊調重彈，不僅針對《姻緣路》作評，更全面評論蔣曉雲之前作品及未收在《姻緣路》的短篇小說〈隨緣〉、〈掉傘天〉、〈宴〉，甚至散文〈未若彼裙釵〉。夏志清且不時拿張愛玲、蔣曉雲做類比，如稱譽蔣曉雲小學就開始寫小說「生來就是天才」，相提並論張愛玲七歲寫第一篇小說。

不僅於此，夏志清更將序文作為送蔣曉雲的結婚賀禮。在「真情與假緣」（序名）之間，夏志清關愛至極，確溢於言表。相較張愛玲滬上短短寫作生涯交出《傳奇》與《流言》即因局勢出走海外；蔣曉雲只交出小說集《隨緣》與《姻緣路》後，同樣遠赴美國，寫作之路，同樣奇妙的複製了張愛玲的創作斷層記錄。

複製張愛玲，這在蔣曉雲是有心與無意了。但有跡象顯示，蔣曉雲的像，還在於她們都對「真事」的喜好上。

舉蔣曉雲〈未若彼裙釵〉為例，她自言這是「聽來的負心漢變心事跡實證」，在她寫來筆觸譏誚，然正因為是實證，落到與張愛玲喜歡「借重真實事件」雅好，只是程度深淺而已。㉖延伸看蔣曉雲敘述〈寫小說〉心意，道出有時候捨小說寫散文理由之一，是寫小說無非要求「確有其事」，㉗張愛玲更是「《傳奇》裡的人物和故事，差不多都『各有其本』」。但所謂真實，也有差異。一、就主題言。張愛玲主題通常圍繞大時代的淪落，如《半生緣》、〈傾城之戀〉、《赤地之戀》；蔣曉雲則多描寫凡人俗事、老人、畸零人、小市民的一生。二、就人物性格。張愛玲小說人物常帶文藝腔，內心蘊藏轉折細膩幽微，對此一人物性格

㉖ 張愛玲自言寫《赤地之戀》，不少借重真實事件，坦承：「愛好真實到了迷信的程度。」見張愛玲：〈自序〉，《赤地之戀》（臺北：皇冠出版社，一九九一年版），頁3。

㉗ 蔣曉雲自白：「我有一本筆記簿，隨手記了一些我想寫成小說的故事大綱，……前陣子我一直想寫個故事，女主角正是笨而又壞的那種。……說起來確有其事。」見蔣曉雲：〈寫小說〉，「三三集刊」編輯群：《鐘鼓三年》（臺北：皇冠出版社，一九八〇年版），頁245～251。

的掌握，張愛玲真正做到，誠然是「無情世代的先覺者」。反觀蔣曉雲，同樣是「無情世代」，夏志清以為，不論如何無情，比起蔣曉雲小說裡的臺北青年滿口生活語言大白話，張愛玲的無情眾生相，多少還有些「奇趣」，且張愛玲筆下的人物無論多麼自私也不致落到粗俗地步。無怪夏志清指出，無關好壞，蔣曉雲的筆下知識分子，不僅是無情的世代，更是「沒有理想的一代」。

（二）無情世代的特徵

其實朱西甯早已看出蔣曉雲無論〈掉傘天〉、〈隨緣〉、〈宜室宜家〉、〈驚喜〉、〈口角春風〉，「言的是『無情』」。朱西甯的直覺是正確的，蔣曉雲的距離自持正來自於生活經驗，她在〈未若彼裙釵〉坦承自己情緒反應激烈，所以朋友的「倒楣的戀愛故事就不是寫小說的題材」，可她又如此戀戀不捨這些瑣碎情事，根據的是一種邏輯上的理性：「失戀的女孩這樣多，這些情形必然有它的共通性。」共通性才是蔣曉雲小說的主旨了。正由於蔣曉雲筆下的愛情寫得理性無為，才顯得殘酷缺乏熱情，兼以蔣曉雲的愛情糾紛多集中城市知識分子身上，夏志清才進一步詮釋蔣曉雲所刻劃「無情世代」的前輩不是別人，正是張愛玲。可不是，〈傾城之戀〉裡白流蘇和范柳原本就是一對有知識根柢的「自私」男女，非要碰見巨大戰爭才能換得些微醒悟；〈紅玫瑰與白玫瑰〉留學歸國的佟振保，先是活在他創造的「對的世界」，任由本能由著王嬌蕊予取予求，有一天內心突然清醒做了他自己；同樣蔣曉雲〈鬧夢〉男主角洪偉頌返臺度假與前女友范倫婷人間遊戲，自己都快信了，突然就回歸現實面做了分割。再有〈隨緣〉中女主角楊叔雲與林醫師「肉邊菜」的男女關係，完全稱不上熱情；〈掉傘天〉裡女主角管雲梅放著一個並不愛的丈夫吳維聖，偏偏眷戀不羈的方一止，總歸白愛一場，寓言了陰天帶傘用不上往往掉了的結局，這樣的分別場面總是十分小兒女：

一把傘弄得臨別依依，上車了還要回頭叮嚀。像是一世的牽牽絆絆，都趕著這分秒要交代清爽。祇怕錯過今天再沒有了。

相似場景，放在張愛玲《半生緣》世鈞與曼楨的離別場面，水晶分析張愛玲寫情細膩，認為，〈掉傘天〉在情緒抑放張弛的控制上，比較同幕戲，少的是「所謂張派小說真正逗人喜愛的『戲肉』」：

她一直知道的。是她說的，他們回不去了。他現在才明白為什麼今天老是那麼迷惘，他是跟時間在掙扎。從前最後一次見面，至少是突如其來的，沒有訣別。今天從這裡走出去，是永別了，清清楚楚，就跟死了的一樣。

水晶間接驗證，刻劃兩情相悅或兩情相斥的情緒戲碼上，蔣曉雲比起張愛玲尚有一段距離功力。我們不妨據以秤量「距離功力」何指。先看蔣曉雲《姻緣路》中，二十七歲的林月娟因著「結婚執念」，不斷被男人的無情或濫情傷害，她忝為姻緣鬥士，卻連交往了八年的男友吳信峰並不愛她愛到要結婚，也無法讓她自婚姻迷津中斬斷念頭：

「認識八年多了，不管你還愛不愛我，是普通朋友也會有感情的。」月娟又說，聲音悽悽像在哀訴：「你告訴我為什麼？你嫌棄我什麼？你告訴我，我才能改，你不告訴我，我一直錯下去，不是永遠都嫁不掉了嗎？」

再看〈掉傘天〉裡拓落不羈的方一止，在情感上絕非管雲梅能控制的，但對能控制的丈夫吳維聖，她偏偏相敬如賓。這就是〈掉傘天〉的情感戲肉了，說的其實是「枉然」，但非得藉由絕望的交手，這戲才有了焦距：

「我愛你，我愛你！」雲梅喃喃地道：看是不太清楚自己在說什麼。一止輕咬她的耳垂；鼻息吹到她耳朵裡，又酥又麻。

他冷靜的打斷她：「妳並不愛我。」把杯子放下，他看她，非常肯定的說：「妳祇是在替自己的行為找藉口。」

而張愛玲〈傾城之戀〉裡，白流蘇與范柳原周旋了半天，一天深夜電話鈴大作：

她一聽卻是范柳原的聲音，道：「我愛你。」就掛斷了。……誰知才擱上去，又是鈴聲大作。……柳原嘆道：「……流蘇，你不愛我。」……可是我們偏要說：「我永遠和你在一起；……好像我們自己做得了主似的！」

流蘇沉思了半晌，不由得惱了起來道：「你乾脆說不結婚，不就完了！」

光看〈掉傘天〉最後，管雲梅為了一個不愛她的方一止的死訊，心神不寧掉了傘的橋段，以及《姻緣路》裡林月娟遠赴日本等結婚，免得杵在眼前給人壓力，卻被吳信峰負了，不但被負的毫無理由，找上門去反被吳母一陣搶白，即知蔣曉雲的情感並不刻意求戲劇性，反而帶著世俗的衡量：

「是講這婚姻也要有緣分。」吳太太下結論道。

月娟一聽就生氣，忍不住說：「阮媽媽是講信峰若沒想和我結婚也應該量早講，阿伊拖到現在，我也老到沒人愛了。」

「是講那時妳勿去日本就卡好。」吳太太顯然絕不願自疚。「伯母，」月娟淚又盈眶，她實在對這伯母的態度不滿意，「我去日本也是和信峰參詳過，伊做兵回來找無頭路，又想到我在等伊結婚，我那時看伊整天在唉，我在這裡顛倒增加伊心內負擔，我才辭頭路去日本。我也沒想讀什麼博士，單等伊事業做卡順利，就回來嫁伊……」

張愛玲〈傾城之戀〉裡白流蘇善於欲擒故縱就厲害多了。白流蘇深知范柳原看待婚姻不過就是長期賣淫，非關愛情，遷就的下場，終歸萬劫不復；她精括盤算地回到娘家，等待他「帶著較優的議和條件」來到她面前的一天：

熬到了十一月底，范柳原果然從香港來了電報。那電報，整個的白公館裡的人都傳觀過了。老太太方才把流蘇叫去，遞到她手裡。只有寥寥幾個字：「乞來港。船票已由通濟隆辦妥。」白老太太長嘆了一聲道：「既然是叫你去，你就去罷！」

白流蘇到底勝利了，男女主角間的暗中較勁，形成一種情感的張力。相形之下，林月娟節節敗退，以姻緣鬥士自居，卻不知道對手情感的致命要害，這毋寧是不痛不癢。

綜觀蔣曉雲筆下都會男女是比較缺乏情感鬥爭的天分。有的，真的是夏志清所批判的自私，不肯為愛情犧牲一點自己的利益，多了也就沒了。〈鬧夢〉范倫婷、《姻緣路》林月娟、〈掉傘天〉管雲梅正經到接近退卻，動不動就哭哭啼啼攤牌；既沒有上海女子白流蘇的精括厲害，也沒有《赤地之戀》社會主義新女性戈珊的險刻無情。

（二）對應現實人生的姿態

但蔣曉雲的「張派」之路走來，自有因緣。彭歌別具慧眼，指出那是對應現實人生姿態的相同，其實也是一種寫作的姿態。

在都市文明的流傳意義上，真實人生最能打入群眾，作者不是做夢的人，人們更容易在「兩行之間另外讀出一行」，得到自身問題的反射。[28]

[28] 張愛玲自述從小就是小報的忠實讀者，小報有濃厚的生活情趣，「可以代表我們這裡的都市文明。小報的作者絕不是一些孤僻的人，作夢的人，卻是最普遍的上海市民。……讀報紙文字，是要在兩行之間另外讀出一行。」見魯風、吳江楓、朱慕松記錄，陳彬龢、金雄白、李香蘭、張愛玲出席（一九四五年七月二十一日）：〈納涼會記〉，唐文標：《張愛玲資料大全集》（臺北：時報文化出版公司，一九八四年版），頁288～293。

孟瑤亦附議《姻緣路》寫關於適婚女子的不遇狀態，「看起來有一點作者的現身說法，心理入微而具真實性。」惟蔣曉雲曾強調小說中沒有自己的影子，若要將自己寫進小說，一定是個過路的人。這就看出蔣曉雲的創作本質，以旁觀的視角折射愛情，蔣曉雲不是主角，她是路人，因此對蠟炬春蠶纏綿至死的愛情沒有期待。蔣曉雲用的是一種「擬態」的手法。

這就符合姚一葦當年作為決審之一支持蔣曉雲《姻緣路》的析論。他看出月娟小男友程濤，「約會當天寄出一封限時專送，裡面只有一張上面畫卡通的那種書籤，上書『想妳』！」以仿擬手法，將人世間戀愛中人戀愛語言加以重組，成為更真實的再現。

范銘如指出，七〇年代末愛情題材崛起臺灣文壇，預告新一波女性文學風潮當推蔣曉雲。范銘如看出蔣曉雲的早慧長於描摹世路人情，但難比張愛玲寫都市情緣不同凡響，奠定了日後不朽傳奇；反觀蔣曉雲則似一顆乍現的流星，耀眼卻短暫。我倒以為，蔣曉雲寫的其實是非愛情，正好就沒有愛情。

這就埋藏了一個深沉的結果——張愛玲〈五四遺事——羅文濤三美團圓〉嘲諷表現舊時代男女追求自由戀愛的人生姿態。

故事裡的男主角羅文濤追求民主風自由戀愛婚姻，一次又一次革命，其結果反倒更落入封建時代坐擁三妻窠臼。這樣的姿態，梁秉鈞指出張愛玲是拿〈五四遺事——羅文濤三美團圓〉中角色，與「他們最討厭的瑣碎現實相提並列，到頭來與最庸俗的風尚連在一起。」豈非正是對舊時代陋習的「擬態」，張愛玲自己並不在這裡頭，反而是她親身經歷時代的折射。蔣曉雲以「姻緣路」比喻人生惟一的使命與意義，月娟不止一次堅稱「一定要結婚」的宣言，在在為支解愛情神話、嘲諷羅曼蒂克凡相的底牌，這是蔣曉雲的「新五四遺事」了。因此，探討蔣曉雲作品，將之置於張愛玲〈五四遺事——羅文濤三美團圓〉坐標來看，會更清楚，亦就是《姻緣路》根本是現代版「五四遺事」。

（三）城市無故事

光就寫男女之情事出發，自二十世紀初五四知識分子標舉自由戀愛以來，愛情習題常成為小說作者主要操演。不妨回過頭來看姚一葦的評價。姚一葦以為蔣曉雲小說中描摹月娟愛情路上跌跌撞撞，是避開了女性常帶有羅曼蒂克的感傷色彩，以一種冷靜的、細緻的筆法來描寫人物心理，人與人的關係，其可貴在沒有文藝腔及濫情語調。

而張愛玲是沒有感傷的，「夷然地活下去」的是蹦蹦戲花旦那樣的充滿生命力的女人。說穿了，海派女作家王安憶說的好：「城市無故事。」在蔣曉雲，她的城市故事，主要集中女性在婚姻裡搏鬥及老人在社會裡掙扎。

無能男女

蔣曉雲小說愛情篇章背景多取樣城市，卻也是這樣的「無故事」深化了都會特質，在太陽底下無新鮮事的城市生活中，人們能擁有的自主性，約只剩被誇張了的愛情吧？白流蘇初見香港暗中忖度：「在這誇張的城市裡，就是栽個跟斗，只怕也比別處痛些。」白流蘇拿捏故事斤兩，較之〈隨緣〉吃肉邊菜的楊叔雲、〈掉傘天〉叛逆傳統兩難的管雲梅、《姻緣路》猶豫不決的林月娟，甚至〈隨緣〉裡的配角安美玲都要先進些。像安美玲先結婚，前男友羅傑還要損她幾句，真是姻緣路上抓到籃裡就是菜：

「誰不要誰？安美玲不要我？妳想想看，我二十四、五歲，娶個老婆也二十四、五歲，我再逍遙個七、八年，娶個老婆還是二十四、五歲。她是不願意等呀？告訴妳，她是不敢等，過個三、五年，我不要她，她怎麼辦啦？」

同樣的考慮，也發生在張愛玲家族史一頁。張愛玲的祖母與姨婆的婚姻，祖母嫁給大二十多歲的張佩綸，姨婆則被李鴻章許了小六歲的任家，張愛玲姑姑批評外祖父：

這老爹爹也真是——！兩個女兒一個嫁給比她大二十來歲的做填房，一個嫁給比她小六歲的，一輩子嫌她老。

可不是，蔣曉雲的臺北市民紀實，比諸張愛玲的上海，畢竟較有新色，在文化底蘊上雖少了滬上風華，但取材自都會小人物中產階級，容易博得同路讀者認同。

張愛玲曾如是為中產階級畫像：「這裡沒有巍峨的過去，有的只是中產階級的荒涼，更空虛的空虛。」

兩相對比，無怪夏志清要說蔣曉雲的臺北男女故事，「在文化幅度少了張愛玲筆下滬港青年一層『傳奇』色彩」。

整體而言，蔣曉雲筆下的人物之欠缺個性與閱歷，與張愛玲小說人物的決絕並比，她言的不僅是無情，更正確形容，是無能了。

寂寞老人

七〇年代，蔣曉雲除了男女情愛故事，貫穿在她小說中的一條主線，就是對老人問題的著墨。她自白對年紀較大的人向有好感，並且和父母很親；以此為題材的創作亦是她此時期寫作另一關注，作品如〈樂山行〉（一九七七）、〈牛得貴〉（一九七七）都反映社會老年化問題，寂寞更是最普遍的主題。而張愛玲的〈鴻鸞禧〉、〈金鎖記〉中都有老人，唐文標尚且將他們列了一張世代圖，是一群頑固、權威、背負著舊傳統的老輩，清末民國初年，他們當家，手裡捏著錢，無能的後輩得仰賴生活，反諷的是，他們在封閉世界裡不肯出走，但那是小說人物，距離現實畢竟遙遠；不若蔣曉雲筆下的老人，較能反映現代人老人「正常」狀態。蔣曉雲對〈樂山行〉中的傅先生、〈春山記〉裡胡金棠等，也都寄予同情。這可說是蔣曉雲與張愛玲最大的不同。

但張愛玲筆下的老人既沒有現代女性可以再嫁之選擇，也沒什麼三朋四友爬山運動小市民樂趣，他們坐在家中，如繡在屏風上的鳥，再有輝煌的過去，也無法動彈，成為唐文標所形容——「存而不在的死物」。反觀蔣曉雲筆下的老人平靜自在得多。〈樂山行〉中生活舒適的老年人，似乎是無「性」之人，卻是蔣曉雲筆下具有普遍性人物的代表。

三　八〇年代：海外生活與創作瓶頸

但蔣曉雲的平淡筆意，卻十分能吸引一些過來人的認同。八〇年代《聯合報》三十週年社慶編選文學大系，李歐梵為小說卷《鋼血》寫序，坦承最喜歡的小說有兩篇，蔣曉雲〈樂山行〉為其中一篇，他評論這篇人物躍然紙上，栩栩欲生，毫無技巧上造作的毛病，中產階級、中年以上的讀者，看後多能產生認同感。這或是蔣曉雲在超越張派之路上最值得發展的主題了。而斯時，蔣曉雲人生已經轉往海外。

（一）題材轉化的困境

或因生活經歷有限，蔣曉雲小說多集中一九七六年至一九七九年間發表，短短三年時間，與咸認張愛玲最好的作品發表於一九四三年至一九四五年整三年期間不謀而合。一九八〇年蔣曉雲出國留學，從此進入海外生活時期，作品遽減，為蔣曉雲的「隨緣」張愛玲增加了不少變數。

八〇年代初蔣曉雲結婚赴美同時展開學業與家庭主婦事業雙重生活，一直要到一九八一年才密集發表了〈自由的故事〉、〈青青庭草〉，兩篇小說俱為反映小留學生狀況。之後便要遲至一九八七年，才再交出仍為同類型的小說〈小花〉。八〇年代可說是蔣曉雲海外生活適應期，也是寫作的斷層期。曾經蔣曉雲小說創作內外如此「絲絲入扣」，八〇年代整整十年，她卻只寫了三篇短篇小說。如此有一搭沒一搭的表現，不無辜負了夏志清的厚愛，更使得八〇年代初出版《姻緣路》，夏志清在序中對她期望落空。

事實上，夏志清之前對蔣曉雲寫作後座力相當樂觀，他對接續《隨緣》之後的作品〈幼吾幼〉、〈牛得貴〉給出很高的評價——「表現出來的觀察力與同情心範圍之擴大，〈幼吾幼〉、〈牛得貴〉這兩篇寫臺北近郊窮人的故事，我認為可列入中國近年最佳的短篇小說。」惟一能解，是對失去寫作題材來源的作家而言，反倒是轉化題材的時機，否則只有向以往尋求記憶。在尋覓新題材部分，〈自由的故事〉、〈青青庭草〉、〈小花〉的留學生面向，顯然並不能促發蔣曉雲的創作慾望；那麼就剩向以往尋求記憶。

（二）文化衝擊導致息交絕遊

一如張愛玲在一九七八年集中發表了三篇新作〈浮花浪蕊〉、〈相見歡〉、〈色，戒〉。在長期以文寫作遭困後，張愛玲轉而在七〇年代後期，回返尋找五〇年代的老材料，她的解釋是，這些材料——「曾經使我震動，因而甘心一遍遍改寫這麼些年」。文化的衝擊，蔣曉雲也有相似的情形發生。去國多年，集中一九八一年發表的〈自由的故事〉、〈青青庭草〉，以及一九八七年發表的〈小花〉，可謂蔣曉雲嘗試探討海外留學生題材的創作，惟因軌距銜接不易，再加上作品質量缺乏特別表現，不復她當年夏志清口中的天才全才姿態，未引發太大迴響。人們記得的蔣曉雲還是發表〈掉傘天〉、《姻緣路》甚至〈隨緣〉時代的蔣曉雲。

不同的是，蔣曉雲的讀者群一直以來就在臺灣，沒有題材迎合及角色認同的問題。但就掌握題材、技巧表現，蔣曉雲明顯不如張愛玲，加上她以往看是優點的平淡敘事風格，成為展示文化幅度較窄的缺點，在在難以支撐海外文化衝擊帶來的巨大變化，因此蔣曉雲在創作上開始撤離，也就不足為怪了。但既為「張派」曾經最被看好的天才，要怎麼收場，才是問題。就在八〇年代後期，兩岸關係解禁，禁錮已久的中國文學市場，真是久違了，蔣曉雲所擅長的親情題材，這才有了以舊記憶翻寫新故事的機會。

四 九〇年代：〈楊敬遠回家〉小結以往寫作

一九八七年，禁絕的兩岸關係，是從探親與文化交流開始解凍，蔣曉雲一九九三年發表了〈楊敬遠回家〉為以往寫作給出小結。若以一九四九年為分水嶺，睽違近四十年，新的「探親文學」區塊產生。與臺灣文壇如放風箏的蔣曉雲在發表這篇小說後，又無音訊，直到二〇〇一年，蘇偉貞為《聯合報》五十週年社慶，主編《時代小說》，收一九七六年至二〇〇〇年《聯合報》文學獎短篇小說首獎作品，蔣曉雲〈掉傘天〉為第一屆得獎作品，徵求版權授權，才短暫與蔣曉雲聯絡上。以目前結果來看，蔣曉雲不無以這篇小說小結以往寫作姿態。

（一）去鄉與返家的時代意義

一九九三年，蔣曉雲有機會陪父親回湖南岳陽老家，事後發表了〈楊敬遠回家〉，〈楊敬遠回家〉的前身是一九七九年發表的〈去鄉〉，此篇小說的發表，可說一是回向〈去鄉〉，再者將之放在與張派連結的脈絡裡，是有其意義的。張愛玲在離開上海後，以《赤地之戀》送參加韓戰的劉荃成為戰俘選擇回到上海，自己徹底離開了中國。蔣曉雲則藉由七〇年代離鄉人物楊敬遠，靠著兩岸開放探親，把楊敬遠送回了老家，完成了回向張愛玲的儀式，並與祖師奶奶道別。

對一名著作偏少，收筆甚早，總共只出過一本短篇小說集《隨緣》、一本中篇小說集《姻緣路》的作者而言，蔣曉雲脫節多年後仍未為文壇遺忘且經常被評論界提起，因素多與島上張愛玲研究有關。以《文訊雜誌》製作一九九九年至二〇〇〇年間「台灣當代文學研究之博碩士論文分類目錄（一九九九—二〇〇二）」專題為例，不少便是以張愛玲為研究對象／主題，而在這些研究論文中，張瑞芬提到——「談譜系學時，以張（愛玲）派為例，必是朱天文、袁瓊瓊、施叔青、蔣曉雲、蘇偉貞、林裕翼、林俊穎等」。

就一位九〇年代初期發表了〈楊敬遠回家〉即停筆的作者而言，蔣曉雲可說是張愛玲臺北新「傳奇」翻版了。一如張愛玲，蔣曉雲成名甚早，如前所言，她最輝煌的時期是從一九七七年至一七七九年，也就是二十三歲至二十五歲，恰與張愛玲的寫作高峰年齡相仿。

如今看來，蔣曉雲寫作態度毋寧是呼應其處女作「隨緣」意象。「隨緣」的態度亦反映在其「看張」姿態。

但與張愛玲不同的是，時代不同，若說張愛玲擅寫舊時代貴冑的急景荒年；蔣曉雲則長於以淡筆描述現代小康世界，通過人性限制發揮人的潛力，能寫到什麼分上，關乎的是本性，強求不來。生老病死的課題，這樣的主題我們看過不少，這亦是蔣曉雲寫作的重點之一。蔣曉雲有段時期十分被看好是張愛玲的最佳傳人，她對塑造現代婚姻中的男女關係的難以捉摸，家庭性很強，兼而曲盡人世課題，不同的是，在她筆下最傷的情感仍帶著小市民的家常溫度，這種情狀往往死不了人，這是和張愛玲筆下那種亂世情緣的惘惘威脅比較不同的。

以此看，蔣曉雲毋寧是隨緣而認真的。〈宴——三部曲之一〉中的主人公姚太太、姚先生及三個兒子姚甯生、姚榕生、姚台生及傭人盧一鳴、盧嫂的生活方式與倫理對應，不僅清楚勾勒出一九四九年大陸移植臺灣痕跡，更是一個外省家族散離衰落的故事。氣息上接近張愛玲〈花凋〉、〈金鎖記〉所寫關於家族遷徙與成員的敗亡故事。

綜括以上，如果曲盡人世的前提是存在的，那麼有散才有聚，蔣曉雲此番以〈楊敬遠回家〉回向〈去鄉〉，創作之路描述的不僅僅是自身一個寫作故事的結束；還在於這兩篇作品時程貫通一九四九年至一九九三年，參照張愛玲言說社會主義治下《秧歌》、《赤地之戀》

內容，讀者何其眼熟。如果說〈楊敬遠回家〉交待的，正是蔣曉雲總結「張派」身世，應不為過。

〈去鄉〉與《秧歌》比較

要談楊敬遠就必須先說〈去鄉〉。一九七九年十二月，蔣曉雲發表了〈去鄉〉，主角正是離開老家湖南岳陽的楊敬遠。這篇裡對社會主義的描述，部分神似張愛玲《秧歌》。只不過《秧歌》結束在送年禮給軍屬一節，象徵的是人民迎接社會主義到來：

> 「嗆嗆淒嗆嗆！嗆嗆淒嗆嗆！」……鑼聲就像是用布蒙著似的，聲音發不出來，聽上去異常微弱。

而蔣曉雲的〈去鄉〉開始於扭秧歌的隊伍，但故事的主角楊敬遠則是向社會主義告別：

> 嗆嗆嗆，咚咚咚！嗆嗆嗆，咚咚咚……
>
> 扭秧歌的隊伍像洞庭裡一個渾濁的浪頭：退進進退退進進進，黃黑面皮藍色列寧裝的外鄉人，踏著簡單的步子，舞在這湖畔第一大城的市街上。

同樣寫共產黨帶來乖舛命運，蔣曉雲〈去鄉〉結尾是一九四九年楊敬遠為躲共產黨離家赴臺，留下生死未卜的妻兒。

《赤地之戀》與〈楊敬遠回家〉的結局

及至兩岸重開往來大門，我們才清楚了到臺灣的楊敬遠下場。他根本沒躲掉共產黨的「迫害」。寫於一九九三年的〈楊敬遠回家〉回溯道來，楊敬遠在臺灣被誣指為匪諜，關進一個更小的小島「綠島」，又名火燒島，坐了二十五年牢，服監時碰到了同鄉李謹洲，其人是人生如夢：

「命，都是命——」……「我只跟不如我的比。船上認識那一家子五口，夫婦兩個都是醫生，基隆一下船，不是抓去馬上就槍斃了。是匪諜帶了三個小孩子來？人家幹了什麼？念書的時候參加過讀書會，在醫院裡行醫救治過共產黨。這都夠槍斃的罪了。我還真是自己親筆簽的名，保舉了個共產黨。」

「我也常常覺得生不如死，可是，大概麻木不仁了，好像生也是死了一樣，還要找個麻煩去死？」敬遠苦笑道，「無期到死還無期？就算在這裡耽一輩子；兩腳一伸日，全家團圓時，這還是我惟一的一點盼頭。」

果然造化弄人，被迫「漂白」身世，是那個年代兩岸最常上演的劇碼。在時代劫毀裡逐漸麻木，也只能如此。《赤地之戀》中，留下來改造中國的劉荃，不也被誣陷關進牢獄：

> 電筒撥過來照到劉荃臉上。那粗而白的光柱一觸到臉上，立刻使人渾身麻木，心也停止了跳動。太像舞臺的音響效果了，劉荃心裡想。但是身當其境的人，即使看穿了這是戲劇化的神經攻勢，也無法擺脫那恐怖之感，正像一個人在噩夢中有時候心裡也很明白，明知道是一個夢，但是仍舊恐怖萬分。
>
> 劉荃想起他過去二十幾年間的經歷。不快的事情例都不放在心上了，只想起一些值得懷念的事與人。

（二）湮沒時代的代言人

書香世家楊敬遠終於等到特赦，三十歲離開家鄉，三十六歲被關管訓，一九八〇年放出時已六十一歲。幸好開放兩岸探親，否則楊敬遠的一生，就永遠湮沒於時代底層。這是蔣曉雲一直以來最關注的主題了。「續集」（張愛玲書名）中，他終於回到了家，直如一場鬧劇，妻子瞎了，看不見他的蒼老潦倒；兒子被打成黑五類不給學習幾近文盲，成為廣大農民中的一個，他以賤命之身卻反諷的延續了中華文化，以寫書法攢下一點錢，最後靠著這點正宗法乳安慰了兒子受的牽連罪苦。回到自己的家，楊敬遠終於可以休息了，彌留之際，迴光返照，看見床邊瞎眼老婦變回昔日美麗少婦，中年農民兒子變成平頭圓臉童軍裝的可愛男孩：

可是這苦人含笑而逝，結髮妻親生兒環繞送終。他到死沒有鬆開緊緊握住的親人的手，是四十年錯過的親情他要帶了走。……他原先又最愁煩妻子秉德要看見他蒼老潦倒的原形，不意磨難已使她全盲。秉德粗糙的手撫遍他的臉，輕輕地說：「你有鬍子。」洞房日早上，新婦黑白分明的美目關涎邐臉來的新郎倌，她也是說的這麼一句話。

……他笑了，是真的！他握住愛妻姣兒一人一隻手，照相師傅高舉起爐架，敬遠把手一緊，對他們說：「看！」灼然白光一閃。楊敬遠回家了。

類似情景，在張愛玲的「反共小說」《赤地之戀》中同樣發生。男主角劉荃和女主角黃絹同為知青下鄉，在「兇殘的時代」，他們相愛了，劉荃決定要好好照顧她，但惘惘的威脅，全不由人：

> 他說：「反正在一兩年內我一定要想辦法，我們要調在一個地方工作，以後永遠不分開。」
> 她僅只撫摸著他的臉與頭髮，癡癡地望著他。
> 「看什麼？」他終於問。
> 「你的頭髮是新剃的？」她微笑著說：「怪不得看著有點兩樣。」

等到他們真相逢於上海，劉荃卻有了新歡，不久為「三反」肅貪被羅織罪名入獄。黃絹為了營救他獻身高幹，她最後一次去獄中看他：

> 電筒的白光終於找到了他的臉。
> 他直覺地感到她今天是來和他訣別的。一定是她得到了消息，知道他要被處死了。

楊敬遠的故事有機會真正落幕，卻似乎並未發生任何事情，我們要說楊敬遠畢生是一場白白的浪費。

這就給了我們一個疑問，為什麼蔣曉雲對一個故事念念不忘十四年？答案也許藏在蔣曉雲「最大的收穫也是在這自得之樂」寫作旨意裡。蔣曉雲曾言小說角色「無法同情笨而壞的人」。楊敬遠正不笨也不壞，這就足夠生出同情。

這就點出另個切面，蔣曉雲毋寧是容易「同情」的。張愛玲曾評蔣曉雲文章「露（obvious）了一點」，不夠含蓄。㉙

這「露」，就是個心情的流露。以楊敬遠為例，蔣曉雲在他無名目的一生最後，給出「灼然白光一閃」純淨的同情境界，這是楊敬遠對浪費他一生的時代做了和解。未嘗不是蔣曉雲對人物給出最大的同情——回返純淨。

張愛玲對同樣被「電筒的白光終於找到了他的臉」的劉荃，可沒有這麼大的寬容，他一生的重擔永遠無法落下，黃絹為他犧牲了自己，他甚至再看不到她，支持劉荃活下去的，是仇恨。這也是張愛玲覺得蔣曉雲「露了一點」之處吧！

依據盧卡奇（Georg Lukacs, 1885–1971）「小說依靠傳記形式克服了它的惡性的無限性」的說法，㉚正是楊敬遠的故事，驗證了盧卡奇的理論，從一九七九年〈去鄉〉到一九九三

㉙ 張愛玲一九七八年十一月二十七日在給夏志清信上提到：「蔣曉雲〈牛得貴〉是否一個自殺的病人？是很動人。看過她的一本小說集，是好，不過有兩篇沒看懂，看第二遍也還是不懂。〈樂山行〉似乎又obvious了一點。」見夏志清：〈張愛玲給我的信件（十）(91)〉，《聯合文學》，第一六五期（一九九八年七月），頁143。

㉚ 盧卡奇著，楊恆達譯：《小說理論》（臺北：唐山出版社，一九九七年版），頁53。

年〈楊敬遠回家〉，通過時間長流，穿透一位獨立人物以及人物象徵，故事有了底線，也以底線做出結束。

此一認知，意外的給予蔣曉雲寫作回返張派之路，從而克服惡性的無限性。也才印證張愛玲與夏志清通信提到的話：「你給蔣曉雲寫序講到〈傾城之戀〉、《秧歌》，我不免也覺得女作家就要拿我去比。」張愛玲所未知的是，其實比不比較，都將為蔣曉雲與張派如傳記形式的互動身世，給出一個美麗的注解。[31]

[31] 夏志清：〈張愛玲給我的信件（十一）(96)〉，《聯合文學》，第一六六期（一九九八年八月），頁76。

第五章　第二代張派作家（下）

第一節　黑色幽默袁瓊瓊

因為對自己的存在並無自信，所以我的小說有點冷酷和悲涼。——袁瓊瓊

袁瓊瓊自七〇年代寫作以來，並未暴得大名。八〇年代初〈自己的天空〉得到《聯合報》短篇小說獎，從而闖出「自己的天空」，文名大噪。八〇年代「自己的天空」一詞，撥動女性心弦，歷久不衰，成為女性爭取自主權的代名詞。

一 掌握自嘲嘲人妙要

其時夏志清已不再擔任臺灣文學獎評審，評品張派作家的把關者，交到了新崛起學者手上，王德威便是其中重要一位。

袁瓊瓊寫作風格的冷冽譏誚，最是「信手拈來，皆成文章。」王德威尤其看出袁瓊瓊「未必意識到她有張腔」的心態，題點其為少數黑色嘲諷張腔傳人。

(一) 現身說法「自己的天空」

八〇年代中，袁瓊瓊演練〈自己的天空〉的婚姻本事佐以嘲弄手法，自己也從婚姻出走，這是現身說法「自己的天空」了。

一如〈自己的天空〉中家庭主婦女主角靜敏離婚後必須工作維生，袁瓊瓊則轉戰編劇生涯。

寫作場域的改變，她淡出文壇幾至息交絕遊。少數在一九八七年應〈聯合副刊〉邀稿，連載父母親的故事《今生緣》，《今生緣》每日見報，彼時袁瓊瓊編劇與小說雙重燃燒，不時脫稿，只好寫到父親過世母親改嫁情節後匆匆結束。袁瓊瓊云這一時期生活顛沛、不順，種種挫折和失意，未把握連載優勢，造成《今生緣》寫了三十萬字，「還沒寫到重點」。❶

及至一九九八年袁瓊瓊再度交出極短篇小說集《恐怖時代》，其表現手法及內容著墨於「怪誕的場景，難堪的嘲諷，不安的訕笑。」王德威益發肯定袁瓊瓊表現了「張腔」作品中較難學的黑色幽默，在《恐怖時代》中集中發揮了一次。

《恐怖時代》，接續長篇小說《蘋果會微笑》，時間之長，符合袁瓊瓊沉寂九年形容。作家回航，不免給出人生/小說之轉折文本。❷

這就點出袁瓊瓊以作品訴說「張腔」的遠因與近由。

---

❶ 袁瓊瓊：〈緣會〉，《今生緣》（臺北：聯合文學出版社，一九八八年版），頁1、4。

❷ 袁瓊瓊弟弟袁文中在一九九七年猝死南京，她寫道：「這件事到現在想起來還是痛得很。今年在弟弟過世後，生活裡的一些問題突然都解決了，而我得以專注的始寫點東西，這本集子，從一九九三年開始寫，寫了五年，字數卻不及我今年裡寫完的多。弟弟在世時常常嘲笑我寫劇本的事，用意不外乎要我放棄它。年輕的時候算命，相命先生說我會寫一輩子，『到死為止』。我希望自己能真正有這幸運，可以一直一直寫下去，寫一輩子，死而後已。」見袁瓊瓊：〈自序〉，《恐怖時代》（臺北：時報文化出版公司，一九九八年版），頁5～9。

（二）袁矜風格的形成

《春水船》是我第一本書，寫這本書時候，袁瓊瓊生活單純，個性天真。——袁瓊瓊

袁瓊瓊之於「張腔」，可從寫作時程著手，概分三個時期。一、七〇年代：《春水船》描摹「新傳奇」；二、八〇年代：《自己的天空》、《今生緣》自傳交織；三、九〇年代：《恐怖時代》黑色主軸。

七〇年代：《春水船》描摹「新傳奇」

《春水船》是袁瓊瓊的處女作，與張愛玲小說集《傳奇》在港新版時內心如出一轍，雙雙拷貝「新傳奇」：

《春水船》是我第一本書，也是我的書裡頭最默默無聞的，寫這本書時候，袁瓊瓊未滿三十歲，生活單純，個性天真。出去街上，看到一對男女在等車，都可以幫他們編出一整套故事來。

人生在世，需要各式各樣的善意，我認得出善意，也真心感謝。

再看一九五四年，張愛玲由滬赴港後重出《傳奇》，歷經人世推磨，序中有感而發：

我希望讀者看這本書的時候，也說不定會聯想到他自己認識的人，或是見到聽到的事情。不記得是不是《論語》上有這樣兩句話：「如得其情，哀矜而勿喜。」這兩句話給我的印象很深刻。我們明白了一件事的內情，與一個人內心的曲折，我們也都「哀矜而勿喜」吧。

細研兩人第一本短篇小說集，在在流露「哀矜」之情。袁瓊瓊〈等待一個生命〉裡寫女主角纖容病中心緒：

她用手去摸床邊的鈴，手挨著冰冷的鐵床欄移過去，挨著床邊的木頭桌子，沿著木質那粗糙的微細的紋理。摸著牆，牆上受潮，爆出一顆顆小凹凸，滑面麻悚，活的觸覺，手撫觸過，那一切靜止冷硬的東西都活了過來，變得有血有肉，可以溫暖一千一萬年，只有她自己又寒又冷。

她知道自己活不長了。

……纖容緩緩的說：「我自己多少也知道一點，我現在是什麼樣？所以，我也就是認命罷了。我成天躺在床上，一切正常的東西都隔著那麼遠，光聽到聲音，我有時就覺得我像已經死了，在高高什麼地方往下看。」、「我有時是真的覺得不甘心，怎麼就這樣死了，全部完了，好像我根本沒活過。」

窗外的夜遼遠深邃，生命要回到那裡去，也要從那裡走出來，夜彷彿在微笑。春天來的時候，她懷孕了。

張愛玲〈花凋〉，女主角川嫦亦在病中，埋伏著相似的生命情致：

她的肉體在他手指底下溜走了。她一天天瘦下去了，她的臉像骨格子上繃著白緞子，眼睛就是緞子上落了燈花，燒成了兩隻炎炎的大洞。

……「怎麼枕頭套上的鈕子也沒有扣好？」川嫦笑道：「睡著沒事做，就喜歡把它一個個剝開來又扣上。」說著，便去扣那些撳鈕。扣了一半，緊緊撳住枕衣，把撳鈕的小尖頭子狠命往手掌心裡撳，要把手心釘穿了，才洩她心頭之恨。

……川嫦自己也是這許多可愛的東西之一；人家要她，她便得到她所要的東西。這一切她久已視作她名下的遺產。然而現在，她自己一寸一寸地死去了，這可愛的世界也一寸一寸地死去了。凡是她目光所及，手指所觸的，立即死去。她不存在，這些也就不存在。……

她死在三星期後。

寫作與人生的互為文本，袁瓊瓊字裡行間有意無意中透露了張腔最難說的哀矜語言。

八〇年代：《自己的天空》、《今生緣》自傳交織

八〇年代，可謂是袁瓊瓊寫作之黃金時期。袁瓊瓊在與蘇偉貞一次談話裡，表示寫作多年後，突然發現自己的名山之作在寫出〈自己的天空〉即已完成。❸但就作品同質性，袁瓊瓊《今生緣》，更似張愛玲《半生緣》。一來同樣為轉嫁自傳型小說，另就是時間跨度。《今生緣》的意義還在深化了她的創作底蘊，埋下袁瓊瓊成為「寫東西的人」伏筆及嘲諷的本事。❹可以這麼說，袁瓊瓊《今生緣》與張愛玲《半生緣》都

❸ 一九九九年香港中文大學出版社編選英譯港中臺作家短篇小說集出版，收袁瓊瓊作品，選集是以袁瓊瓊〈自己的天空〉英譯作為書名 *A Place of One's Own*。

❹ 同❶。《今生緣》可視為前傳，自一九五〇年起筆至六〇年代中期袁瓊瓊父親過世十數年時間，主軸放在她要寫的是父母親的故事。袁瓊瓊言還有後半本要寫，但表示《今生緣》尚不能視做個人的自傳體小說：「因為這裡頭沒有我自己，當然有我自己的某些經驗，我設法轉嫁到不同的角色身上。我從來不在小說裡寫自己，主因大概是怕，害怕太了解自己。」袁瓊瓊母親懷著她隻身到臺灣，寄住農家，不安與驚恐，化成夜間亂夢，袁瓊瓊猜測自己會成為一個「寫東西的人」，全都要拜母親的亂夢所賜，且催化著袁瓊瓊的創作認知——「我從胎裡帶來的，天生有一種神祕的恐慌，總是覺得不安。我想所有的創作者都有這種不安。」

在記錄時代兒女惘然之情，《今生緣》取材大陸第一代來臺故事，這一代人經歷中國歷史上從未有的大遷徙，造化弄人，來臺後等於都切斷了與家族關係，也種下袁瓊瓊「一直想給他們那一代做紀錄」的潛在念頭，《今生緣》便發端於這個背景。根本上，局勢動盪，人們往往可以在人的聚散故事裡，找到時代的代表性。袁瓊瓊便坦承，《今生緣》主要為曾經此時此地相聚的一些人繪圖，原本書名取「今生緣會」，著重的是「緣會」二字。

但我以為袁瓊瓊最神似張愛玲的，是真實生活裡對自我挖掘的部分。多寶閣般生活空間，表現於文字上，常有秀異的譏誚語言。張愛玲便描述道：

我們搬家搬到一所民初式樣的老洋房裡去，本是自己的產業，我就是在那房子裡生的。房屋裡有我們家的太多的回憶，像重重疊疊複印的照片，整個的空氣有點模糊。有太陽的地方使人瞌睡，陰暗的地方有古墓的清涼。……而在陰陽交界的邊緣，看得見陽光，聽得見電車的鈴與大減價的布店裡一遍又一遍吹打著『蘇三不要哭』，在那陽光裡只有昏睡。

袁瓊瓊的〈老屋三十年〉是這樣形容的：

我最早的記憶跟家裡的老屋有關。

這房子是早過了二十年了。它保持老樣子固然是母親一直捨不得大修，可是現在看來，倒像是特為見證這數十年來的變遷，明顯的是房子式樣，早有了新的時興，不明顯的是人心。我總記得老屋當初蓋的時候，轟動得像國家大事一般。現在這許多大院落蓋起來了，想必鄰舍們都很習慣了。我走在牆與牆間，可以感覺到三十年歲月塵埃般地落下來，落到了底，成為安靜的冷。

九〇年代：《恐怖時代》黑色主軸

但若論袁瓊瓊的「張腔」神髓，恐怕還在烘托「惘惘的威脅」製造出的恐怖張力。這樣的題材通常取自日常生活。譬如生老病死，人生再自然沒有的事，會覺得恐怖，便因質疑「怎麼如此正常？」袁瓊瓊便云：「對恐怖這件事，一直覺得：越是平常和若無其事，最是恐怖。沒有比合理的殺嬰更恐怖了。」

同樣是張愛玲的名言：「這時代，舊的東西在崩壞，新的在滋長中。但在時代的高潮來臨之前，斬釘截鐵的事物不過是例外。人們只是感覺日常的一切都有點不對，不對到恐怖的程度。」所謂斬釘截鐵的事物，正是「若有其事」。所以張愛玲要說「不過是例外」。袁瓊瓊經營〈夏娃〉恐怖合理的殺嬰現象，是為《恐怖時代》第一篇，且據以蔓延發展成為《恐怖時代》主軸。最恐怖在於「合理」二字。一如張愛玲，袁瓊瓊也深知合理的恐怖是怎麼回事。

張愛玲〈紅玫瑰與白玫瑰〉裡，男主角振保年輕時在巴黎嫖妓，事後步出街上，便是正常到恐怖的程度：「出來的時候，街上還有太陽，樹影子斜斜臥在太陽影子裡，這也不對，不對到恐怖的程度。」明明是大自然最合理的發生，振保偏要感覺不對，訴諸感官五內的刺激，張愛玲最是別有心懷，根據胡蘭成記載，張愛玲擅於做若無其事的恐怖聯想：

「午後公寓裡有兩個外國男孩搭電梯，到得那一層樓上，樓上惟見太陽荒荒，只聽得一個說再會。真是可怕！」

張愛玲還跟胡蘭成說一幅漫畫：

有一本雜誌上畫一婦人坐在公園椅子上，旁邊一隻椅子，空著無人，她背後掛著一條蛇，那婦人沒有回看，只喚著「亨利」，真是恐怖。我問那亨利是給蛇吃了？她道：「是啊！」

這是張愛玲版的「恐怖時代」了。《恐怖時代》裡經營若無其事毛骨悚然的情節能力，果然見出袁瓊瓊調理黑色幽默的能力。但無可否認，袁瓊瓊實踐「日常的一切不對到令人覺得恐怖的程度」之冷雋老辣，的確做到事事可入小說的程度，我以為她的深入恐怖，如張愛玲好友炎櫻在〈雙聲〉裡形容日本人的個性有種完全性，是毀滅絕對的，不來一半一半那樣摻拌。關於這點她更甚於她所摹仿的張愛玲。

（三）寫書評：不與時人彈同調

袁瓊瓊與一般張派作家不同，還在她的書評能力。九〇年代初期她開始為蘇偉貞主編的〈讀書人周報〉撰寫「不道德書評」，開展出一片她遊戲文章的優游空間。

顧名思義，「不道德書評」即意味著「新鮮冒險、大膽揭露」取向。充滿反諷冷冽風格，說嘲諷也好，冷面也好，確將「張腔」黑色語調發揮得淋漓盡致。袁瓊瓊第一篇不道德書評為評蔡詩萍《三十男人手記》（刊於一九九三年三月十一日〈讀書人周報〉），編按如是寫道：創作手法一直在求新求變中，但，書評手法似乎很少變。您從來不會想到有人可以把書評寫得如此新鮮冒險、大膽揭露……。「不道德書評」還標榜「向熱門書開刀，提出無情的切片，試探您的味覺和嗅覺。」祭出感官掛帥口號，讓袁瓊瓊少為人知的「冷面笑匠」功力，徹底發揮。

無關好壞，爾後袁瓊瓊的書評在文壇獨樹一幟，即使不以「不道德書評」為名頭，原則上依循此一風格，成為文壇另類書評家。

日後書評文章《食字癖者的札記》出版，因書評撰寫貼緊現實，與《恐怖時代》的多元、解體、遊戲姿態相為呼應，不意符合時下後現代主流文風。

其實袁瓊瓊的行動派與不囿於文學形式的特質，雖然具有以小反大，破除迷思(demythification)的能量，卻非常難以歸類。當然或者適正與世界劃出一道防火牆，精準地闢出一個外人免進的異次元空間。惟不同張愛玲的與舊時代劃清界限是自我放逐，袁瓊瓊比較是逆向操作，不與時人彈同調的文風，這也就給了一個清楚方便的說法，時序來到後現代，她深得精髓的書寫多元操作能力，使她成了後現代現象的代言人之一；反觀張愛玲則是舊時代的代言人，是寫傳統的一支。

因此要說袁瓊瓊書寫題材的另闢異次元空間，不如說反倒深得九〇年代臺灣社會題材精髓。范銘如便舉例《恐怖時代》掌握多元、解體、遊戲的通俗化「小」說特性，不以大敘述為念，兼攻家國敘述大時尚，竟是合拍了精湛的現代主義技巧加上寫實細節，經營出的「平凡」氣氛故事策略，達到張誦聖觀察袁瓊瓊寫作「破除迷思(demythification)的效果」。

二 婚姻革命與情愛新象

一直很旁觀的在寫。我的小說裡從來沒有我。——袁瓊瓊八〇年代初啟，當直接承續「張派」之名的「三三」諸子，還陷在一種逝去的文化之懷舊風裡，❺袁瓊瓊已於一九八〇年以〈自己的天空〉，悄悄展開一場文學的寧靜革命。我們要說，八〇年代由袁瓊瓊以〈自己的天空〉打響女性書寫題材，點燃了她的「第一爐香」。相較〈自己的天空〉與張愛玲〈沉香屑——第一爐香〉的時代意義，我以為在於張愛玲藉〈沉香屑——第一爐香〉裡的女主角葛薇龍寧願放棄良家女子的身分，跟在姑母身邊做了與長三堂子無異的交際名流，豢養丈夫喬琪喬，這幅女性世界萬花筒圖案，和〈自己的天空〉裡靜敏離開婚姻做了第三者又回過頭調侃前夫的意趣，不遑多讓。兩者在開發女性陰暗面上，都算時代新聲。但〈沉香屑——第一爐香〉文名在前，〈自己的天空〉裡關於解構女性身分，囿於時空，當時還無法全面意識到這篇小說已成為臺灣女性主義議題新論首章。但〈自己的天空〉的「風氣」早便形成，文章一披露坊間只要談到女權或說得出名目的爭取獨立，一概引用「自己的天空」一詞。

❺ 張誦聖形容三三諸子寫作題材是「各種逝去的文化——遙遠的唐朝、日據時代臺灣士紳、革命前的舊上海，都一一成為懷舊的題材」。見張誦聖：〈朱天文與臺灣文化及文學的新動向〉，《文學場域的變遷》（臺北：聯合文學出版社，二〇〇一年版），頁90、91。

(一)時代女性啟示錄

我原本想寫婚姻中的倦怠。——袁瓊瓊

身為決審委員的小說家王文興，對〈自己的天空〉相當肯定，評審意見譽此作「深通世故，熟諳人情」，稱得上「人情練達即文章」，且應對間的言行變化，洞悉世情，是「政治家典型的小說」，比賦珍・奧斯汀 (Jane Austen, 1775–1817)、亨利・詹姆斯 (Henry James, 1843–1916) 者流，允為當代難得一見的絕好小說。

王文興可說是最早提出袁瓊瓊小說之通達「深通世故」的評者，一如張愛玲，「深通世故」帶著「諷刺」神髓，並通過〈自己的天空〉女主人公靜敏性格的改變達到。

〈自己的天空〉與〈連環套〉的殘羹冷炙象徵

〈自己的天空〉故事線性單純，女主角靜敏原是「沒有性格」的小女人。開始場景就安排在充滿人欲象徵的餐館，丈夫良三有了外遇，靜敏多年沒生育，這次外遇對象懷孕了得住大一點房子待產，於是約了自家人到餐廳解決，讓靜敏外頭避開，像倒掉剩菜，過程亦味同嚼蠟。

靜敏面對良三及小叔們：良四、良七，這不是談判，是判決。判決輕鬆結束，此時菜上桌，彷彿這才是正題，大男人良三說：「靜敏，你研究一下這道菜，人家做的是真好。」毫無謀生經驗的靜敏木然地往洗手間去整理哭花的儀容，「聞到飯館廚房飄過來的香氣，熱鬨鬨的。」那才是真實溫暖的人間味，靜敏的自覺被勾起，回到座上，出人意表決定離婚。剩菜果然不好吃。

通過荒唐悖謬的遭遇，人們看見了靜敏的立場，直如舊社會的婚姻關係，張愛玲的〈連環套〉即描寫一種姘居式的婚姻生活，描寫這樣的故事，她的本意是：「現代人多是疲倦的，現代婚姻制度又是不合理的。所以有沉默的夫妻關係，有怕致負責，但求輕鬆一下的高等調情，有恢復到動物的性慾的嫖妓——但仍然是動物式的人，不是動物，所以比動物更為可怖。」亦是婚姻裡的疲倦了。

然靜敏對付婚姻的冷酷發出不徹底的反擊，比較上是一種典型的報復心，但靜敏畢竟不那麼動物性，無法沉淪到那層次，頂多演練生活中的瑣碎曖昧。

有一場關鍵發生，靜敏離婚後盤了手工藝店經營，小叔良七到店裡探望，她幫良七剪髮洗頭，這個男人「像弟弟、愛人、兒子」，靜敏眼淚落在他頭髮上，稱得上八〇年代描繪瑣碎曖昧之經典畫面：

流水嘩嘩，涼涼滑動的水，流過她手指間，她手指間是他一條一條的髮，黑色小蛇般蜷在手背上，浸在水裡的髮漂開來，絲絲絡絡，非常整齊美麗。她也許一輩子記得這些。下午，室外沒有人聲。老風扇在前面店堂裡轉，轟轟過來，又轟轟過去。……她曉得他在憋著，她自己也憋著，小心的屏息著，一次只呼吸一點點，可是憋不住的時候就又幽又長的冒出來，像嘆息。兩個人緊張的貼擠在一塊，良七大聲喘著氣，好像曖昧了，可是沒有。

但靜敏無法徹底擺脫禮教，只好避開收了店跑保險，其結果是成為另一個男人的外遇。同樣張愛玲〈連環套〉寫婚姻中「摭食人家的殘羹冷炙」，女主角霓喜出身鄉下，先是被賣給印度人雅赫雅，生了孩子沒名分，陸續又經歷了幾個男人，霓喜以生物性謀生，不免也要露出馬腳，那是她的生物本性。有天雅赫雅約了表親發利斯來家吃飯，霓喜倒熱茶給發利斯那幕，我們看了何其眼熟：

發利斯喝了一口，舌頭上越發辣得像火燒似的，……霓喜笑吟吟伸手待要潑去那茶，發利斯按住了茶杯，叫道：「不用了，嫂子別費事！」兩下裡你爭我奪，茶碗一歪，倒翻在桌上，霓喜慌忙取過抹布來揩拭桌布的漬子，……擦著，擦著，直擦到他身邊來，發利斯侷促不安。

依恃本能行事，這不僅是無底，是悲愴了。霓喜的不知進退，貪婪地抓住眼前的一切，接近乞討，於是張愛玲也要說：「不免吃傷了脾胃。」張愛玲畢竟狠心得多，她讓她筆下的霓喜有著動物本能，對於物質單純的愛也要安全，卻致人財兩空；反觀袁瓊瓊，到底最後她還是安排靜敏在良三那裡討回一點公道，此時靜敏已成別人的外遇，但那是她自己的選擇：「她現在不同了，她現在是個自主、有把握的女人。」兩人又是在餐廳巧遇，良三帶著妻女，良三說：

「你變了很多。」

「人總是要變的。」靜敏笑。

……她笑，托著臉，懶散的。知道自己使那個女人不安：「良三，你也變了。」……可是管不住自己想胡調一下。她問：「良三晚上睡覺還不愛刷牙嗎？」

人生的無奈與巧合，袁瓊瓊幽默以對，幽幽然道來，令人會心。應對的言行變化，拿捏節奏準確，若說這是幽默感，比之張愛玲，果然有過之而無不及。

張腔與袁調：庸人俗事的戲碼

舉重若輕，但人生並非一定要逼到成為動物，這也環繞著袁瓊瓊〈自己的天空〉的主題。她坦承：「我覺得人要變的，要變才能『成人』。」她自言想寫婚姻中的倦怠。家其實是庸俗人的安庇所，家庭生活更充滿了瑣碎的磨難，「有些心在這些刺戟裡磨硬了，有些心被磨得柔軟。」庸人俗事的戲碼，其實每天都在上演，但要寫得不露，這才是袁瓊瓊小說「諷刺」手法的本事所在。識者以為張愛玲最難學的一面是「庸俗人的喜劇」。

張愛玲生活上的「低能」（張愛玲姑姑的話），劃出她與人世的距離，比較上張愛玲沒有家庭生活嚮往，所以她的姿態反而得清高。反觀袁瓊瓊真實裡熱愛子女通俗生活「庸俗、瑣碎、懵懂、粗率」的一面，更貼近庸人俗事的低到塵埃。這就給予袁瓊瓊比張愛玲更放鬆真實的視角看待人生。對照日後袁瓊瓊作品，王德威果然說對了，「人生尷尬無奈的片段，袁瓊瓊信手拈來，早在《自己的天空》期間諸篇，她就有這樣的幽默感。」可以如此說，是〈自己的天空〉豎立起袁瓊瓊幽幽然的幽默感標誌，這是正宗的「袁腔」了。

至於王德威稱袁瓊瓊的作品帶有少許「張腔」，顯然這是袁瓊瓊要敬謝不敏的封號。她對「張腔」並無好感。她曾對阿城《威尼斯日記》發言，指出阿城是有「腔」的，還不是他自己的「腔」——是胡蘭成腔：「胡腔的魅絕和麗絕，是讓所有彷彿他的，都立刻成了

俗物。」「胡腔」的魅麗既不可愛，那麼張腔的「華靡」當然欠難接受了。❻

（二）愛之進程支解浪漫

就因為袁瓊瓊對人世的熱愛，她的直覺也朝這方向延伸，張愛玲逝世她應邀在《聯合文學》寫追念文章，〈記張愛玲〉裡，她判斷〈傾城之戀〉應當是張愛玲與胡蘭成婚後寫的，或至少也是張愛玲「在認識胡蘭成之後寫的，我想人要在被愛中才會寬容」。其實〈傾城之戀〉發表於一九四三年九月、十月《雜誌月刊》；胡蘭成讀到張愛玲發表在《天地月刊》上的〈封鎖〉找去，已經是一九四三年十一月。我們不要忘了胡蘭成的身世背景，彼時他是汪偽政權旗下大將，以胡蘭成與張愛玲的世故來說，這段感情談得奇怪，但胡蘭成比張愛玲有把握的，他是情場老手了，來來去去的情緣哪算什麼，反而胡蘭成的老道打蛇打七吋，正中張愛玲心窩，張愛玲哪裡招架得住。胡蘭成的身分複雜，張愛玲正是經過改朝換代沒什麼社會價值觀的民國小女子，即使有情有寬容，也無法長久，時代容不得他們天長地久。袁瓊瓊講的寬容，不免帶著自憐的成分了。據此解讀「愛玲之愛」（朱西甯追憶張愛

❻ 張愛玲自覺從描寫現代人的機智與裝飾中去襯出人生的素樸的底子，因此她的文章容易被人看做過於華靡。見張愛玲：〈私語〉，《流言》（臺北：皇冠出版社，一九九一年版），頁24。

玲篇名），張胡之戀才談得起來。總之，時代氛圍是必須考慮的主因，算起來，所謂愛，根本講的是時代打算，處處充滿心機，支解了人們對胡張之戀的浪漫想像。

寬容之情

〈傾城之戀〉並沒有胡蘭成的養分。但袁瓊瓊的觀點似非而是，並非無的放矢。要說因被愛而「寬容」，我以為一九六七年張愛玲第二任丈夫賴雅去世後，張愛玲一九六八年改寫《十八春》為《半生緣》即是最佳例證。《半生緣》中被拆散的顧曼楨與沈世鈞歷經劫難重逢，曼楨低迴沒有激情：「世鈞，我們回不去了。」她講給他聽，「是用最平淡的口吻」，結束於當他們再度分手：「今天從這裡走出去，是永別了，清清楚楚，就跟死了的一樣。」於曼楨是和諧。

若非張愛玲刪去了《十八春》裡一九四九年共黨統治中國，一干人到東北學習革命上山下鄉，仍將社會主義捐棄小兒女私情那樣的迎上社會放進去，而非戛然中止於一九四五年抗戰勝利。《半生緣》與《十八春》的時代影響、張愛玲自身的變化就不難看出來了。張愛玲這樣刪改，應是根據兩項因素：一、為的是正題，張愛玲一直耿耿於懷想用的「惘然記」篇名。若是延續至共產革命，豈不掃興。二、畢竟此時張愛玲已然經歷真淳互相依存之愛，那是沒有名目的愛。這樣才足以解釋張愛玲日後何以藉他人之口自白：「我覺得感

情不應該有名目。」❼

再予延伸，寫《十八春》時，張愛玲人在上海生活，除了稿費還有政治處境的考量。這個目的，日後張愛玲改寫《半生緣》，有機會將之昇華為生命情境惘然之高度，才回返原有的面貌。同時印證了，那是愛過之後的澄澈明白，且清明自持接近慈悲。亦是對人生的來龍去脈，看清楚之後的「也只有哀矜」之心。

〈自己的天空〉與〈傾城之戀〉的兩性戰爭

了解了張愛玲對時代氛圍的敏感，回到〈自己的天空〉來看時代變化，才有另一層意義。亦就是如果〈自己的天空〉表現的現代兩性戰爭，便可將之放在承接張愛玲〈傾城之戀〉的位置上來看。〈傾城之戀〉白流蘇費盡心機追求婚姻，深諳箇中三昧，靜敏卻是懵懂的無能者。白流蘇被欺負了哭倒在母親身前，聽著胡琴咿咿呀呀旋即冷靜下來盤算一番；

❼ 張愛玲寫於一九七八年的〈同學少年都不賤〉中，女主角趙珏獨白：有目的的愛都不是真愛。她想，那些到了戀愛結婚的年齡，為自己著想，或是為了家庭社會傳宗接代，那不是愛情。當好友恩娟詢問其戀愛對象有沒有結過婚，趙珏再一次強調：「我覺得感情不應當有目的的，也不一定要有結果。」見張愛玲：〈同學少年都不賤〉，《同學少年都不賤》（臺北：皇冠出版社，二〇〇四年版），頁19、31。

反觀被逼讓位的靜敏，在哭過後，「覺得過於精神了」，這才拿捏不定的「為什麼要把這件事當做是打擊呢？」

白流蘇沒有情感的盤算只有現實的考量；靜敏則因莫名的外遇失去了婚姻，最後走到了婚姻的對岸，當了情婦成為婚姻第三者。雖說靜敏是由婚姻出走才變得精明幹練，不比白流蘇，她基本上是無心計城府的憨厚女子，她是回不了婚姻戰場的失婚者，白流蘇卻費盡心機讓一場戰爭促發了她的婚姻。靜敏的安心當情婦與白流蘇當情婦的騷動，其實在各自的時代裡並無差別。無非就是張愛玲「有的也不是壞，只是沒出息，不乾淨，不愉快。我書裡多的是這等人」意象。

〈傾城之戀〉是張愛玲小說中少見的喜劇逆轉——城傾人團圓。那麼重大的太平洋戰爭發生了，只為「成全了一對自私的男女」（〈傾城之戀〉語）；〈自己的天空〉良三摧毀了靜敏生活為的是求子，等到求來的是一雙女兒，他撞見靜敏抱著男嬰，懊惱至極，以為靜敏「也會生男孩」。婚姻中男權至上的悲劇最後逆轉成小小的反諷。

〈傾城之戀〉白流蘇與〈自己的天空〉靜敏的愛情觀都充滿嘲弄且實際。來自舊式家庭的白流蘇離了婚也有了年紀，除了做人續弦似乎沒有更好的出路，但卻陰錯陽差與身世不錯的范柳原結了婚，這成就是驚人的；靜敏最後做了屈少節的情婦何嘗不是如此。再看

〈傾城之戀〉范柳原與印度女子薩黑荑妮調情、欲擒故縱白流蘇，分明是〈自己的天空〉靜敏與已婚男子屈少節過招：

> 她知道他結了婚，可是她喜歡他那付倔倔的樣子。四十來歲，給寵壞了的男人，到現在都還不知道要怎麼生活。……那是間發亮的辦公室，……秩序而明亮。屈少節坐在桌子後頭，乾淨的臉、頭髮，西裝筆挺。他根本不耐煩她，臉繃著，倔倔的。
>
> 他抬頭，濃黑眉毛一跳一跳：「又來拉保險？」
>
> 他連詞也不改。靜敏又哭了。
>
> 她終於拉到了保險。不久他們就同居在一起。

如此看來，〈傾城之戀〉與〈自己的天空〉給了我們一個啟示：男女情事植入小說不難，難的是怎麼把庸俗人的愛情故事寫來不落俗套。這就看出袁瓊瓊反其道而行，果然是支解浪漫情節的好手。綜理張誦聖觀察，不無道理：「張愛玲和袁瓊瓊雖然維持她們對愛情小說題材的喜愛，卻弔詭地把他們的藝術表揚建立在解構通俗愛情小說賴以生活存在的基礎——典型的浪漫愛情觀——上面。」

三 亦詼亦諧，真實與虛構

「活得像小說」和「寫一本小說」，哪樣更重要呢？——袁瓊瓊

眾所周知，張愛玲的小說常是真人實事。袁瓊瓊卻說：「我的小說裡從來沒有我。」以亦詼亦諧之姿，遊走真實與虛構，這就涉及人物刻劃與寫作本性。

(一)人物刻劃：從生活脫化而來

以張愛玲〈傾城之戀〉為例。小說中因戰爭而結合的白流蘇與范柳原，張愛玲曾云：「寫〈傾城之戀〉的動機——至少大致是他們的故事——我想是因為他們是熟人之間受港戰影響最大的。」亦就是原型人物確有所本。❽反而袁瓊瓊對自己的小說不止一次強調「我

---

❽ 珍珠港那年的夏天。港大放暑假，張愛玲常到淺水灣飯店去看母親，她在上海跟幾個牌友結伴到香港小住，「此後分頭去新加坡、河內，有兩個留在香港，就此同居了。香港陷落後，我每隔十天半月遠道步行去看他們，打聽有沒有船到上海。他們倆本人予我的印象並不深。寫《傾城之戀》

的小說裡從來沒有我」。但《今生緣》裡，在在滿溢袁瓊瓊「生活裡脫化而來的人物，每每如在眼前」之情。❾其實我們梳理袁瓊瓊的作品，關於她的作家氣息，確又「每每如在眼前」，因此，若言「我的小說裡從來沒有我」，或如她在《蘋果會微笑》裡藉女主角趙光明身體的流浪，比賦自己「對什麼事都壓抑著，卻與真實的自己有些距離。」❿方才透露出

的動機——至少大致是他們的故事——我想是因為他們是熟人之間受港戰影響最大的。」見張愛玲：〈回顧《傾城之戀》〉，鄭樹森：〈改編張愛玲〉，《聯合副刊》，《聯合報》，二〇〇二年四月九日，三十九版。

❾ 袁瓊瓊在《今生緣》序裡寫道：「這本書也還不能視做我自己的傳體小說，因為這裡頭沒有我自己。」另《自己的天空》序裡提及：「一直很旁觀的在寫。我的小說裡從來沒有我。但是今年，一直想試著把自己寫進小說裡去。」見袁瓊瓊：〈緣會〉，《今生緣》（臺北：聯合文學出版社，一九八八年版），頁1、4；袁瓊瓊：〈現在的我〉，《自己的天空》（臺北：洪範書店，一九八一年版），頁1。

❿ 袁瓊瓊在《蘋果會微笑》後記裡大意在講，年紀大了，誠實變得非常不容易，因為誠實是任性的，年紀大的人難以任性。而她從小就不夠誠實，凡事壓抑，成為與誠實有些距離的人，之所以寫《蘋果會微笑》，即根源想誠實的面對自己愛與性的感覺。見袁瓊瓊：〈後記〉，《蘋果會微笑》（臺北：洪範書店，一九八九年版），頁228。

小說家建構真實、虛構層次之微妙與複雜。惟其微妙，我們更要探問原由。

劉紹銘對〈自己的天空〉的評語是：「偶見刻薄的文字則寫出了人生的無奈」。這「無奈」表現於問題來臨時，劉紹銘看出作為棄婦的靜敏只會哭，「估計現在臉上是沒有樣子了，恐怕鼻子都肥了起來。她忽然很慚愧。要分手的時候，讓他看到自己這樣醜。」靜敏這頭居然慚愧心起，托出她的毫無自信。劉紹銘將如此細膩兼具調皮的筆法，歸類於錢鍾書的紋路。

其實細究靜敏的踟躕失神，不難看出袁瓊瓊自身投影，她曾坦陳：「因為對自己的存在並無自信，所以我的小說有點冷酷和悲涼。」冷酷和悲涼，正是一種自我防衛，將自己放在一個安全的位置，是對讀者的安全，也是對自己。這就可以理解《自己的天空》書寫的過程，何以是袁瓊瓊對人物因為不了解而同情到因為了解而不同情的演練過程。這是作家自訴了，序中袁瓊瓊自白道：「我專愛寫那些沒人理的人物，無能的人，失敗的人。寫得不算成功，因為光有同情；不了解那是怎麼回事。現在了解了，了解了人的無能、失敗、孤寂，了解為什麼有人活得熱烈，有人活得淡泊。可是完全不同情他們，今年（一九九〇），很奇怪，成為只有自己的人。」

反觀張愛玲卻是活生生將她的世界搬上小說舞臺。姑且不論她有整本「傳奇」故事打底，僅僅《對照記》便是有照為證的「自畫像」。⓫張愛玲的小說是她據以真實樣貌重組一張無窮盡的因果網，隱隱聽見許多弦外之音——「事實的金石聲」。說是「真實」、「實事」、「真事」都好。張愛玲和盤托出：「實事不過是原料」，是「對創作苛求，而對原料非常愛好。」原料者，一種韻味，也就是人生味。張愛玲因說實事像植物，「移植得一個不對會死的。」操演真實與虛構，我們要說，張愛玲與袁瓊瓊皆深得箇中三昧。她們所依憑的正是袁瓊瓊比擬「活得像小說」和「寫一本小說」之間的奧妙。其中關鍵在於天分，這部分，袁瓊瓊態度不免帶著三分「張派」譏誚：

> 天分是儻來之財，不用白不用。如果繼續寫下去了，或許是這種貪小便宜的心情。

張愛玲則一逕游走虛實邊緣：

> 我是一個古怪的女孩，從小被目為天才，除了發展我的天才外別無生存的目標。

⓫ 將老照片收集成冊，張愛玲表示：「也許在亂紋中可以依稀看得出一個自畫像來。」見張愛玲：《對照記》（臺北：皇冠出版社，一九九四年版），頁88。

(二)題材取向:明快犀利與超現實

張愛玲就像女孩子噴的香水,經過她身邊都會或多或少沾到那味道。——袁瓊瓊

關於寫作,光就文體而言,袁瓊瓊無疑是一出手已十足成熟完整,所餘無非一以貫之。我以為袁瓊瓊最得「張派」真傳的部分,其實是誠實的態度。這就牽涉到作家的本性與風格。

香水理論

文壇每論「張派」、「張腔」不免提到袁瓊瓊,張愛玲就像女孩子噴的香水,經過她身邊的人,或多或少沾到那味道。袁瓊瓊並不規避,她不喜被歸為「張腔」,卻坦言很長的時間在學張愛玲,學張愛玲的筆法,學張愛玲的思考模式,「我想在那一代的作家很多人有這樣的痕跡。直到現在,她還是我喜歡的作家。我並不反對有人將我們相提並論。」但她亦說,與張愛玲有相似和不相似的地方,就以《恐怖時代》來說,便和她脫離甚遠,袁瓊瓊結論是「所以自己要走自己的本性。」關於「張腔」,袁瓊瓊強調:「我也希望像她,但我

沒辦法，這牽涉到本性問題。」

袁瓊瓊一語中的：「張愛玲囿於時代影響，很多詭異的思想都被她隱藏沒有表現出來。從她作品中細微處可看出有些超現實的成分，後來她晚年不寫作，我就覺得好可惜。」⑫但袁瓊瓊的明快犀利，疊印張愛玲沒有繼續下去的譏誚與嘲諷，時代更新，袁瓊瓊讓我們看見：張愛玲如果一直寫下去是怎麼樣。

題材的反差

關於張愛玲的風格，袁瓊瓊以張愛玲之逝提出相當精闢的看法：「忍受孤獨沒有什麼了不起，享受孤獨也不算什麼，但她卻能把孤獨不當一回事、一個人活得那麼自在。」張愛玲孤獨終老，年輕時她對炎櫻說「耐不住一刻的寂寞」，這令人感傷的「對照記」，體現了一個人的風格。張愛玲一生做張做致，矜傲十足，文章上雖常自曝家醜，但家人她無法

⑫ 二〇〇〇年袁瓊瓊赴淡江大學演講，學生提問謂：「很多文評家喜歡把你跟張愛玲相提並論，你覺得呢？」袁瓊瓊答：「我承認一開始寫作時，受當時文壇流行張愛玲風氣影響。張愛玲是那麼美麗那麼龐大，很難不受影響。她就像女孩子噴的香水，經過她身邊都會或多或少沾到那味道。所以那時我沾染到很多張的風格，而且自己還頗陶醉在那香味裡。」袁瓊瓊演講，邱靜慧整理：〈袁瓊瓊座談會〉，《中國女性文學研究室學刊》，創刊號（二〇〇〇年三月十五日），頁5。

選擇，也就無涉她的風格；反觀兩段婚姻，張愛玲書裡隻字未提，我不禁猜測就因為兩個對象是她選擇的，關乎的是尊嚴。此一情態形成她表現手法及題材上極大的反差，〈私語〉裡鉅細靡遺的父女反目過程，《對照記》裡的家族榮光，人人都進了這本照相簿，偏偏沒有與她有婚姻關係的胡蘭成、賴雅，豈不奇怪？再看她生於舊時代，卻是反諷舊時代的打手；她深諳舊式婚姻葬送了母親，〈五四遺事〉裡的舊式婚姻寫來卻充滿恣意嘲笑。題材及作者內在的分寸掌握，袁瓊瓊說張愛玲有不同於常人的自持能力，確是一語中的。

反觀袁瓊瓊對人世「熱眼熱心」極盡挑釁能事，反映於她作品中，她寫父母的故事如《今生緣》、〈夕暉〉卻有著和諧與溫情。倒是一己發生卻往往成為她寫作的另類最佳素材。她對人世的「有話要說」常是以淡漠的筆觸發聲。〈自己的天空〉、〈海濱之戀〉、《蘋果會微笑》，通過的正是她自己的婚姻際遇予以嘲諷。這是不同於張愛玲的勇氣了，形成了正宗袁氏風格。這與張愛玲手法，異曲而同工。此外與張愛玲所相同，袁瓊瓊亦是自覺的：

每週一篇，極盡刻薄之能事，評的全是國內名家。真不知道自己那時怎麼會那麼不懂事，到處為自己找敵人，我那時在文壇沒什麼朋友，現在也沒有，我想是把那些可能成為朋友的人都得罪光了。

這樣的表白，簡直可以直接對號入座放在張愛玲文章裡：

> 我的作品，舊派的人看了覺得還輕鬆，可是嫌它不夠舒服。新派的人看了覺得還有些意思，可是嫌它不夠嚴肅，但我只能做到這樣，而且自信也並非折衷派。我只求自己能夠寫得真實些。

四 探勘「放棄」的主題

當然除了姿態上的像，我以為袁瓊瓊對「放棄」命題的探勘，應是臺灣「張派」最神似張愛玲的一頁。這姿態，如同性格，學不來，亦如「儻來之財」為天命所擁有。如此倔強的放棄與逃避角色，毋寧正是張愛玲的寫照——

> 長的是磨難，短的是人生。

張愛玲也自承個性倔強一如遠走他鄉的〈浮花浪蕊〉中的角色，作品及角色特質、人生之「對照記」，張愛玲不是沒有過說明：

〈浮花浪蕊〉一次刊完，沒有後文了。裡面有好些自傳性材料，所以女主角脾氣像我。……我想我是愛看人生，而對文藝往往過苛。

（二）描述父女情

袁瓊瓊與張愛玲一生父女情結都很錯綜複雜，也就表現在她們各自的作品中。袁瓊瓊與父親關係生疏係因國共動盪局勢造成。一九四九年袁瓊瓊母親懷著她先到臺灣，一九五〇年袁瓊瓊在臺灣出生，父親隨後才到。身為軍人，長年不在家，種下父女間的隔閡。袁瓊瓊在〈夕暉〉中如是描繪父女關係：

我總是設法避開他，而他一直在設法接近我，我們中間有了微妙的敵意。……妹妹們繞著他，央他講個故事。……我坐在遠遠的書桌前聽，爸爸喊我：「坐過來聽。」我說不，我在這裡聽得見。……他放棄我了。

袁瓊瓊父親後來生病住院，四十七歲即死於心肌梗塞，醫院裡她看護父親的最後時光，成為生命擺脫不掉的記憶：

我那時候沉迷小說，帶了幾本小說去看，……他靜靜躺著，眼睜睜看著我，臉上露出嚴峻的表情，……我受不住了，挪到床頭邊去站著，那是他視線達不到的方向。

我看護父親病情那天見到的就是他最後一面。多年以來，他看我的眼神始終在心底裡壓著，……對我，完全是譴責的表示，我有很長時間內心負疚，認為他是被我氣死的。

對她而言，父親的死結束了她的青春期，多年後反芻，成為最私人的故事文本，譜寫最深沉的生命內涵：

這是個平凡人一生的傳奇和事實。

同樣時代乖違，與父親的關係橋段，在張愛玲的散文中亦如同劇本上演。那是一個改朝換代吸鴉片蓄妾的父女對立：

我父親的家，那裡什麼我都看不起，鴉片，教我弟弟做『漢高祖論』的老先生，章回小說，懶洋洋灰撲撲地活下去。像拜火教的波斯人，我把世界強行分作兩半，光明與黑暗，善與惡，神與魔。屬於我父親這一邊的必定是不好的。雖然有時候我也喜歡。……看著小報，和我父親談談親戚間的笑話——我知道他是寂寞的，在寂寞的時候他喜歡我。

張愛玲的《傳奇》扉頁按語，是換了個角度的呼應生命情境：

書名叫傳奇，目的是在傳奇裡面尋找普通人，在普通人裡尋找傳奇。

在這樣的親情關係裡，袁瓊瓊是深知逃避與放棄的內化產生，那亦是她小說很重要的主題。或因物傷其類，她分析〈流言〉寫弟弟眼光「吧達吧達」──「那是孤兒的眼光」，便十足精到。她指出，張愛玲是從弟弟的經驗裡知道「放棄」是惟一存活方式──「被所有人視而不見，便不會被任何人所傷害。」因此張愛玲小說中的人物「完全放棄，不放棄的下果總是更糟。」相似的困窘處境，使她們很早就了解人生欠缺，朱雙一指出：「最容易使人將袁瓊瓊和張愛玲聯繫在一起的，是兩人都對畸形人生、變態人性投以較多的筆觸。」⑬可以這麼說，逃避與放棄主題，這是袁瓊瓊以張腔與張愛玲對話了，兩位不同代女作家難分彼此。

（二）角色從失敗中活出真我

袁瓊瓊的創作是與婚姻同時發生。雙十年華時便由失去父親的家走進婚姻再自己也失

⑬ 朱雙一：〈世俗風情畫和女性真我的展現〉，《聯合文學》，第一六三期（一九九八年五月），頁124～129。

去了婚姻。在七〇年代末，袁瓊瓊寫作題材的來源是報上新聞與家庭生活，多半圍繞於孩子世界。一九七九年袁瓊瓊以〈小人兒〉得到《聯合報》短篇小說徵文佳作，袁瓊瓊自訴商校畢業後，結婚，生子，在家帶小孩。生活裡沒有一點波折，小說題材多源自「每天在家看報紙，報上的新聞刺激著聯想，就這麼東想一點、西想一點的，小說輪廓就出來了。」[14]僅僅一年之隔，袁瓊瓊揮別小兒女主題，以〈自己的天空〉翻新以往主題及角色，帶出了寫作的「真我」，同時為張派黑色幽默奠基。兩相互映，她小說中的女主角，是她個人及小說最好的代言人。從角色著手，她小說中的女主角如〈自己的天空〉的靜敏、《萬人情婦》裡的趙光明，是失敗中活出真我的典型，她們未必是成功的，至少對得起自己，這恐怕是袁瓊瓊筆下人物最重要的特質之一了。

顛覆傳統女性思維

自〈自己的天空〉後，袁瓊瓊小說中常會出現一種看似脆弱卻有著任性與誠實特質的女

---

[14] 當時她的丈夫是文壇著名詩人管管（管運龍，一九二九—），袁瓊瓊描述這段姻緣：「這雙精緻的手起先只到了我的手，然後又到了我的腰上，再然後，到了我的頸項上，到了我的眼瞳裡。這雙手拿我像個花結般的繫在腕上，我是被勾引進管氏家譜的一個美麗。」見丘彥明：〈美麗的花結——訪「小人兒」作者袁瓊瓊〉，〈聯合副刊〉，《聯合報》，一九七九年十一月十八日，八版。

性原型。這類女性最早成型的是〈自己的天空〉的靜敏。到了《蘋果會微笑》更如百變金剛。趙光明被稱為「萬人情婦」（後來新版改名《萬人情婦》），誠實面對自己情慾的結果是她離不開男人。小說結束，她生出了男友的女兒，趙光明在身心會不會就此成為一名良家婦女？還要不要繼續「任性」，無異是最重要的題旨了。孩子意外出世，趙光明男友信德盤算道：「生命在這當口，突然截然分成了兩段，一段是他的從前，任性年輕自在，一段是面前要走的路，可能不再能任性。」旋即決定謊稱已與女友照君分手。小說在此戛然結束。

由此可聯想，袁瓊瓊要表達的主題，其實是「任性」與「誠實」。延伸詮釋手下的角色，她強調：「必須要任性才能誠實。」

朱雙一對《蘋果會微笑》要說的是「任性」與「誠實」，亦持同樣看法。

任性與誠實混合之後，往往是孩子氣的一種表現，近似小孩子非要某個東西。《蘋果會微笑》裡趙光明凝想丈夫的晚輩羅偉中，如是著墨：

那天下著雨，她在騎樓下等雨停，因為無聊，開始打量餐廳玻璃門上的駐唱歌手照片，在那裡認出了偉中。……她只看了一眼，忙不迭的又背轉身去看廊外的雨，彷彿他那名字或相片會咬人似的。她的背就頂著偉中那張臉，感覺到相片上那雙微瞇的眼皮在掐著她，並不痛，但是仍有感覺。

袁瓊瓊小說中女主角的「任性」，為傳統女性小說人物較少見到的原型，緣由此一任性，囿於情愛變得不大經心，塑造出值得期待的人物，類似角色，張愛玲〈紅玫瑰與白玫瑰〉女主角王嬌蕊迷戀丈夫同事佟振保明顯相同：

> 嬌蕊這樣的人，如此癡心地坐在他大衣之旁，讓衣服上的香煙味來籠罩著她，……真是個孩子，被慣壞了，一向要什麼有什麼，因此，遇見了一個略具抵抗力的，便覺得他是值得思念的。嬰兒的頭腦與成熟的婦人的美是最具誘惑性的聯合。這下子振保完全被征服了。

《蘋果會微笑》的趙光明無視情感倫理，形成她蔚為奇觀的情慾史，從婚姻制度看，她結過兩次婚；從生理上，她當然不止。她的問題是命中難以偕老，一如〈連環套〉裡的霓喜。張愛玲藉〈連環套〉向婚姻制度嗆聲：「現代人多是疲倦的，現代婚姻制度又是不合理的。」〈連環套〉中不斷投身男人的霓喜的強悍與任性，無非影射「同居生活的失敗是由於霓喜本身性格上的缺陷」理論。難怪張愛玲自喻講的不是愛情，是悲愴。

反觀袁瓊瓊〈自己的天空〉，靜敏離婚後亦成為他人的外遇，真得張愛玲自嘲嘲人之精妙奧義。而關於愛情真諦，袁瓊瓊有以下如是觀，那亦是悲愴了：

一直認為男女之愛是大事，世間那麼多人，心身卻只交給那一個對象。在愛裡甘心，好像需要比緣分更多的東西。

感官的覺醒

但在任性與誠實之外，袁瓊瓊想說的還有「真我」。一九八九年寫《蘋果會微笑》時，袁瓊瓊邁入四十之年——「這本書之所以會存在和呈現出來，其實也是根源於自己這點任性，就是因為想試著來面對自己的肉體，來面對自己四十年來身為女子，對愛與性的感覺。」《蘋果會微笑》開宗明義講的便是女人愛慾的開始與完成——「趙光明三十二歲那年，丈夫死了，這就是她成為萬人情婦的開始。」袁瓊瓊且聽從自己的感覺行事，以瀨戶內寂聽〈你能赤裸著從男人面前走過嗎？——代序〉，訴求身心最真實的感官覺醒。⑮

這本鬆綁傳統中國女性並給予讀者驚奇的內文，廖炳惠由感官出發，內化袁瓊瓊與朱天文皆深受張愛玲「感官之美，以弦律、音彩、形色描寫」影響，⑯而將「張派」做了另一番連接。

---

⑮ 瀨戶內寂聽：〈你能赤裸著從男人面前走過嗎？——代序〉，袁瓊瓊：《蘋果會微笑》，頁1～4。

⑯ 廖炳惠並提及在念舊的角度，袁瓊瓊及朱天文神似另一位比較少見相提並論的作家林海音《城南舊事》。見廖炳惠：〈近五十年來的台灣小說〉，《另類現代情》（臺北：允晨文化出版公司，二〇〇一年版），頁184。

（三）奉行庸人俗事的教條

世人多求融洽，但蔡美麗說的好，張愛玲偏偏要「以庸俗反當代」。身為「張派」一員，不免要向祖師奶奶取經，袁瓊瓊自無法置身於外。但以袁瓊瓊無意妥協的文風與性格，無論是描述情狀手法或寫作姿態，我以為取經妙要可由三個角度來看，一是，暢銷打算；二是，對小人物的描摹；三是，刻劃人的黑暗面。

暢銷打算

張愛玲對書的暢銷打算及重視讀者層面，最是袁瓊瓊要奉為圭臬的：

> 要迎合讀者的心理，辦法不外這兩條：一、說人家所要說的；二、說人家所要聽的。

這也是《蘋果會微笑》最奉行不諱的路線。此書使袁瓊瓊躋身「暢銷書作家」之列。她和盤托出：「我希望每本都能成為暢銷書，成為暢銷書除了賺很多錢，也表示和我心靈產生共振的讀者也很多。」她是「我有話要說」：

> 其實我寫作以來，一直致力於走商業路線，很注意要讓讀者接受。

但論及「致力做暢銷作家，卻未曾刻意討好讀者」這點，她相信每個人都會對好的有趣的故事著迷，因此做得成做不成暢銷書作家，不是個人問題：

這是能力問題。不是我不討好，而是做不到。⓱

之前，袁瓊瓊早在〈自己的天空〉得獎感言中，便以戲謔的「袁氏腔調」另創一格：

入選了我很高興，因為那麼多的錢。我這輩子還沒有這樣有錢過。我想把八萬元全部換成紅色的十元鈔票，穿了黑衣坐在錢堆裡，照一張「人為財死」的照片。

簡直複刻張腔「出名要趁早呀！」神韻：

以前我一直這樣想著：等我的書出版了，我要走到每一個報攤上去看看，……我要問報販，裝出不相干的樣子：『銷路還好嗎？──太貴了，這麼貴，真還有人買嗎？』呵，出名要趁早呀！來得太晚的話，快樂也不那麼痛快。

⓱ 同⓬。受邀演講，學生問：你會介意書的排行榜名次及銷售量嗎？袁瓊瓊做以上回答。但袁瓊瓊也重視書寫內在，她說：「朱天文二十多歲的時候被問為什麼想寫作，朱天文說『我有話要說』，我五十歲才了解這句話。」

對小人物的描摹

若就上述角度析論張愛玲與袁瓊瓊，其人其貼近現實書寫特質，看似低姿態，誠附合了蔡美麗「以庸俗反當代」高策略。[18]終其一生，張愛玲不相信「歷史的洪流」，而從日常生活小人物世界創造了另一種世紀末「傳奇」。[19]

反觀袁瓊瓊最神似張愛玲的，是對真實生活的依戀，即普通人的一生，銘刻於封閉凝滯的時空，這是張愛玲最深刻的記憶了：

---

18 蔡美麗指出：「張愛玲作品放置在白話文學運動以來各家創作中來欣賞，我總以為，她極其別異的地方應該在她專有的一種『庸俗』。……她寫作的題材都是些『庸人俗事』。」庸人俗事的書寫特質是——「把我們絕大多數平凡的人絕多數時候平凡生命中卑微可憐，悲喜劇無法掰分的特性彰顯出來。」見蔡美麗：〈以庸俗反當代——讀張愛玲雜想〉，《當代》，第一四期（一九八七年六月），頁105～112。

19 就建構書寫傳統的過程透視，李歐梵分析張愛玲一直在寫世紀末的主題，有別於其他作家拚命在「時代的浪尖」上搖旗吶喊，展望光明的未來。見邱貴芬：〈從張愛玲看臺灣女性文學傳統的建構〉，《仲介臺灣・女人》（臺北：遠流出版公司，一九九七年版），頁23。

我們搬家搬到一所民初式樣的老洋房裡去，本是自己的產業，我就是在那房子裡生的。房屋裡有我們家的太多的回憶，像重重疊疊複印的照片，整個的空氣有點模糊。有太陽的地方使人瞌睡，陰暗的地方有古墓的清涼。……而在陰陽交界的邊緣，看得見陽光，聽得見電車的鈴與大減價的布店裡一遍又一遍吹打著『蘇三不要哭』，在那陽光裡只有昏睡。

同樣時空也映照在袁瓊瓊的歲月即景裡：

我最早的記憶跟家裡的老屋有關。這房子是早過了二十年了。它保持老樣子固然是母親一直捨不得大修，可是現在看來，倒像是特為見證這數十年來的變遷，明顯的是房子式樣，早有了新的時興，不明顯的是人心。我總記得老屋當初蓋的時候，轟動得像國家大事一般。現在這許多大院落蓋起來了，想必鄰舍們都很習慣了。我走在牆與牆間，可以感覺到三十年歲月塵埃般地落下來，落到了底，成為安靜的冷。

刻劃人的黑暗面

一九九八年袁瓊瓊交出極短篇小說結集《恐怖時代》，一仍黑色幽默特質，在看似正常的情節下，其背景是影影綽綽「越是平常和若無其事，最是恐怖。」不偏不倚，呼應王德威「張愛玲作品基本映照了一個陰陽不分、鬼影幢幢的境界」的「女作家的現代鬼話」。⑳袁瓊瓊以《恐怖時代》開講新鬼故事，避開探勘表面事物，直取暗藏著「人的黑暗面」玄機，並以之重啟寫作天機——「現在對尋常瑣事沒興趣，喜歡那些乖訛的、特異的。」與主題——「人性中惡的部分。如何壓抑抗拒惡的誘惑，這是我最感興趣的主題。」㉑果然袁瓊瓊對平面事物毫無興趣。

這亦是張愛玲的主題與興趣所在了。張愛玲〈論寫作〉坦言最喜歡《詩經·柏州》的「如匪澣衣」譬喻——「那種雜亂不潔，壅塞的憂傷」，較之天真純潔、秩序光整終究只是

⑳ 王德威在一九八八年發表〈女作家的現代鬼話——從張愛玲到蘇偉貞〉，為現代女作家貼上張派標籤，其女鬼指標角色是從〈花凋〉裡女主角川嫦的病體與美麗的世界「碩大無朋的自身和這腐爛而美麗的世界，兩個屍首背對背拴在一起，你墜著我，我墜著你，往下沉」交織而成的意象。見王德威：〈女作家的現代鬼話——從張愛玲到蘇偉貞〉，〈聯合副刊〉，《聯合報》，一九八八年七月十五日，二十一版；及張愛玲：〈花凋〉，《回顧展II——張愛玲短篇小說集》，頁448。

㉑ 袁瓊瓊接受訪問時說：「我一直覺得人的黑暗面是比較有深度的。明朗的東西通常太表面。」見王開平：〈袁瓊瓊——黑暗的深度〉，〈讀書人周報〉，《聯合報》，一九九八年十月十九日，四十八版。

戲曲中的理想世界，認為表面的事務一如快樂，是缺乏興味與層次的。

誠然，「袁瓊瓊未必意識到她有張腔」，但無可諱言，袁瓊瓊「在訕笑冷笑之餘表現的世故諷刺」，從〈自己的天空〉到《恐怖時代》，袁瓊瓊彷彿化做層層反諷，一步步「走進沒有光的所在」。終至顛覆了張派的鬼話傳統。

在以張愛玲作為一個源頭，把臺灣當代女作家幾乎「一網打盡，收攏張愛玲的旗下」歸納大法裡，毫無疑問，袁瓊瓊是個異數，她知己知彼，從不規避張派張腔這個話題，對自己和張愛玲的寫作位置及時代位置，了解通透，從而翻轉身世，與「傳奇」相抗衡，走出一片「自己的天空」。

第二節　清堅決絕蘇偉貞

一九九五年九月張愛玲選擇孤獨避世大去，「這樣的人，這樣的死」。作為「合寫張愛玲神話」，[22]「清堅決絕」角色代言人的蘇偉貞，也不禁油然發出感慨：「這樣的不同，就

---

[22] 合寫張愛玲神話，王德威詡為是這些年臺港文化工業的最佳產品之一。並肯定張愛玲是一個強烈意識到「現代性」的作家。而張愛玲早停止了創作，但卻成為「被」讀者、評者、作者創作的最佳題材。見王德威：〈世紀末的福音〉，〈人間副刊〉，《中國時報》，一九九五年十月十三日，三十九版。

因為她是張愛玲。」㉓

一　合寫張愛玲神話

綜觀「合寫張愛玲神話」陣容，最獨特處，應是研究張愛玲的隊伍中不乏作家身影。其中，蘇偉貞同時具備小說同業、編輯、研究者三元身分，引領三重角度「看張」：一是，作家身分：蘇偉貞以小說名，日後如何被劃歸張派；二是，編輯身分：任職《聯合報》副刊，工作立場與張愛玲展開長期通信，掌握第一手信件及資訊管道；三是，研究者身分：輔以小說家、編者視景，進入張愛玲研究。

在此要說明的是，作為論文撰述者，本文是站在研究者角色，客觀看待小說家的蘇偉貞之張派身分。事實上，當代作家研究當代作家，在張派作家世代群裡前有水晶、朱西甯，亦曾發生在張愛玲身上。她因申請研究經費，曾有意研究「政治的動物」丁玲〈蔣冰之，

㉓ 張愛玲過世，蘇偉貞接受訪問，以小說家身分擬想張愛玲——「那種從生活到寫作的完全自主性，那種一輩子都在與別人不同的生活模式。我想到她會以這種方式離開人世。」見徐開塵：〈奇葩萎　讀者歎　印象深〉，《民生報》，一九九五年九月十日，十四版。

一九〇四—一九八六）未果。㉔立場清楚了，才好導向主題。

（二）從張愛玲到蘇偉貞

一九八八年七月王德威的〈女作家的現代鬼話——從張愛玲到蘇偉貞〉刊出，首先標識出蘇偉貞「張派」扮演的角色。無獨有偶，王德威並不是首位提出「現代鬼話」這個觀點的人，唐文標更早便有此創見，他指出張愛玲〈金鎖記〉充其量是一個「現代鬼話」。與張愛玲連結，這同時也標出蘇偉貞作品頹廢美學的色度。

㉔ 夏志清：〈張愛玲給我的信件（八）〉，《聯合文學》，第一六二期（一九九八年四月），頁142～150。張愛玲只進行初步收集丁玲資料並未正式展開研究，否則以丁玲日後「舊社會裡人變鬼，新社會裡鬼變人」文風，難免掃興。丁玲在一九二七年二月號《小說月報》發表《莎菲女士的日記》以日記形式細述一位年輕女人的性苦悶，突破新文學禁局引發注目。歷經文革後於一九七八年重寫一九六六年作品〈杜晚香〉，杜晚香是以東北墾區一位女標兵為原型，標榜的是「出身正確」的「紅五類」。一九八二年丁玲出訪紐約，作家叢甦訪問後寫成〈自莎菲到杜晚香〉，感慨其政治動物性，發出「舊社會裡人變鬼，新社會裡鬼變人」評語。見叢甦：〈自莎菲到杜晚香〉，〈聯合副刊〉，《聯合報》，一九八二年十二月三十日—一九八三年一月四日，八版。

頹廢美學的代言人

蘇偉貞崛起於七〇年代即將落幕尾聲，處女作〈陪他一段〉刊於一九七九年十一月十日、十一日《聯合副刊》。小說中透露社會裡不能說也說不清的情愛禁忌，可謂一鳴驚人。進入八〇年代的《世間女子》、《紅顏已老》等作品，反覆實驗情慾形式之「永遠有不同的細節可以試探，永遠有它的猶豫性。」更深層確立了其刻劃愛情的作者形象。她作品角色不乏視情如歸、玉石俱焚的剛烈女子，引來王德威以現代鬼話比擬張愛玲一脈相傳關連。

但蘇偉貞並不以愛情代言人自居。蘇偉貞的出現，意味著一個之前較少被開發的書寫場域出現了。張誦聖便看出了她作品揉和了通俗文學「創造的情愛幻想 (fantasy)」特質，與「自覺或不自覺地挪用菁英文學形式」藝術取向，論其作品與菁英文化論述有種曖昧關係，就其文化層區分和文類特質的概念，創造出了「高層文化現象」，建構出「菁英意味的頹廢美學」派。

情欲的政治

但反向角度檢視蘇偉貞小說，因小說觸動一代讀者的心事而廣受歡迎，佐證蘇偉貞雅俗共賞的寫作策略成功。一九九六年麥田推出王德威主編的當代小說家系列，湊巧的是，首批四位女作家朱天文、王安憶、鍾曉陽、蘇偉貞，是公認的張派作家。在蘇偉貞出版文案中寫有——「蘇偉貞是臺灣最受歡迎的情愛小說作者。從八〇年初〈陪他一段〉開始，她寫愛欲的無償，情色的艱險，在在觸動一代讀者的心事」詞句。如此位置，也給了蘇偉貞舒展頹廢美學理念、不隨波逐流的空間，獨創「情欲的政治」書寫，進而探勘女作家書寫底線，與當代小說家共創臺灣最重要的資產與文學風景。㉕

臺灣張派體制化開路作家

邱貴芬指出是王德威將張愛玲的臺灣現象透過批評論述體制化，為張愛玲張羅一個文

㉕ 自一九九六年起，王德威開始為麥田出版社主編當代小說家系列，他表示：「『當代小說家』強調前瞻與開放的風格。介紹每位作家最新、或最好的作品，並開下一個世紀的文學風景。第一梯次推出朱天文、王安憶、鍾曉陽、蘇偉貞的作品。朱天文等四位女性作者，都崛起於八〇年代初，也都在近年改頭換面。這項小說工程至二〇〇二年三月出版李渝《夏日踟躕》完成這套他稱之為「向我所尊敬的小說家們致敬」系列而暫告一段落，共收二十家。見「當代小說家系列」新聞稿一：〈當代小說家系列——另一種編輯出版形式〉（臺北：麥田出版社，一九九六年十月）；及王德威：〈以愛欲興亡為己任，置個人死生於度外——蘇偉貞論〉，《跨世紀風華當代小說二十家》（臺北：麥田出版社，二〇〇二年版），頁75～90；盧郁佳：〈說故事者的輝煌群像〉，〈讀書人周報〉，《聯合報》，二〇〇二年三月四日，二十二版。

學族譜開篇。

從〈女作家的現代鬼話——從張愛玲到蘇偉貞〉到一九九一年發表的〈張愛玲成了祖師爺爺〉（〈張愛玲成了祖師奶奶〉前身）㉖；延伸至一九九五年九月十四日追悼張愛玲之作〈落地的麥子不死——張愛玲的文學影響力與「張派」作家超越之路〉，此三篇成為論述體制化之三部曲。論述所及，一時之間，港臺女作家幾乎悉數納入此一體制內。

王德威納編「張派作家」，秉持「不必強調共識一致」眼光，一如為麥田編選「當代小說家系列」的態度「我是評者，我認為就行了」，論者有眼光有論述基礎，卻也成為一些作家不可承受之重，以致有的作家便並不領情。㉗

不領情事小，茲事體大的，還牽涉臺灣文學主體性討論。邱貴芬便指出王德威建構的張派文學系譜著眼「張腔」網絡，若論傅柯系譜觀照，這便牽涉臺灣文學典律重整問題，

㉖ 王德威：〈張愛玲成了祖師爺爺〉，《開卷周報》，《中國時報》，一九九一年六月十四日，三十一版。〈張愛玲成了祖師爺爺〉收入一九九三年出版的《小說中國》增改為〈張愛玲成了祖師奶奶〉。

㉗ 王德威主編「當代小說家系列」告一段落，小結系列中重要論點，如建立張愛玲後繼者「張派傳人」譜系。王德威所點名女作家，如王安憶，便期期不以然否，幾次在公開場合表示非張愛玲傳人。見王安憶：〈張愛玲在現代中文文學史上的地位與影響講評〉，劉紹銘、梁秉鈞、許子東編：《再讀張愛玲》（香港：牛津大學出版社，二〇〇二年版），頁200。

排在前頭的，還有臺灣日益壯大的本土化大潮，就涉及從想像中國的角度，張愛玲似為中國傳統在臺灣的延續。本土化當道，預告了「合寫張愛玲神話」或張派已經落伍。這是下個世代要面臨的課題了。若以王德威所言「蘇偉貞的愛情敘事方法，倒令人想起《花月痕》、《玉梨魂》這樣的清末小說。」那麼蘇偉貞果然「張派」及「海派」。然而就王德威架構的張派譜系而言，弔詭的，卻又「似乎不能真正照應臺灣女性文學複雜的面向」。

（二）枉擔了虛名

范銘如明人快語說的好：「在所有被冠上張派傳人的臺灣女作家中，我以為蘇偉貞是最『枉擔虛名』的一位。」王德威文中也曾言歸納張派作家，較少被提起的有兩位，一是蘇偉貞，一是袁瓊瓊。

范銘如更進一步引述蘇偉貞與張愛玲若有共通處，或在於兩者對人世間情感本質，都有不留情面的透徹。在張愛玲是化為超然的嗤笑，蘇偉貞則鬱結五內，不吐不快。明證在於早期文本中，蘇偉貞即已流露出對庸言庸行的反感。范銘如的「枉擔虛名」之說，用在張愛玲〈傾城之戀〉的角色遊戲，誠是效果十足。

小說中男主角范柳原邀女主角白流蘇到港共遊，兩人出雙入對，人人都喚她范太太，白流蘇：「他們不知道怎麼想著呢！」范柳原成竹在胸：「你別枉擔了這個虛名！」設計白流蘇除了做他的情婦沒別路可走，圖的是不必給個名分。

這就給了我們一個依據，試測蘇偉貞「張派」名實，可以下述三點著手：

對庸人俗事的不耐

強化蘇偉貞對庸人俗事之反感，才更易襯托得「不耐」作為其書寫主調。如前所言，蔡美麗是敏銳的，是她率先指出：「張愛玲『以庸俗反當代』作品特質，寫作題材無非是『庸人俗事』。」庸人俗事的生命特質是悲喜劇無法掰分，因此讀她的大團圓喜劇〈傾城之戀〉，「卻森森然有種悲涼之感」。

跌跌撞撞的人間，隱隱有背景音樂揚起，「那胡琴聽上去便不是胡琴，而是笙簫琴瑟奏著幽沉的廟堂舞曲。」預見白流蘇「看上去不像這個世界上的人，像唱京戲」的角色，跟時間賽跑，白流蘇必須心計算盡，哪料人算不如天算，是戰爭幫了她大忙；悲愴的是，兩人結婚了卻不會改變什麼。

張愛玲自己供出〈傾城之戀〉的無奈：「結局雖然多少是健康的，仍舊是庸俗。」說的是庸俗者的生命本能使他們無論如何都找得到出路，才好上演「舊社會步步逃亡成功的神話」。〈傾城之戀〉庸人俗事激發傳奇，李歐梵窺豹「兩個主角都不盡寫實」奧祕，乾脆自己「下海」擬態〈傾城之戀〉，追蹤范柳原的後續故事，寫出《范柳原懺情錄》。符合了宋家宏所形容「一場費盡心機的把戲和交易」戲碼。

但〈傾城之戀〉的傳奇性還在於，一座城頹圮，卻獨獨「成全了一對自私的男女」這樣的大逆轉。

政治意義上的淪落，卻是庸俗之人情感出口，此一無奈亦可視為我們看待蘇偉貞作品與張派溝聯的視窗。

背向的姿態

八〇年代島上正瀰漫一股女性書寫及鄉土主流聲浪。儼然置身事外，狀寫癡男怨女的愛欲糾纏，蘇偉貞靜定地另闢課題——情欲的政治，交出《紅顏已老》、《流離》等著作；㉘至九〇年代，嘈切的國族論辯、同志議題浮出，蘇偉貞隱身舞臺，寫就長篇小說《離開同

㉘ 王德威謂蘇偉貞崛起後，彼時政治一片紛擾，相對於嘈雜的土地與國族前途論辯，她儼然已在省思另一種政治課題——情欲的政治。見王德威：〈以愛欲興亡為己任，置個人死生於度外——蘇偉貞論〉，《跨世紀風華當代小說二十家》（臺北：麥田出版社，二〇〇二年版），頁7。關於安靜地另闢書寫課題部分，蘇偉貞曾自白：「自〈陪他一段〉、〈舊愛〉到〈熱的絕滅〉……我的聲音越來越少越來越弱。」見蘇偉貞：〈封閉〉，《封閉的島嶼》（臺北：麥田出版社，一九九六年版），頁27。

方》、《沉默之島》；進入新世紀，島上本土化抬頭，蘇偉貞於是展現駱以軍（一九六七—）所說的「時間特技」，臨摹《魔術時刻》，是在這樣的時勢中，其身形愈益背離書寫風眼。

施淑指出《魔術時刻》為採用如後印象派點畫光影技巧「流離的、絕境的感覺與思考小說敘述主體」拼貼記憶，或因如此，使其作品提供了「其中有人」的感覺，這人，便是作家了。我們看〈以上情節〉裡的主角——「一個無趣的女性主義服膺者，注定一輩子找尋位置」，無疑有著正宗的「蘇氏」標記了：

格格不入的一生，多麼反其向而行！先未婚生子證明這方式行不通，先反生命運作靠電影支撐，先反社會拋棄男性主體，先上帝旨意而死。

此一「既遠又近」、「既快又緩慢」的寫作節奏，已然浸染蘇偉貞小說與人生，這是作者自況了。㉙

其實一直以來，蘇偉貞書寫一直有種「雙重平行幾何性——偏離了處理同類題材的文

㉙ 蘇偉貞《魔術時刻》序中寫道：「我覺察這些年來的心境宛如迷路岩洞中，岩壁上消逝的史前紀事以既快又緩慢的速度，已默然無聲浸染我的國度、我的小說。」見蘇偉貞：〈岩畫紀事〉，《魔術時刻》（臺北：印刻出版公司，二〇〇二年版），頁6。

類所慣用的寫實框架」手法。

這樣如獨來獨往的寫作風格，毋寧意味著蘇偉貞的難以定位且不與他人掛鉤，形成既是創作策略如平行幾何性不交叉，亦是寫作姿態上的入世與出世不同路。這樣的氣質，毋寧是悲觀甚且憤怒的。范銘如便分析，「論者難以現成術語、概念便利地套上」。

探索更深沉的「人與人之間難以定位的生命情境」，由《離開同方》到《沉默之島》，我們不難查察作家對於自我的身分定位、人際的溝通對話以至於國族的想像認同，有著越來越悲觀的傾向。

其實早在九〇年代初《離開同方》裡及九〇年代中期《沉默之島》裡，早便抽離現實，寫出一齣齣或慘烈、或詭異的悲歡離合傳奇。這無異是一種背向的書寫策略。

綜合以上，不同於張愛玲，蘇偉貞正好是「不世故」的。在她所採取的「背向」的姿態裡，更接近班雅明新天使圖騰：背向未來面向過去；惟暗合了張愛玲「有所耽溺，流連忘返了」情狀。

穿透時空

相對張愛玲作品無論取材或意義，有其全面貫穿時代透析性。㉚施淑指出蘇偉貞小說

㉚王德威論張愛玲作品貫穿三種時代意義，第一，由文字過渡（或還原）到影像的時代；第二，由

中「失去時空定點的生活紀事，低調封閉灰色，雖造成其文字藝術上獨特之魅力」，經營出一塊既非真也非假，既非是也非不是的灰色空間創作美學，逸出齊克果 either / or 二元對立哲學論，更非克里斯蒂娃所說，「這個不是」和「那個也不是」的女性主義話語，蘇偉貞要掌握的，應是把作品推向「一種抽象的完成，純淨感動，令人畏懼」孤懸之境。至此，屬於蘇偉貞的美學觀照，於焉形成。合拍張愛玲「參差對照」的寫作手法，「因為沒有什麼事是絕對、徹底的。」

二　封閉與拒絕的主調

直如王德威點撥，六〇年代以來，張愛玲的成就，一代代傳承，「卻要成為創作者的負擔」。姑且不論是否被劃入「張派」，如果不欲與她「搏鬥」或「纏鬥」，必須自清。這才好知己知彼，走出自己的路。但如何自清，在張愛玲與蘇偉貞身上，讀者不難發現他們文章封閉與拒絕的特質，如出一個主調，這或是蘇偉貞轉化同一主調擺脫依樣畫葫蘆的策略了。

男性聲音到女性囂譁的時代；第三，由「大歷史」到「瑣碎歷史」的時代。見王德威：〈世紀末的福音〉，〈人間副刊〉，《中國時報》，一九九五年十月十三日，三十九版。

（一）依附張愛玲

自有張愛玲以來，她所創造的文學世界，便依附著她這個人。上海開放後，不少臺灣作家如陳怡真、鍾文音、蔡登山、周芬伶、魏可風等前往上海，或為一窺張愛玲筆下的上海風華，或為了學術理由，他們循由張愛玲書裡提到商店、馬路、以前的住處。回返「張愛玲的上海」時代，如同朝聖膜拜，㉛在同個城市及張愛玲小說文本模仿同樣的生活，他們的教主就是張愛玲，上海學者王曉明對這樣的回望便提出：

我們置身的這個「文化偏至」（魯迅語）的時代，偏偏格外要成全她。這自然是她的幸運，但卻未必是那些模仿者的幸運。

王曉明進一步詮釋張愛玲的人生姿態：

張愛玲就不同了，她非但對人生懷有深深的絕望，而且一始就提出了一個背向歷史的姿態。……她可以全神貫注於表達自己對生活細緻感受，她的表情是那樣平常……。

㉛ 共寫「張愛玲地圖」的還有上海作家淳子寫的《張愛玲地圖》、李岩煒《張愛玲的上海舞臺》等。

這就看出另一種模仿者的命運，對張愛玲所謂拒絕傳人，不一定能避免，對模仿者在搏鬥的過程裡，也未必需要搏鬥硬碰硬；張愛玲可以以幽祕的沉默拒斥，私淑者可以像蘇偉貞以「封閉」演繹出自己的書寫生命[32]，這也就看出其實還是宿命，模仿者不意中仍流露出對人世保持距離的姿態。一則以「封閉」向張愛玲致意，這也是鋪衍不接觸之搏鬥了：

> 對一個「封閉」的作者，沒有空間可以總結。我只是不斷丟棄思考、發生的一切。我因此想起有一次與「我的朋友」袁瓊瓊閒聊，我說起感覺自己近年來，寫作和生活的路越走越窄，彷彿在走一條絕路。她說，妳不是在走絕路，妳在拒絕接觸，關閉自己。

有些拒斥卻是要在封閉的空間似夢非夢完成或沒有完成。在蘇偉貞〈老爸關雲短〉裡，說的是被老父背棄私返老家東北，作為人子，她堅決不原諒父親，她在夢中接觸了也沒有接觸老父：

---

[32] 「封閉」是蘇偉貞《封閉的島嶼》序名。見蘇偉貞：〈封閉〉，《封閉的島嶼》，頁20。對於「封閉」中透露出「距離」的意念，張誦聖舉對外來文化的接受，蘇偉貞的態度「是刻意保持距離，甚且背道而馳。」是十分貼切的對映。見張誦聖：〈倒影小維——兼及前作《沉默之島》〉，《中外文學》，總二九九期（一九九七年四月號），頁48。

……回飯店。躺平黑暗裡我逐漸進入昏沉狀態，身處不知名空曠地帶，聽到陣陣如布幕般的影像切入，無聲而重。四周有種冷的感覺，薄弱的理智告訴自己，當然不可能，室內有暖氣。

第二天清晨，世界一片銀白。原來昨晚下雪了，我聽見的是雪的聲音。

……永遠醒不過來的雪天長夜我重複做著同樣的夢，我反複播打一組我其實記爛了的電話號碼，老爸的。話筒傳出他的聲音，「重新聽到」這個念頭釋放出強烈頻率干擾著我也令我流淚無聲：「關雲短、老爸、老先生，您好嗎？」我又知道這句話無聲埋在記憶底層礦脈他根本聽不見。久久之後他那頭掛了電話，八成皺緊眉頭，下一步他會開罵！我再度播電話過去，他乾脆不吭氣也不掛掉，鼻息濁重抵住話筒，彷彿知道是誰。

張愛玲〈沉香屑——第二爐香〉有一段如是描寫男主角羅傑：

不知道為什麼，他突然感到一陣洋溢的和平，起先他彷彿是點著燈在一間燥熱的小屋子裡，睡不熟，顛顛倒倒做著怪夢，蚊子蜢蟲繞著燈泡子團團急轉像金的綠的雲。後來他關上了燈，黑暗，從小屋裡暗起，一直暗到宇宙的盡頭，太古的洪荒——人的幻想，神的影子也沒有留過蹤跡的地方，浩浩蕩蕩的和平與寂滅。屋裡和屋外打成了一片，宇宙的黑暗進到他屋子裡來了。

這便是拒絕人生的姿態了。此情此景，張愛玲自言整部《紅樓夢》就是「舊事淒涼不可不聽」；拒絕接觸的封閉世界裡，莊信正說的深刻：「張愛玲臨終前躺在房間屋裡是否已經回憶起半個世紀以前自己寫過這樣一段話。」「舊事淒涼不可不聽」，這是蘇偉貞與張愛玲小說共同的主題，以及弦外之音、戲中戲了。

到底時代不同，張愛玲的寫作姿態與人物看來犬儒世故，化做蘇偉貞筆下，成為與現實無涉的知識分子倔強女性，與物質世界無親。

反向而行的結果，輸得更慘，落到既不謀愛也不謀婚姻的下場。蘇偉貞要她筆下的女主角是倔強的，且反覆為這類女性角色造型，她的八〇年代的女主角最是一貫性性格實驗。〈舊愛〉裡的程典青、〈五月榴花〉的希方、〈斷線〉中的母親、〈離家出走〉的仲雙文等等。可以說，她們的倔強於生命的演出是一次一次悲觀的宣示。這些女子，非死即失蹤，宛如心證蘇偉貞最潛在的心事。

〈離家出走〉的仲雙文最是一微型縮影。小說開場即描述，毫無理由的，仲雙文在一個清早出門後就由人間「蒸發」。她的丈夫儲永建枯腸搜盡，卻眼看要成為一永遠的負擔與無答之謎。仲雙文當然並非毫無名目的失蹤，儲永建不厭其煩追蹤，終於找到一條線索——同樣演出失蹤的廣播製作人陳喬高。儲永建找到陳喬高兒子，陳喬高被形容是個沉默的人，家人都不懂他的想法：

「但是他的聽眾清楚他在說什麼。」

「後來也不聽了，他後來改做電視，收視率一直上不去，他頗受打擊。」

仲雙文的電話簿留在家中設計，此處成為一張費解的發聲器：

……一頁頁翻過，像一張張告示牌，透露著什麼。……所列名、碼並不多，本子用之有年，滲出屬於雙文的氣息。雙文行事一向顧後，不過難說，這種人也會做絕事吧？

這是與物質世界無親才思決絕放棄了。

張愛玲寫的最傳神的遺老生活裡，同時亦傳遞無法解碼的畫面：

白公館裡走了板的「我們用的是老鐘」日光時間，跟不上生命的胡琴。

如是難解的時序貼在仲雙文歲月之簿上：

家裡有個座鐘，……雙文在家時老提到東、提到西，她喜歡鐘面清晰易看，並不知道那個鐘並不太準。

張愛玲小說中的時鐘象徵跟不上時代，在蘇偉貞，則是難以言說的、整個人生的「時鐘指針掉落」了。

（二）性別焦慮

離開了增色貴族風華的上海灘，張愛玲回過頭咀嚼生活，她將內化經驗寫進日後的〈浮花浪蕊〉。〈浮花浪蕊〉女主角洛貞離開大陸後由港赴日，在她身上，我們嗅出面對艱險生活的倔強脾氣。

的確，張愛玲自言〈浮花浪蕊〉裡面有好些自傳性材料，「所以女主角脾氣像我」。書中她感慨歷經世變，記憶中的浪漫「童話插圖」，早沒有了，遺失在二次大戰。不僅於此，洛貞離家後陷入困厄的實錄，張愛玲自白：「裡面兩次暗示女主角在日本找不到事。」

這一趟行程，張愛玲藉她所塑造的洛貞短暫下凡。張愛玲的凡塵，是天上地下；在蘇偉貞則是遠近內外——「彷彿被時間鎖住」。㉝或者所有的關係都是遠的，而這樣的距離的意義在於劃出界限。劉人鵬即指出蘇偉貞書中並用兩種時間意象——變化萬端頃刻即逝的魔術時刻及緩慢難測的史前岩畫，形成關於「倒影、鎖住、停留」的晦暗地域，彷如後現代，難以搭界。

兩人都藉書中角色反映自身，行使生活。或者表現在性別焦慮，或者著力於掙脫刻板角色，這是蘇偉貞最接近「張派」之處了，並成為她的功課。

女性角色

蘇偉貞對性別的焦慮，表現在女性角色的塑造上。張愛玲則否，她不僅十分篤定，且喜歡借用一點「舊時代的氣氛」。〈傾城之戀〉的白流蘇，便是一位充滿羅曼蒂克亦十足女性化氣質的女性。說是無用過時，在范柳原眼中卻頂厲害更永不過時。

㉝ 二〇〇二年蘇偉貞出版短篇小說集《魔術時刻》，序中自言近年逐漸隱身朝俗世生活更遠處退去，那種背向人間的姿態，如史前岩畫彷彿被時間鎖住，她亦失去解讀真實事件的能力。蘇偉貞：〈岩畫紀事〉，《魔術時刻》（臺北：印刻出版公司，二〇〇二年版），頁5、6。

白流蘇與被捧壞了的新派男主角范柳原，吻合了張愛玲「好的作品裡應當有男性美與女性美調和」主張。[34]

這樣的調和，顯現在男女情愛，追求的無疑是天長地久的「幸福」。張愛玲《半生緣》裡，張愛玲為我們塑造了一個凝望這種幸福的視窗與畫面該是什麼樣子，那是男主角世鈞第一次到女主角曼楨家：

> 曼楨邀世鈞到樓上去坐一會。她領著他上樓，半樓梯有個窗戶，窗臺上擱著好幾雙黑布棉鞋，有大人的，有小孩的，都是穿了一冬天的。放在太陽裡曬著。晚春的太陽暖洋洋的，窗外的天是淡藍色。

事實上，藉由一種角色的對位製造效果，如范柳原與白流蘇、〈金鎖記〉中童世舫與姜

---

[34] 張愛玲參加上海「女作家聚談會」，談及「我熟讀《紅樓夢》，但同時也熟讀《老殘遊記》、《醒世姻緣》、《金瓶梅》、《海上花列傳》、《歇浦潮》、《二馬》、《離婚》、《日出》。有時候套用《紅樓夢》的句法，借一點舊時代的氣氛，那也要看適用與否。」並表示：「好的作品裡應當有男性美與女性美調和。」這段文字收進唐文標所編《張愛玲資料大全集》中。見魯風、吳江楓：〈女作家聚談會〉，唐文標：《張愛玲資料大全集》，頁237～245。

長安、〈花凋〉裡的章雲藩與鄭川嫦，在張愛玲作品中並不少見。女主角都帶著一種舊時代的氣質也有著舊時代的命運與遭遇，而男主角也都十分懷舊。

張愛玲筆下的角色，都如蹦蹦戲的女人，不僅強悍且不會過時，「在任何時代，任何社會裡，到處是她的家。」反觀蘇偉貞，她筆下的女性，在在見出一種典型——〈舊愛〉程典青、〈陪他一段〉費敏、〈孤島之夜〉余薇薇等，全都不戰而敗，毫無心機與盤算，更不懂男人。發展到〈孤島之夜〉余薇薇，最是眉目清楚——「完全不屬於任何時代，是新生出來的。」「輕中性」余薇薇——「瓷白皮膚，褐色偏黃的髮色，骨架勻稱，淡漠的五官。」都會女性，發展出「軟糖族」無能個性。

相對張愛玲塑造的白流蘇、鄭川嫦、姜長安等女子，新世代女性顯得沒個性也缺乏算計，連臥病的鄭川嫦也比她們有根底。白流蘇覺察即便在香港跌個跤也比別的地方痛些，蘇偉貞的女孩們，連跌跤的姿勢都不會擺。

〈孤島之夜〉余薇薇與周偉市長大選前夕偶遇，發展成一夜情。隔天余薇薇醒來，周偉已經走了，她連該不該在乎、要不要生氣都鬧不清。周偉還把情感的決定權交給余薇薇：

他留了封便箋，抬頭空著，說有要約到外地看設計圖，他留了家裡和工作室的電話。他寫，

> 我還沒有離成婚，現在是分居狀態，「讓妳自己決定」。

但這一代女子是不做決定的，受時代引力左右，她們早習慣無著狀態：

> 她老是碰到不好色的男人。她現在安全了，真的嗎？「讓妳自己決定」，恐怕她一輩子都沒辦法決定。她這要死不活的個性，永遠在答案的邊緣。

相似氣質的女性，「倒影」在〈魔術時刻〉。方便的交往讓女主角辜言靜嫁了經濟學人鄭宇森，再自然沒有的，失去生命力的都會女子，婚姻必須彰明其安全平衡的價值觀，及至辜言靜遇見了喚醒情感的成群，方才覺察到毫無個性的自己毫無生活可言：

> 過著要死不活的樣板生活，追趕要死不活的時尚，交換要死不活的性愛小冒險。

施淑便謂，這稱之為「現代性」的生活，其實正是白天黑夜交換時灰色地帶之「魔術時刻」，是小說中描摹的人生之「只有模式沒有生活的存在處境」，無怪蘇偉貞筆下的女主角將現實風暴隱去，「由虛處開刀，遠處著墨」，意圖為個人生活重中主權，重新命名。

掙脫刻板思考

來到新世紀初，劉亮雅比擬張愛玲小說，象徵世紀末愛情之所以持續對臺灣文學書寫有意義，「便在於她所呈現的陽性女人與（潛在的）陰性男人激發我們對性別革命的思考。」此論點暗合劉介民觀察，即對新世紀性別革命的思考，他認為通過蘇偉貞《沉默之島》，可進一步理解女性主義之追求男女特質兼美，掙脫兩性刻板角色扮演，游離兩性之間「雌雄同體」(androgyny) 觀念。關於這樣的文體，巴赫汀認為最符嘉年華文學 (carnivalized literature) 敘述方式。

《沉默之島》是蘇偉貞一九九四年獲《中國時報》百萬小說推薦獎作品。小說有兩組主角都叫晨勉與丹尼，女主角晨勉各有一個妹妹晨安及弟弟晨安。兩組人馬呼嘯來去，既平行又呼應，看似嘉年華會，曲終人散，背後隱藏的總是空虛。

不似張愛玲的〈傾城之戀〉，蘇偉貞的《沉默之島》看似一群人虛實交會，但是卻沒有意外，也沒有善惡終有報的結局。既無人的命運改變了，城市也沒有傾覆。最主要，兩個女主角晨勉都國際化且過著最現代化的生活，看似開放其實傳統，這種傳統，是蘇偉貞式的傳統——不爭取，一再放棄。王宣一說的好，她們有種趨避錯綜複雜關係的天性。

惟一蘇偉貞在《沉默之島》裡，塑造了「無性」或稱之為「雌雄同體」的新人種，晨勉與丹尼的相愛，看似因性而糾結難分，其實是性命相交，毫無浪漫情調可言。卻是蘇偉貞對性別的底限探試，建構出蘇偉貞小說視界一個新的國度。吻合了前述劉亮雅「激發性別革命的思考」發言。

三　戲劇性文學本體

> 戲劇性對蘇偉貞來說，是她的文學本體的基礎，同時也是她認知世界的門徑。——徐鋼[35]

《沉默之島》中，兩位晨勉各有世界卻彼此牽連，角色、故事、文化、地理等壓縮製造出一種戲劇性，形成「橫亙全書沉思性的、辯證性的章節，與那些肉體徵逐的片段，相互流轉」文字饗宴，完成蘇偉貞寫作新國度。

（一）認知世界的門徑

所謂文字饗宴，以徐鋼的話說，就是戲劇性。他認為這不僅是蘇偉貞開啟新國度的工

㉟ 徐鋼：〈復活的意義，無聲的陰影，及寫作的姿態——閱讀蘇偉貞小說的戲劇性〉，《書寫臺灣：文學史、後殖民與後現代》（臺北：麥田出版公司，二〇〇〇年版），頁374。

具視窗、從文類之中借用的小說手段之一、認知世界的門徑，更是她的文學本體。

但要說戲劇性，就得向張愛玲「傳奇」手法借道。亦是，所謂戲劇性，不脫傳奇底蘊。

張愛玲〈傾城之戀〉中「到處都是傳奇，可不見得有這麼圓滿的收場。胡琴咿咿啞啞拉著，在萬盞燈的夜晚，拉過來又拉過去，說不盡的蒼涼的故事。——不問也罷！」這蒼涼不問也罷的故事，可納入李歐梵〈漫談中國現代文學中的「頹廢」〉凝視〈傾城之戀〉的角度：「最具有『時代性』的矛盾意義論述——用『傳奇』的藝術手法來反述歷史。」他認為小說中的兩個主角並不寫實，都是傳奇性的人物。表面看來，這兩位傳奇人物的愛情遊戲成為故事的前景，這個前景的背後卻蘊含了一個複雜的背景，「我認為它是神話和歷史遊戲的交織。」

當然我們要問，如你我一般的普通人，如何蓄積反述歷史的能量最終倒讓歷史成全了？這就涉及了安托寧・阿陶 (Antonin Artaud) 在《戲劇和戲劇的雙身》(*The Theater and Its Double*)「殘酷的戲劇」(theater of cruelty) 理論，支撐這個理論的，就是無懈可擊的意念與決定，亦即不可逆轉的決心。

〈傾城之戀〉中，白流蘇是名女子，和范柳原玩著熾烈的愛情遊戲；但從植物學角度，

「白流蘇」則是一種具有耐寒特性的植物，㊱此一伏筆，無異隱喻了面臨命運關鍵時刻，當范柳原有意要讓他們的關係人盡皆知卻不想負責，白流蘇作為一個人倒是要逆轉一下了：

> 流蘇吃驚地朝他望望，驀地裡悟到他這人多麼惡毒。他有意的當著人做出親狎的神氣，使她沒法可證明他們沒有發生關係。她勢成騎虎，回不得家鄉，見不得爺娘，除了做他的情婦之外沒有第二條路走。……她偏不！……歸根究底，他還是沒得到她。既然他沒有得到她，或許他有一天還會回到她這裡來，帶著較優的議和條件。

與看不見的命運交手，以意念和決心操縱，說難不難，以白流蘇過往身世「做為其雙

㊱ 水晶困惑張愛玲〈傾城之戀〉中女主角為何取名白流蘇。後來在一本《中國花園植物考》(*Garden Plants of China*) 看到詞條「白流蘇」的樹：「這種中國緣飾樹 Chinese Fringe Tree，開花的時節，全樹綴滿了奶油色、細碎的花球，堪與海棠、櫻花媲美。此樹原產地是福州，中國農藝家將此樹與肉桂樹 osnanthus frangrans 交植，因其耐寒，可能原產地在北方。」悟出白流蘇的生態與白流蘇的性格亦相契合。見水晶：〈白流蘇〉，〈人間副刊〉，《中國時報》，二〇〇二年十月二十八日，三十九版。

身的陰影」襯裡，卻成就了未來傳奇。最後，白流蘇勝出，范柳原的電報就是他的臺詞：「乞來港。船票已由通濟隆辦妥。」

（二）角色互換

要解釋，如何「變成一個舞臺，成為現實影像的投影。」我們可從〈傾城之戀〉觀察作家與文本的角色互換。

〈傾城之戀〉部分取材張愛玲讀港大時的真實經驗：「戰爭開始的時候，港大的學生大都樂得亂蹦亂跳，因為十二月八日正是大考的第一天，平白地免考是千載難逢的盛事。」將之寫進〈燼餘錄〉。這段經歷又套進了〈傾城之戀〉白流蘇送范柳原上船，砲聲響了——「島上的居民都向海面上望去，說『開仗了，開仗了。』」日後一九八四年香港邵氏公司由許鞍華將之搬上銀幕。張愛玲賣了豐厚的版權於是附送一段現身說法，撰文娓娓道來真實故事底蘊，㊲將之投影於舞臺上，並要求篇名不能改。㊳

㊲ 張愛玲〈回顧《傾城之戀》〉全文如後：珍珠港那年的夏天，香港還是遠東的里維拉，尤其因為法國的里維拉正在二次大戰中。港大放暑假，我常到淺水灣飯店去看我母親，她在上海跟幾個牌友結伴同來到香港小住，此後分頭去新加坡、河內，有兩個留在香港，就此同居了。香港陷落後，

轉化小說/生活為劇本，島上張派作家對此道並不陌生。先從張愛玲說，根據統計張愛玲自一九四七年寫首本劇本《不了情》到一九六四年《魂歸離恨天》一共寫了十四部電影，如果把未拍攝的《紅樓夢》算進去，就十五本了，並不算少。至於電影片種類，張愛玲風格多樣，鄭樹森簡單歸納出張愛玲擅長兩個片種，一是「都市浪漫喜劇」(Urban Romantic Comedy)；另一是「現實喜劇」(Realistic Comedy)。

我每隔十天半月遠道步行去看他們，打聽有沒有船到上海。他們倆本人予我的印象並不深。寫《傾城之戀》的動機——至少大致是他們的故事——我想是因為他們是熟人之間受港戰影響最大的。有些得意的句子，如火線上的淺水灣飯店大廳像地毯掛著撲打灰塵，『拍拍打打』至今也還記得寫到這裡的快感與滿足，雖然有許多情節已經早忘了。這些年來了，還有人喜愛這篇小說，我實在感激。見張愛玲：〈回顧《傾城之戀》〉，〈聯合副刊〉，《聯合報》，二〇〇二年四月九日，三十九版。

38 《傾城之戀》是邵氏公司一九八四年結束片廠製作前最後拍攝的電影，許鞍華導演，蓬草改編。電影拍了才發現一直未聯絡到張愛玲。之後與宋淇接觸，付出一筆豐厚的版權費，徵詢意見，張愛玲只對宋淇說篇名不能改。當然不會改，《傾城之戀》賣的就是張愛玲小說的題目。見鄭樹森：〈改編張愛玲〉，〈聯合副刊〉，《聯合報》，二〇〇二年四月九日，三十九版。

細數張派作家中，朱天文自一九八三年改編《小畢的故事》後投身編劇本，《風櫃來的人》（一九八三）、《冬冬的假期》（一九八四）、《童年往事》（一九八五）、《戀戀風塵》（一九八六）、《尼羅河女兒》（一九八七）、《外婆家的暑假》（一九八八）、《悲情城市》（一九八八）、《戲夢人生》（一九九一）、《好男好女》（一九九五）、《海上花》（一九九八），多與侯孝賢合作。

與張愛玲為了避風頭轉行編劇不同，朱天文寫劇本不僅象徵其開拓較大創作空間，也是胡蘭成辭世，「三三」解散，在多年宣揚「三三」理念費盡力氣後，退到家的私空間然與世俗保持連結的作為。

他如袁瓊瓊小說《萬人情婦》亦被改編。袁瓊瓊本身長期從事電視連續劇劇本創作。連續劇是臺灣一種特殊商業文化，連續劇每天進入家庭，注重的是收視率及商業性，要求的是編劇速度。一般而言，藝術性較低、創作自主性較少，往往被視為謀生工具。

此外，蘇偉貞小說《紅顏已老》、〈來不及長大〉亦曾改編為電視及電影。她亦編劇電影《黃色故事——之三》（一九八七）及改編己作〈舊愛〉（一九九四）為同名電視單元劇。張派作家的戲劇之路，可視為巧合的與張愛玲比賦。

在此，我們更關心的是，張愛玲現實據以倒影的舞臺，卻是蘇偉貞交付出自我，期與現實世界劃出鴻溝之場域。在蘇偉貞的小說對白裡尤其不乏她的身影。〈以上情節〉裡的女主角寶聖，「成天成夜地泡在電影院，隨著那些片段的、平面的巨大人影和對白長大。」患了失語症，惟有可與戲裡的角色對話。片中深諳世事的人物說了臺詞：「我們只有這個世界，現在的這個。」寶聖則回嘴：「你錯了！我們連這個世界都沒有。」現實生活，蘇偉貞過得一如小說——「我開始瘋狂的看電影，拍得再壞的電影我都看得下去。躲藏漆黑戲院裡，我每與角色重疊，理解他們的心靈走向。」她在現實/戲劇找到了定位。這就是徐鋼所言「不僅僅是從文類之中借用的小說手段之一，而是她的文學本體 (ontology) 的基礎，同時也是她認知世界 (epistemology) 的門徑」析論之所本了。

同樣將蘇偉貞與轉換戲劇性與投影聯想的，還有駱以軍，他甚且將之比擬為英國現代戲劇大師哈洛・品特 (Harold Pinter, 1930–) 的《今之昔》(*Old Times*)。宛若在可任意停格的都會劇場表演區，鑲嵌組合有著暴烈的詩意作品。

四　建構自己的島嶼

她所不能釋懷的，是她對狹窄的眷戀。她幾乎在最狹窄的地方看見「夢」。——蘇偉貞《沉默之島》

蕭義玲揭示《沉默之島》有著普世女性對封建的、父權傳統的決絕拒斥：「但拒斥必須有發生故事的空間承載，由是，島的狹窄空間象徵了女性遭遇的現實處境。」此一建構尤其見出蘇偉貞藉此一狹窄空間，擠壓出走張派之國的意圖，此之謂寫作自覺。

（二）調性各異

小說基本上是說故事，這就涉及語調及筆調，英國小說家E・M・佛斯特（E. M. Forster, 1879–1970）則強調：「各人的語調必然不同。」[39]

徐鋼分析蘇偉貞據以劃分文學世界和現實世界之間界限的，在於小說中戲劇性的發揮，所謂「人生如戲，戲如人生」。在蘇偉貞早期小說〈陪他一段〉裡，女主角費敏被負死心，這一段是以表演般的形式與臺詞來呈現：

> 費敏望著他那張年輕、乾淨的臉，這個世界上有很多演壞了的劇本，不需要再多加一個了。

同樣〈舊愛〉女主角程典青由浪跡情感至放棄情感最後放棄了生命，徐鋼形容「這是張愛玲的筆調」：

---

[39] 佛斯特著，李文彬譯：《小說面面觀》（臺北：志文出版社，一九七三年版），頁41。

馮子剛上機當天，典青送到醫院大門口，身上披了件綠薄大衣，明明屋外已經春天。綠大衣裡是醫院的藍睡袍，微笑的臉彷彿影幕上劇終時不可改變的定局。

這是程典青的「生前演出」了。

同樣的演出，在張愛玲《秧歌》裡，舞的卻是「死亡之舞」之「人生如戲，這一可怕的真理」。

敲鑼打鼓，扭秧歌的開始扭了起來。男女站成兩排，不分男女都是臉上濃濃抹著一臉胭脂。在那寒冷的灰色的晨光裡，那紅豔的面頰紅得刺眼。

但張愛玲對舞臺的了解，自有她的透徹。張愛玲十年一覺《紅樓夢魘》，興思寶玉心死削髮為僧，懸崖撒手「證了前緣」，這是張愛玲印證「人生如戲，戲如人生」舞臺上，一次最透徹的旁白：

散場是時間的悲劇，少年時代一過，就被逐出伊甸園。家中發生變故，已經是發生在庸俗黯淡的成人的世界裡。而那天經地義順理成章的仕途基業竟不堪一擊，這樣靠不住。看穿了之後寶玉終於出家，履行從前對黛玉的看似靠不住的誓言。

這一場場宛如舞臺演出，角色在《沉默之島》裡想法愈趨有型有款：

他們正在上演一齣戲，晨勉突然希望有人看到他們、學習他們，而且記錄他們。他們是那麼明白彼此的節奏，是的，不需要語言。

〈陪他一段〉開始，費敏存在的主要功能全繫於她的愛情角色，她從頭到尾獨自在演一場戲，整個舞臺都是她的，沒有真正的對手，她的愛情故事宛若沒有發生，她獨力支撐整個世界，如果角色演出必須有目的，這就是全部的意義。

《離開同方》中，那呼嘯來去的戲班，催化整座同方新村，臺上臺下交叉上演的是眼見為憑的劇本，其餘才是戲。真正的人生被區隔了，早過了學說話年齡的兒童狗蛋，戲班來到了村上，他說的人生第一句話是整段戲詞：「你妻不是凡間女，妻本是峨眉一蛇仙。」被話語「懸置」的童男子，以戲啟發，戲劇性的「本質」於焉浮現。關於人們寧願相信一名正常的兒童是這樣學會說話的，有信仰的人們解釋為「神喻」；在同方新村的角色裡發生，那叫「戲劇性」。《沉默之島》中被略去的是「生活中的瑣碎部分」。生活中的瑣碎部分既被抽離，如此看來《沉默之島》實是「無語之島」。也就無怪話語成為失語世界預言與內在聲音，必須被「懸置」，晨勉才會一再聽見三句箴言「可以嗎」、「你要你這個人生嗎」、

「跟我一起走好嗎」，是為小說的主軸：[40]

> 在作愛的過程裡，沒有比尋找作愛的記憶更值得探險……因為他們身體碰在一起，所創造的思考及語言，是她及所有另外兩個身體從未解讀，如一種消失的文化。

這次，蘇偉貞擺脫了「無欲則剛」的清堅決絕女性角色扮演，甚且沒有悲劇發生。

（二）傲岸而獨立

徐鋼賦予晨勉對抗外在環境，形成一封閉的自我整體，建構島嶼世界，也建構如島之身體之深層的涵義。演繹他的觀點，或可詮釋此一形式是——「蘇偉貞的主題借身體表演經驗客觀世界的手段。」而與「寫作本身即一種表演，蘇偉貞在寫作的姿態中認識世界，完成以她自己為主題的寫作」劃上等號。

多年來，蘇偉貞毋寧不斷以她筆下的角色代她發言，演繹思維，不似袁瓊瓊的「我的

---

[40] 同[35]，頁387。關於語言及島嶼的意念，正如現象學 (phenomemology) 大師胡塞爾 (Edmund Husserl) 闡明的「孤獨的哲學家」概念——「只有這樣我們日常所熟悉的世界才能暫時『懸置』起來，從而達到了解事物『本質』(the essential) 的目的。」

小說裡從來沒有我」。作家角色介入，蘇偉貞的摹擬採取的正是張愛玲「還是隨時隨地地把自己的事寫點出來，免得壓抑過甚」的版本。細究張愛玲的創作人物一直有所本，但最貼近的時候，常有種突梯的滑稽。像她〈走，走到樓上去〉裡敘述一齣戲，有個人拖兒帶女去投親，和親戚鬧翻了，他憤然跳起說道：

「我受不了這個。走！我們走！」他的妻哀懇道：「走到哪兒去呢？」他把妻兒聚在一起，道：「走，走到樓上去！」——開飯的時候，一聲呼喚，他們就會下來的。

但張愛玲並非一味精明，到底也有感情用事的時候：「我寫到的那些人，他們有什麼不好我都能原諒，有時候還有喜愛，就因為他們存在，他們是真的。」但蘇偉貞是沒有滑稽的。相對來說，她要一本正經得多。《離開同方》記錄生長的眷村、《夢書》老老實實說自己的夢……都是其中有人，呼之欲出。說蘇偉貞是她自己的主題，應不為過。

以自己為主題敘述，蘇偉貞的表現還在她展現的「抒情」傳統。駱以軍喻《魔術時刻》「極易誘引讀者催眠般地進入她的表演區功力。」分析這樣的抒情傳統，仍應回到她的角色功能上，也就是張派作家少見的「角色先行」策略，閱讀到某一種描述手法及角色類型，就會知道那是蘇偉貞的女主角。與這些女主角對望，范銘如舉例自七〇年代末以來，〈紅顏已老〉淡筆寫濃情、八〇年代《過站不停》間夾觀念性書信體，倚重心理獨白、九〇年代《熱的絕滅》「更進一步揚棄主題情節完全採自白形式，情來情往，真是好不熱鬧」之喻，稱得上是近距觀察了。

及至新世紀，蘇偉貞走進「沉默之島」；《魔術時刻》則是以「魔法儀式」，重新為自己命名。施淑的感覺是對的，是《魔術時刻》系列開筆首篇〈倒影小維〉裡，蘇偉貞便通過倒影、鎖住、停留的畫面操作，寫出範式——「用另一具身體經過生命，看到自己的倒影」。

但演出自我，任對誰都是艱難的，施淑便概言，「此一孤獨摸索過程，是對文學制式的抗拒行動」。施淑還肯定：「一向被劃入張派的蘇偉貞，繼《沉默之島》後，風格形式再變的緣由，而這無關乎胡蘭成式的所謂『清堅決絕』之類的姿態和意識內容。」究其寫作打算，誠然「是艱鉅的、根本的、而且不知伊于胡底的工程。」小結蘇偉貞從〈陪他一段〉、《離開同方》、《沉默之島》到《魔術時刻》宛若隻身上路，傲岸而獨立。這也是蘇偉貞抓住「魔術時刻」光影，形成超越張派的方式。

第三節　其他張派作家

追蹤朱天文、蔣曉雲、袁瓊瓊、蘇偉貞第二代張派作家，結論大致依循風格、時間軸承、書寫內在探究。好比第二代張派原則上崛起於七、八〇年代，且在張派的巨傘下，仍能以各人的書寫風格名世，並以不同的方式，藉寫作與當代對話，銘記個人／歷史。晚近則又不約而同，選擇越來越背向世俗的姿態，暗合張愛玲寓寫作於遺世孤獨生活的模式。

在整理第二代張派作家過程中，有些作家名字是不能被忽視的，譬如同為「三三集刊」的朱天心，但如前言，因為心態意識歧義，朱天心《我記得》之後，寫作風格明顯與張派漸行漸遠。袁瓊瓊認為這關乎「本性」，就因為本性，使朱天心「一輩子也沒有像張愛玲」。㊶反而是一般人較少提到的平路，愈來愈像「張派」。值得玩味的是，朱天心熱，平路卻一逕表現是如袁瓊瓊所言張愛玲那種「冷」的特質。

㊶ 同⑫。袁瓊瓊認為朱天心作品「熱」，她相信朱天心很崇拜張愛玲那種「冷」的特質，但朱天心一輩子也沒有像張愛玲。甚至她曾努力學過，但卻沒有辦法像張愛玲的風格。所以自己要走自己的本性。

平路一九八二年以〈玉米田之死〉得到《聯合報》小說大獎，後再寫續篇〈台灣奇蹟〉，主題多關切政治與性別議題，闖出與時下女作家不同的寫作面向，受到注目。

一九九五年她寫出孫中山與宋慶齡為本的長篇《行道天涯》後，主題便多以重要政治人物情史為主訴，《百齡箋》的主角是宋美齡；二〇〇二年交《何日君再來》暗寫鄧麗君。二〇〇〇年的《凝脂溫泉》，是她寫作小說主角視景的重要轉換之作。有些篇章主角仍是政治人物，但最主要的時間場景關切，是「這幾年間的日子」、「幸好有我的小說主角，她（他）們不只與我相依為命，而且代替我在都市墮落過各種並不尋常的日子。」

是她自己揭開了書寫的底蘊——「把死亡放在口袋裡，隨時拿出來亮一亮，就是自己可以祭出來的法寶。」她借《何日君再來》女主角之死「追尋她所企求的，謎一般的『光亮的地方』」，那正是張愛玲〈金鎖記〉中的七巧「一級一級上去，通入沒有光的所在」人生同溫層。平路真是愈寫愈悲愴。的確，平路近年寫作內造愈益朝向家族照相簿與女性自身挖掘，光這一點，就與張愛玲十分相似。綜觀散文部分，自一九九八年《巫婆の七味湯》開始，二〇〇二年《我凝視》、二〇〇四年《讀心之書》，她在在以小女人的腔調，將寫作「風景迅即切換」。

平路將親友照片拼貼記憶寫作而成《我凝視》，與父母之間種種磨合，對父親的眷戀，童年及青春期的艱困，在在指向仿傚張愛玲的《對照記》。其中最大的重疊，《我凝視》收了張愛玲母親的照片，篇名亦叫〈看老照相簿〉。自己的童年自己的凝視，為什麼卻收張愛玲母親的照片呢？全因為那照中母親「不可思議地酷似我」，酷似平路，因此這張照片在平路是——「竟連別人的魂魄也照了出來。」誰的魂魄，平路感慨：「比在各種情境下拍攝的相片都更像我自己」。這是平路「老照相簿」裡的自照像出土記了。再對照《對照記》，張愛玲看著兒時被母親著了色的照片自訴衷曲：「我就是這些不相干的地方像她，她的長處一點都沒有，氣死人。」張愛玲不像母親的憾恨，平路卻意外的承接了下來，她惘惘地暗忖著這是否有奇特的連繫？不禁如是臆測道：「難道是我失散的文學家族？」冥冥之中，平路走上了隱然的「張派」之路。

第六章 第三代張派作家

進入九〇年代，我要大膽定論張腔在臺灣文學後繼無人了。——林俊穎

京劇首創腔派，京劇「四大名旦」有「程派」（程硯秋，一九〇四—一九五八），後繼則有名震四〇年代的「張腔」（張君秋，一九二〇—一九九七）。

王德威是最早提出京劇「張腔」流風遺緒，比賦亦崛起四〇年代、屹立文壇五十年的張愛玲為「小說界的張腔」。山頭易立，門派難傳。京劇一代一代的「張派」傳人如今何在？文壇「張派」飄洋過海到臺灣，半個世紀過去，進入九〇年代，文學張派還有傳人嗎？這是我們要說的重點。

第一節　九〇年代與張派

無論是張君秋或者張愛玲，作為腔派祖師，他們必須夠高夠遠足夠締造傳奇。針對此項條件，林俊穎形容張愛玲「Bigger Than Life」無異十足貼切。「比他筆下人物更大」，這是點出張愛玲的寫作姿態了。

一　張派：創作者與實踐者

張愛玲深諳開宗立派箇中三昧，她不僅是創作者也是實踐者。她雖不相信「歷史的洪流」，卻借鏡日常生活小人物世界創造出屬於她的「新傳奇」。可以這麼說，將戲劇人生化，這是張愛玲哲學的正宗法乳，惟「張腔既為腔，便有其裝致造作的一面。」這已成為張派最難超越的部分，亦是考驗張派作家耐性的底線了。

（一）第三代張派作家定位

前幾章我們專論了五〇年代至八〇年代因緣際會張派作家，各擅勝場走出自己的門徑。

但一般咸認九〇年代以後崛起「張派作家」，在歷史的轉折點中演繹張腔，「產生了鄭重而輕微的騷動」。

在七〇年代後期至八〇年代初，被點名的張派年輕作家中，各有「肖張」成分，但在劃清界限上，有的是行使「解構張愛玲神話」方法，如郭強生、林俊穎、林裕翼、鍾文音、劉叔慧等；有的是直接以「蒼涼的手勢」，與祖師奶奶告別，如「日後要努力劃清界限的楊照」。❶在這裡我們的重點作家是前者有過行動的作家。

張派真已在島上豎起世紀末標誌？我們首先會面臨如何定位九〇年代張派作家的問題，這就必須給出一個標準。在此，我想援引林俊穎的「一九六〇年代便戛然中止」，作為第三代「張派」作家時間坐標。即第三代張派作家必須是一九六〇年代以後出生者。

陽盛陰衰

二〇〇〇年香港嶺南大學主辦「張愛玲與現代中文文學國際研討會」上，林俊穎貼著

❶ 楊照在七〇年代後期與「三三集刊」相互唱和，間接接觸張愛玲，但日後漸行漸遠，九〇年代曾以筆名詹愷苓評朱天心、胡蘭成。所以才有王德威言他與張劃清界限。見王德威：〈從「海派」到「張派」——張愛玲小說的淵源與傳承〉，《如何現代，怎樣文學？——十九、二十世紀中文小說新論》（臺北：麥田出版社，一九九八年版），頁329。

臺灣張派作家標籤應邀出席，在「尋找張派在臺灣的接棒人」座談會上，他表示對臺灣張派作家「陰盛陽衰」及「族繁不及備載」現象並不在意，他認為值得注意的是作者的年齡層「最晚到一九六〇年代便戛然中止」，至於一九六五年出生者，至二〇〇〇年已三十五歲，無論如何不能稱為年輕作家了，於是林俊穎獨排眾議發聲道：「一九七〇年代以後出生的作者，還有張派傳人嗎？」

此言雖不致石破天驚，委實一語中的。先說「陰盛陽衰」，張派作家世代曲線圖，進入九〇年代顯然已顛倒為「陽盛陰衰」，雖說在被點名的名單中不乏女性，如鍾文音、劉叔慧，但她們卻非「主流」。而鍾文音與劉叔慧的張派樣貌，氣息近似卻非神似。

七〇年代以後出生還有張派嗎？

第二檢驗林俊穎所說：「一九七〇年代以後出生的作者，還有張派傳人嗎？」檢驗九〇年代張派作家光譜，林裕翼一九六三年生、楊照一九六三年生、郭強生一九六四年生、鍾文音一九六五年生、劉叔慧一九六九年生，被點名的這群作家中林俊穎一九六〇年生，可說是九〇年代「張派頭」，他帶頭站出來要與張愛玲劃清界限，也就不足為奇了。作為六〇年代前段班出生者，出道時間及年齡，楊照與林俊穎其實都有點跨世代成分。至於被歸類同代張派作家中，劉叔慧亦只承認：「我和他們的交集是都迷愛張愛玲。」參照林俊穎斬釘截鐵的說詞：「張派最晚到一九六〇年代便戛然中止」，足見第三代張派作家的忠誠度與叛逆性，都較第二代來得淡。

（二）劃清界限的方法

相對主觀感受，客觀環境的文學生態也加速此一世代成為「張派終結者」之路。九〇年代後，大陸因改革開放，文學市場的龐大，逐漸改變了華文閱讀市場的板塊；反觀臺灣，歷經網際網路全球化風潮，新生代小說家與世界有更多接軌的機會，而新生事物如網路文學、閱讀與書寫方式等的元素注入，改變了臺灣作家的書寫閱讀味覺，張愛玲且不是他們成長過程中最熟悉、最吸引人的作家，一如上段所言，忠誠度降低了，叛逆性也就不如此強烈，難怪要急著與張愛玲劃清界限。

換句話說，如果張派世代就此打住，張腔勢必成為絕唱，場子一旦冷掉，觀眾還能不散嗎？這樣的氛圍，臺灣的張愛玲經驗哪能不被大陸取經移植，難怪九〇年代要被視為張派與祖師奶奶劃清關係的臨界點。

張派作家告別秀

也就因為到了劃清的臨界點，回看一九九四年張愛玲以《對照記》獲贈第十七屆時報文學獎「特別成就獎」現場，我們才有了新的覺悟。

朝表面看，一代代張派作家與張派祖師爺一路「搏鬥」下來，時時已豎起難以超越的張派屏障。再就是真有點疲乏了。朝深裡看，張愛玲一向是明喻(simile)的高手，她文章「以此給予周圍的現實一個啟示」的說法，亦是預言的高手。這個獎的出現，對張派及張迷氣勢的日漸消退，如打一劑強心針，要劃清界限便涉及方法與時機，朱天文認為最好的方法是「走出自己的路」，示範張派作家「走出一條跨越之路，終與張愛玲劃清歷史界限」的適當時機，❷當屬朱天文以《荒人手記》、蘇偉貞以《沉默之島》同獲《中國時報》百萬小說大獎及推薦獎那次。

一九九四年十二月二日百萬小說獎與時報文學獎合併舉行贈獎典禮，張愛玲是以《對照記》獲贈特別貢獻獎，歷史偶然使張派作家得與本尊共治一爐，宛如張派作家世代展示場。當天臺上布幔裝點出張愛玲、朱天文、蘇偉貞名字、得獎作品名稱及照片，上演著張派作家華麗的告別秀。

---

❷ 朱天文憶及自己與張愛玲糾葛，談到與張愛玲劃清界限的最好方式是走出自己的路。見朱天文、張大春對談，王之樵整理：〈如何與張愛玲劃清界限——朱天文談《張愛玲短篇小說集》〉，〈人間副刊〉，《中國時報》，一九九四年七月二十二日，三十七版。

自放煙火

這場告別「法會」，又見張愛玲站在「他者」邊緣位置，她寄出「巧扮死神」（水晶語）照片，手持報導北韓國家主席金日成一九九四年七月八日去世報紙，證明係近照，同時快筆寫出〈憶《西風》〉，細說從頭處女作〈我的天才夢〉參加《西風》雜誌徵文受到不公平對待弊端，人世欠她一個命名，如今她雙重討回。❸釋放「為沒有聲音以及處於邊緣位置的女性，挖掘那長期被掩蓋的角色」核心意義，即使這個角色是她自己。❹

這是張愛玲自放煙火了，但無論如何，總要在大放煙火後，儀式才能正式結束。但就在人們尚未自這場演出回過神來，她即於第二年去世。於是文壇與張迷又忙著追記她，到了這時，張派作家如何還能急著與之劃清界限。

也就等到二〇〇〇年，世紀之交，作為第三代張派傳人的林俊穎才有了適當時機，在香港嶺南大學主辦的「張愛玲與現代中文文學國際研討會」上，張愛玲的知音夏志清也在現場，他正面回應：「八〇年代以後，甚至進入九〇年代，我要大膽定論張腔在臺灣文學

❸ 張愛玲：〈憶《西風》〉，《人間副刊》，《中國時報》，一九九四年十二月三日，三十九版。

❹ 陳芳明：〈張愛玲與台灣文學史的撰寫〉，楊澤編：《閱讀張愛玲》（臺北：麥田出版社，一九九九年版），頁426、427。

後繼無人了。」

二 張派世代的縱向因緣

林俊穎斯言，真有壯士斷腕的志氣，但要談「後繼無人」，基本上得先有繼，才能無後繼。這就涉及經驗法則的破與立，普世觀點不外有破才有立，或曰能立才能破。在繼與無後繼的世代掙扎過程，張派作家與張愛玲的對話方式，可說歷經擬態演化。奇特的是，世代以來至九〇年代，從沒有名目的被動「繼者」，到自主意志的「私淑張腔」，細究起來，彼此不僅有著縱向垂直因緣，也有著橫向因緣。被王德威點名的世代張派作家施叔青、朱天文、朱天心、鍾曉陽、蘇偉貞、袁瓊瓊、三毛（陳平，一九四三—一九九一）、白先勇、郭強生、林俊穎、林裕翼，即不難劃出一張縱橫因緣網。

但若論張派的繼與無後繼，簡言之，第二代張派作家無論文風、作風皆含蓄得多；反觀九〇年代張派作家顯然偏往以更直接的語言、內容、形式那頭傾斜，這是這一代張派作家的破與立的功課了。

（一）林俊穎與「三三」

八〇年代末林俊穎便加入「三三集刊」後期活動，與「三三」諸子過從甚密，是「三三」的基本成員。

林俊穎在九〇年代領隊「張派」，不是沒有道理的。一九九〇年三月他的短篇小說〈大暑〉在《聯合報》副刊刊登，王德威即看出他的張派身世，以評論〈小艾到了臺北？——評「大暑」〉，除了肯定林俊穎「以新人新作的標準而言，『大暑』的成績極其可喜」外，重點是延伸比較女主人公澄惠的性格及遭遇——「每每讓我想起張愛玲『小艾』裡的小艾」，❺也為九〇年代作為張派第三代起跑點拉開序幕，釐訂了林俊穎的張派標記。因與「三三」的關係，是否開啟了他想像張派書寫心眼未可知，不爭的是，林俊穎取得九〇年代進入「第三代張派」第一張門票。之後第一本短篇小說集《大暑》即由「三三書坊」出版。

---

❺ 王德威：〈小艾到了臺北？——評「大暑」〉，〈聯合副刊〉，《聯合報》，一九九〇年三月二十一日，二十九版。

（二）林裕翼遊戲張愛玲內外

緊接林裕翼在一九九一年九月，落實「我愛張愛玲」之舉，以同名小說參加《聯合報》小說獎拿下第三名，呼喊「我愛張愛玲」，拉抬九〇年代張派作家士氣。❻一如第二代張派作家，林裕翼亦是通過文學獎取得了「正名」。

另就是，如果夏志清是張愛玲的知音，那麼，誠如邱貴芬所言，透過批評論述，張羅張愛玲文學譜系「體制化」的，非王德威莫屬。

此時王德威建構「臺灣張派系譜」正進行到第二階段，他剛發表了〈張愛玲成了祖師爺爺〉。加以林裕翼振臂高呼「我愛張愛玲」激化張愛玲影響力，成為九〇年代張迷及張派口呼。或者識者以為這樣的姿態不免有些庸俗，但不要忘了，張愛玲是「庸俗反當代」的先鋒。如此看待林裕翼的《我愛張愛玲》，自有不同的心情。

〈我愛張愛玲〉通過後設小說的手法遊戲張愛玲作品內外，張愛玲從而成為一個品牌，所依恃的正是張派讀者「戀物」之情。其時，九〇年代張派作家空間有限尚未開創出「自

❻ 林裕翼：〈我愛張愛玲〉，〈聯合副刊〉，《聯合報》，一九九一年九月二十五—二十六日，二十五版。

己的天空」，面對世紀末影響的焦慮，不免急於各取所需，爭取發聲。這就必須向張愛玲的作品借鏡，而張愛玲給予的啟示之一，就是「一直在寫世紀末的主題」。這也成為林俊穎與林裕翼的著力所在。

釐清了九〇年代與張派作家的接棒因緣，我們才好探討第三代張派作家的形成與超越。

第二節　林俊穎：小艾在臺北

> 目前最有力的接棒者，應是林俊穎。——王德威

關於張愛玲世紀末主題，作為興起於世紀末的張派作家，應是別有心得。是什麼心得呢？如果張誦聖所言張愛玲因意識形態文本策略，導致消弭了原本的「書寫痕跡」(original inscriptions) 論說成立，那麼，九〇年代張派作家就正好是「書寫痕跡」的立與破。

一 都市新神話

當年張愛玲崛起於具有鴛鴦蝴蝶派小說傳統的上海，因此將她的小說放在這樣的傳統裡，並無不合適。但到了臺灣，她一開始是被貼上「反共作家」標籤，後以「雅俗共賞」名世。也就難怪日後「張愛玲的由俗入雅」，成學成派，學界紛紛著書立說，形成學界「後見之明」最尷尬的例子。

時移事往，張愛玲的上海人物，由十里洋場到了臺北會是什麼樣子？撕下標籤，這是林俊穎要說的版本了。

(一) 角色的聯想

林俊穎最早與張愛玲聯結的小說是〈大暑〉，予人留下印象的，正是他筆下的女主角澄惠是張愛玲〈小艾〉中的女主角小艾到了臺北。事實上，不僅澄惠可聯想為小艾，深究林俊穎筆下角色，還有許多聯想的空間。

對照女性角色

〈大暑〉故事敘述辜世雄帶著懷孕妻子蘇澄惠、兒子辜安平由鄉下避債到臺北大城市，投靠拜把王大欣。對照澄惠的樸實木訥，我以為〈大暑〉的副線人物王大欣的太太顏秀津亦有可觀，秀津長得俊俏，她的原型人物正是張愛玲〈紅玫瑰與白玫瑰〉裡「嬰兒的頭腦與成熟婦人的美是最具誘惑性的聯合」的王嬌蕊。〈大暑〉中辜世雄因為生計，便隨王大欣跑遠洋商船，獨留澄惠自謀生活。相較〈紅玫瑰與白玫瑰〉，單身佟振保留英苦讀回到上海，分租老同學王士洪公寓。搬進去隔天王士洪便出國出差，留下華僑妻子王嬌蕊託佟振保照應。蘇澄惠與顏秀津，王嬌蕊與佟振保日後娶的老實妻孟煙鸝，形成了有趣的對照。

相較「正室」角色，張愛玲與林俊穎反向操作，對王嬌蕊與顏秀津做了有力的描述，充滿感官視覺，王嬌蕊是「件曳地的長袍，是最鮮辣的潮濕的綠色，沾著什麼就染綠了。她略略移動一步，彷彿她剛才所佔有的空氣上便留著個綠迹子。衣服似乎做得太小了，兩邊迸開一寸半的裂縫，用綠緞帶十字交叉一路絡了起來，露出裡面深粉紅色的襯裙。那過分刺眼的色調是使人看久了要患色盲症的。」

顏秀津則是「一襲無領無袖直筒鵝黃洋裝，疊印著方圓三角的幾何圖案，就這一傾身，那原本線條僵硬的衣服，胸前伏盪，蜜蜜的香味沁鼻。」

顏秀津的犀利任性，顯現在追求愛情的行為上。王大欣船期未定，逗留家中，顏秀津無法分身，私下寫信給男友：

東：今天心情壞極了。見面的日子老是沒辦法確定，你知道我有多難過。昨天晚上我問王，哪時走……

張愛玲的王嬌蕊任性不遑多讓。王士洪出差後，王嬌蕊天真百媚當著佟振保面前寫便條拒絕找上門的男友以明心：

親愛的悌米，今天對不起得很，我有點事，出去了。嬌蕊。

不僅於此，王嬌蕊動了真情，私下寄出航空信，「把一切都告訴了士洪，要他給她自由。」世故的佟振保深怕毀掉前途，為求自保，必須讓傷心的王嬌蕊離去。

這廂顏秀津也發電報給王大欣提離婚要求。王大欣兼程趕回，顏秀津情變一場，卻是與爾共亡——王大欣悶死了秀津再自殺身亡。都市裡重重跌了一跤，大暑季節，悸動燥鬱，辜世雄帶信說到了美國跳船歸期未定，要澄惠等待未來。臺北一「遊」，澄惠動了胎氣失去胎兒及丈夫，只得重返鄉下，秀津也在城市玩丟了性命，令人惘然。

蛻變的都市景象

臺北與上海畢竟不同，臺北在六〇年代還是座蛻變中的現代都市，比較三、四〇年代上海不可同日而語，較之上海算是下層城市。作為上層的上海，跌倒了恐怕更痛！但可怪的是，跌倒之後的嬌蕊離婚另嫁居然做了循規蹈矩的良家婦女；反倒生活無慮的佟振保門當戶對妻子孟煙鸝，暗中私通裁縫，被振保發脾氣一陣亂砸後縮回原狀。嬌蕊再度碰見佟振保時，可驚的是，嬌蕊被鍛鍊成為一名無喜悲哲學家：「除了男人之外總還有別的。」與婚姻搏鬥，最後這是看過世面的大都會女性角色素描了。

反觀澄惠夫婦這場投奔事件，王德威從世紀末角度回顧，「自不免平添一股俱往矣的蒼茫感觸。」這蒼茫感觸的往事，是林俊穎的世紀末主題了。臺北都會在林俊穎筆下，是一逕的小人物打拼生活過程，不免顯露「喧嚷而傖俗」氣味。惟林俊穎對兩位女主角澄惠的認命、秀津的潑辣並無做任何道德批判，對女性的同情與寬容，是這篇小說提升之處。反觀嬌蕊根本不把世俗道德放在眼裡，並且接受了振保的懦弱自行退場，卻給了振保讓她成為心頭永遠的玫瑰的機會，也使振保成了個待贖罪之人，充滿了反諷與救贖。對照之下，〈大暑〉裡顏秀津最後沒有救贖的賠上了性命，小說層次立見。但不要忘記，這是林俊穎的「新人新作」，他筆下人物遊戲於情天愛地，哪比得上世故老到的張愛玲，張愛玲筆下女性，就算不能全身而退，至少精刮機警留條後路，果然振保多年後遇見嬌蕊，飽嚐真假情緣的嬌蕊哀矜自持，逼出了振保自慚形穢的淚，這才是張愛玲最「精」的地方。王安憶也許講對了，張愛玲「也許是深怕傷身，總是到好就收，不到大悲大慟之絕境。」比照張愛玲自言她小說裡，除了〈金鎖記〉裡的曹七巧，全是些不徹底的人物。秀津性格雖說複寫王嬌蕊，卻更一拍兩散，徹底的厲害，在一個神話崩潰的城市裡，如果她懂得向王嬌蕊學習，就不怕落到這樣的不堪地步了。

倒是王德威直陳〈大暑〉裡的俚巷風情描寫，及對兇險的人生所興的感喟，「頗見張派真傳」，他分析主要人物澄惠的性格及遭遇，「每每讓我想起張愛玲『小艾』裡的小艾」。這是末世小人物的啟示錄了。〈大暑〉裡澄惠雖流落臺北城在小吃店打雜，丈夫雖遠去倒有回來的可能，因此還稱不上絕境，也就談不上傷身與否。整體而言，他筆下的女性角色，個性思考都較單純，缺乏張愛玲筆下人物妥協盤算的複雜性，那或者真反映不同時代女性形貌。

(二) 勞動階層的婚姻網絡

比擬張愛玲〈小艾〉中的小艾遭遇，那是一個更龐雜的社會勞動階層的生命運作。內經專制革命過渡民國，外歷對日戰火；〈大暑〉裡的戰場來比較在職場謀生。交叉比對，這就看出〈大暑〉與〈小艾〉中來來往往不脫朋友、鄉親的網絡體系。〈小艾〉中角色們要謀求的婚姻關係，卻是〈大暑〉裡要極力拆除的，形成書寫時代耐人尋味的一章。

袖珍世界的男女群像

〈小艾〉裡著墨最重的小艾，兒童時便從鄉下賣到上海當下人，被男主人強暴懷孕又被姨太太給踹流產終身帶著婦科病根，同為幫佣的陶媽兒子有根看上小艾竟為陶媽排拒：「你趁早死了這條心吧！你當她是什麼好東西！我娶媳婦要娶個好的！」及至小艾遇見正正當當出身的金槐，並成了親，卻碰上八年對日抗戰烽火燃起，金槐赴香港找出路竟回不了家，輾轉去了重慶，再返家時，兩人已近中年。最後小艾病重性命垂危，眼看一輩子葬送上海，往事歷歷真是如鯁在喉，她一直想爭口氣，證明自己可以擁有正常家庭，現在這口氣更難嚥下。小艾生死，張愛玲並未指明，留下一個開放的結局，重描性處境壓抑張力，更見社會不仁不義殘酷競爭。

列出〈大暑〉辜世雄、王大欣與〈紅玫瑰與白玫瑰〉王士洪、佟振保人物關係，不脫朋友同學，比較地位相等，情感遊戲玩起來也是旗鼓相當；不若〈小艾〉裡是主僕下層扳不倒上層。王德威比喻〈大暑〉是「小艾到了臺北？」，我倒以為，多少複寫了〈紅玫瑰與白玫瑰〉的情狀。

張愛玲小說中總有一種精括上算的男性原型，佟振保、〈金鎖記〉的姜季澤、〈傾城之戀〉的范柳原都是。然人拗不過命，姜季澤或者范柳原並未背負什麼苦命母親原罪，碰到的也是厲害的女性對手；反觀佟振保，他要創造的世界是個「對」的世界，「在那袖珍世界裡，他是絕對的主人。」就因為他的出身及背後有個單親拉拔他長大的母親，形成一「惘惘的威脅」（張愛玲名句）。母親是他一生惟一不會也不能背叛的女性。

母子關係

而要變成這樣的角色，就必須等到背負父親在美跳船，與母親相依為命的辜安平長大，我們才有機會看見辜安平倒轉成為佟振保。

也就是說，〈大暑〉中沒有完成的男性主人論，林俊穎以續篇〈續前緣〉中的辜安平來成了，並向張愛玲的佟振保之「男人論」致敬。〈續前緣〉裡成年後的辜安平抽中機票到紐約訪友並尋父。辜安平成長過程無父可肖，母親回到娘家工廠做工一手拉拔大他。每日黎明即起，雞啼中梳頭，「薄冥中，母親從肩到腰到臀部的曲線，優美的一弧。」成為母子生命中無法取代的印記。

辜安平這生因為母親的委曲，他缺乏犯錯的空間，從不敢放鬆自己，這點無疑直追佟振保生命的走向，也就是說，他們都必須維持一個「對的世界」，成為一個「對」的人，除了母親，任何都當渣滓丟掉。對的世界自有一套對的公式運作，於是我們看見，在那個只容得下少數人、少數記憶的袖珍世界裡，套上對的公式，丟掉往事的糟蕪，佟振保和辜安平一樣，才能達到張愛玲所說「改過自新，又變了個好人」終程。回想當年辜世雄一趟別鄉臺北行導致跳船赴美輕忽地切斷了婚姻，辜安平形同無父，不也是佟振保「無父」的翻版，在這裡所謂的無父，強調的是「內在的小孩」心理狀態。同是「無父」，佟振保父親真的已死，勾起他內在小孩的王嬌蕊，佟振保藉由一次搭公車路上遇見多年不見的「父」——王嬌蕊，佟振保以為內心早埋葬了王嬌蕊，哪想到她是個鬼魂，終有一天要回來做個了斷。同樣辜安平內心也有個「鬼魂」，是他跳船的親生父親，完成了紐約尋父之旅，也才是臺北旅程真正的結束，他才好醒悟過來抽刀斷水，拋棄往事，父子各自回到自己的世界，接續林俊穎〈續前緣〉的前身〈大暑〉的命題——「旅程才剛開始。」

二　生命的圖案

事實上，不論是張愛玲的〈小艾〉、〈紅玫瑰與白玫瑰〉還是林俊穎的〈大暑〉、〈續前緣〉，說的其實是生命不完整。弔詭的是，〈小艾〉、〈紅玫瑰與白玫瑰〉裡的一切發生都有所本，張愛玲卻無意行使「愛好真實到了迷信的程度」寫作宗旨有聞必錄，當然張愛玲深知「人為的戲劇」的必要，❼但無礙鋪陳其奉行不諱的寫作主題——「寫小說應當是個故事，讓故事自身去說明」，意即「生命也是這樣的罷——它有它的圖案，我們惟有臨摹」，❽這是張愛玲寫作所本了。

(二)小說岸口

真實人生與創作畢竟有段距離，這才使得小說人物有發揮的空間，真實人生比較是扁平的，無法在可見的空間裡看出層次，小說中的發生複雜綿密得多，往往容易凝聚注意，這也是「描摹」生命的用意所在。但人生實錄，如何昇華，才是張派作家要思考不懈的課題。林俊穎就地取材生命中精華歲月渡過的紐約生活，將熹安平帶到紐約，正是他的昇華

❼ 張愛玲有感都市人，生活體驗往往是第二輪的，因此惟有「借助於人為的戲劇」。見張愛玲：〈流言〉，《流言》（臺北：皇冠出版社，一九六八年版），頁12。

❽ 張愛玲第一本小說集《傳奇》再版，張愛玲加寫〈再版的話〉作序，此序後來收入皇冠版張愛玲短篇小說集《回顧展》中時，這段文字刪除了。見張愛玲：〈再版的話〉，唐文標：《張愛玲資料大全集》（臺北：時報文化出版公司，一九八四年版），頁128。

與不偏離之道，或者這也是〈小艾〉、〈紅玫瑰與白玫瑰〉或〈大暑〉、〈續前緣〉張愛玲與林俊穎小說，怎麼看，都帶有循尋生命岸口的鄉愁底蘊。難怪張愛玲在港渡過青春的三年，上海的女兒返滬後迫不及待為鄉親寫了一本香港「傳奇」、林俊穎投身紐約三年，最後寫出「一個人的深情與寂寞」自己的紐約故事。

海派遺緒

同樣寫生活，張愛玲並沒有林俊穎那種投身大化的本事，她受教的是「文人只須老老實實活著。然後，如果他是個文人，他自然會把他想到的一切寫出來」想法，相形之下，回歸創作面，第三代「張派」在說故事的語調上，明顯不若前行「張派」。就林俊穎來說，他複製現代都市體驗，不能說無成。以《日出在遠方》來說，同樣寫香港經驗，卻少了張愛玲《傳奇》裡賦予舊時代一個新文本，淪入王德威所形容「只能是轉手的」敘述者角色，實行的無非是張愛玲「海派」的流風遺緒。❾值得一提的是，一九九五年，林俊穎有機會

❾ 王德威評林俊穎《大暑》之後的《焚燒創世紀》、《日出在遠方》，謂林俊穎行文典麗婉轉，不由想起張愛玲流風遺緒。《日出在遠方》同樣寫香港經驗，卻是辜負了這座城市的風華。《焚燒創世紀》出版於一九九七年，鋪陳同志戀情，相形之下，林俊穎的孽子故事「只能是轉手的」他人的故事。見王德威：〈也是燼餘錄〉，林俊穎：《焚燒創世紀》（臺北：遠流出版公司，一九九七年版），頁7～16。

赴香港工作，散文《日出在遠方》「耽溺香江」專輯寫香江見聞，其中〈綺羅堆裡〉百科全書細數香江歲月所見所聞時尚服飾品牌，與朱天文〈世紀末的華麗〉前後唱和，亦依樣畫葫蘆張愛玲〈更衣記〉世代更衣圖系。但張愛玲〈更衣記〉是：人「綾羅綢緞的牆」打造出更衣哲學。

由於其他活動範圍內的失敗，所有的創造力都流入衣服的區域裡去。在政治混亂期間，人們沒有能力改良他們的生活情形。他們祇能夠創造他們貼身的環境——那就是衣服。我們各人住在各人的衣服裡。

無獨有偶，林俊穎依樣畫葫蘆也要勾描一番衣服的美學：

穿衣即戲劇，卻是無從駁斥的。流行服裝的另一種恬然無恥，便是曖昧的要消除性別、階級、國族的彊界。

近身觀察張愛玲生活過的城市，寫出了不一樣的「臺味」。

愛戀紐約

但王德威早已看出，張愛玲的書寫依歸為——她對上海及香港的愛戀。林俊穎近年潛力書寫同志情慾與末世亂象，他自承對紐約總是喋喋不休，王德威卻要說，紐約作為林俊穎的書寫底子，一如香港，多少是被辜負了風華。

我以為這失之在林俊穎一向都先有了存心，才一路寫得綁手綁腳。來到末世都會，一個全新的沒人經歷過的新生活模式出現了，二〇〇四年林俊穎《玫瑰阿修羅》裡單篇〈阿修羅的酒〉有段描述，可謂全書主調：「如果一百年後，海島上該走的都走光了，……懨人東北季風吹起這一疊荒野中的紙堆，啪啪聲響，磨人肝腸，爛泥、黃金、財團、富翁、暴利、樂園，一字字墨跡模糊。如果有未及渡海的拾荒人，蹲下撿字療飢，不幸卡在喉頭而噎死前咳嗆淚下，他最後一眼是如墓碑而遭廢棄的高樓叢林，如我現在眼前這般。」讀來森森然，原來這才是他的書寫依歸。

原來林俊穎的書寫依歸是在未來不是過去，我以為，這才是他所謂「張腔在臺灣文學後繼無人了」的原意。毋寧是悲哀的。

二十一世紀更華麗了也更蒼涼了。蔡逸君喻為一個「末法」時代與遭受「共業」天譴之地，每個人鬼一般地活著。[10]鬼一般地活著，那正是一個無人的國度。

面對這個人吃人的鬼域世界，張愛玲早有所感：「人們只是感覺日常的一切都有點兒

⑩ 蔡逸君：〈比獸更慘烈的人境〉，《讀書人》，《聯合報》，二〇〇四年六月十三日，B5版。

不對，不對到恐怖的程度。……於是他對周圍的現實發生了一種奇異的感覺，疑心這是個荒唐的，古代的世界，陰暗而明亮的。」

（二）商品化與文化符號

與鬼為鄰，新世紀站在光譜另一頭的正是林俊穎。超越張派，林俊穎總大膽預言：「張愛玲被借用成商品化的文化符號，情況會愈演愈烈。」以大白話說，就是大家都在「綁架張愛玲」。

臺北烏托邦

但林俊穎看得很清楚，張腔張派既是此路不通，「小艾到了臺北」也沒用，於是轉而向末世亂法聲色權慾裡修行的同志阿修羅借來新世紀回聲：「我們世界是一個大陰謀。譬如愛滋病。就是消滅黑人的滅族陰謀，但擦槍走火波及同性戀倒大楣。」

被滅族的無人荒岸可視為林俊穎的「烏托邦投射」（林俊穎在其為大陸作家蔣韻《上世紀的愛情》寫評中比喻），果然在那冤魂厲鬼的世界，正合適林俊穎布施「意識深層的烏托邦投射」。

最讓人低迴，是林俊穎歷來書寫坐標都放在臺北、紐約、香港等城市，最後，新世紀來臨，歷史大挪移，小說主場卻換變為張愛玲愛之寫之的上海場域，新世紀的主角們一一趕赴上海，「這世紀最繁華靡爛之都」。

張愛玲的讀者如果不健忘，《赤地之戀》講的就是中共「三反」「五反」清算鬥爭，上海形同廢墟鬼域，人心淪喪，角色們個個在情慾權力戰爭中衝鋒陷陣。最後，敗下陣來的男主角劉荃，保住了命最後來到城市地標的國際飯店高樓，插著象徵統治者的紅星旗，他仰望天空暗忖：「像天上的一顆星，甚想把它射落下來。」城市劫毀，這是林俊穎與張愛玲共同的主題了。

兩岸無岸

《赤地之戀》的鬼故事並沒有就此結束。劉荃離開上海後，自願赴韓戰尋一死，意外獲救。成為戰俘後他選擇重回上海之舉，寓言了爾後「死亡將永遠跟在他後面，像他自己的影子。」最悲涼的行屍走肉生涯。

張愛玲離開後的上海故事，挪到了臺北，新世紀來到，兩岸交流，林俊穎演練張派後繼無人說法，送走小艾重回上海，再借來了《赤地之戀》劉荃，為《玫瑰阿修羅》注入森然陰氣，最得張愛玲神韻，⑪寫出了新世紀《赤地之戀》男聲版。

但兩岸竟是無岸。林俊穎以己身試煉，認為那是信仰問題——「沒有了信仰及價值可以交付，也就不會有該怎麼寫的腔調問題。」⑫明證新一代已無「張派」。

因此林俊穎以為「張腔在臺灣到八〇年代畫上完美的句點，我以為足夠了」。一九九九年林俊穎曾以「新一代作家看張愛玲」身分，應〈人間副刊〉邀請就〈張愛玲文化識字率測驗〉羅列五個題目，測試張迷對張愛玲認識的程度。這或成為他與祖師奶奶劃清界限的依歸，才有後續的發言？林俊穎果然有決心，但他得先將張愛玲放進祠堂，「已被供奉進廟堂，被確定是一則傳奇。」才好自清張派身世，林俊穎選擇的是美國詩人佛斯特(Robert Frost)詩作〈兩條路〉(*The Road Not Taken*)的詩句「林中的兩條路，我選擇較少人行一條，那使得一切的意義不同」，走出「目前最有力的接棒者，應是林俊穎」的張派之路。

---

⑪ 王德威言半因家庭背景，半因個性使然，張愛玲描寫封建世家眾生相，顯得陰氣襲人。見王德威：〈魂兮來歸〉，馮品佳主編：《通識人文十一講》（臺北：麥田出版公司，二〇〇四年版），頁133。

⑫ 論及信仰與價值，黃錦樹曾在討論朱天文受胡蘭成影響提到——「解決了要怎麼寫的技術問題，接下來就要交給信仰與價值。」見黃錦樹：〈神姬之舞——後四十回？（後）現代啟示錄？〉，朱天文：《花憶前身》（臺北：麥田出版社，一九九六年版），頁268。

第三節　林裕翼：我愛張愛玲

林裕翼以〈我愛張愛玲〉解構張愛玲神話，曾被看好。——王德威

要說張派告白，林裕翼〈我愛張愛玲〉表現最經典。一九九一年他以〈我愛張愛玲〉參加《聯合報》獎小說獎，〈我愛張愛玲〉解構〈傾城之戀〉男主角范柳原與白流蘇的愛情神話，雖未得首獎，卻因「愛」張愛玲的獨特方式，引發文壇側目。

一　戀戀張愛玲

〈傾城之戀〉曾改編成電影、電視、話劇、舞劇等不同形式藝術表現。可說是張愛玲最知名的小說之一，〈傾城之戀〉分別在四〇年代由張愛玲自己改編舞臺劇及八〇年

代在港改編為舞臺劇，後來八〇年代由許鞍華改編電影上映。⑬這就不難揣想〈傾城之戀〉戲劇性、實驗性的張力都夠。

（一）寫出了新意

即使能表現的藝術形式幾乎都被實驗了，林裕翼此舉借力使力解構張愛玲神話，林俊穎說「張腔難繼」，林裕翼倒是輕鬆翻寫新境。這應是林裕翼反寫「我愛張愛玲」的神話了。

范柳原到了臺北

〈我愛張愛玲〉安排了〈傾城之戀〉男主人公范柳原在臺北閒蕩為中文系學生西蒙撞見。情節多線進行，真假虛實穿梭於張愛玲小說〈傾城之戀〉及〈我愛張愛玲〉文本中。在臺北現身的范柳原失去了記憶，急著知道「我是誰」，還完全忘了白流蘇，擺明要掃張迷的興。西蒙帶著范柳原城市裡亂竄獻寶找證明他的人，小說寫來撲朔迷離，當年決審委員馬各評價是「不夠精簡」。全因張愛玲太巨大，大家對〈傾城之戀〉的文本太熟悉，「閱讀張愛玲」根

---

⑬《傾城之戀》可說是張愛玲最多被改編的作品。張愛玲親自改編成四幕八場話劇《傾城之戀》於一九四四年十二月十六日在上海新光大戲院連演八十場，文字劇本至今未發現。一九八七年陳冠中改編舞臺劇於香港演出，電影則在一九八四年由許鞍華拍攝。

本不是問題。〈我愛張愛玲〉打破時空自由進出〈傾城之戀〉，小說人物竟走了出來跳進我們的生活，真是一場紙上大挪移，而坐鎮指揮官正是張愛玲。這會兒臺北成了另一座「圍城」，范柳原成了失憶流浪漢，早沒了〈傾城之戀〉裡的風流倜儻，張愛玲筆下的俏皮人物，淪落異鄉哪還施展得開。這下可好，不止小艾在臺北，范柳原也到了，世紀末鬧鬼真嚇人，林裕翼算是厚道了，沒讓白流蘇出現，否則難保為了她，城市又得毀滅一次。

小說分多條線索，真假虛實穿梭於張愛玲小說〈傾城之戀〉及〈我愛張愛玲〉文本、女學生期末作業中，交叉進行「范柳原正名」之旅。這場尋找之路，真沒寫好，最重要的是，范柳原作為被尋找的意義何在？難道這只是一個取巧的設計。反而曝露了林裕翼難逃張愛玲魔箍，依附張愛玲精神加血添肉，張愛玲在〈我愛張愛玲〉中，短暫以偽作真出現一下，但有心的讀者不難發現張愛玲才是真正主角，小說打著尋找范柳原旗幟，卻是以尋找張愛玲作為底牌。這才是為什麼與其說范柳原到了臺北，不如說張愛玲到了臺北。

挑釁張迷

這場「尋張」之旅，依傍的正是張愛玲的臺灣傳奇，即陳芳明所言：「從來沒有一位作家可以在特定的社會缺席，卻能產生旺盛的影響力，張愛玲無疑是一個例外。」嚴格來說，這篇後設小說，不能視為「張腔」作品，反而貼滿了張迷符號。林裕翼便在小說中借一位女學生（張迷？）之口，與范柳原對話，對話中充滿「張愛玲是誰？」、「張愛玲是個災難」話語。不爭的事實是，不少作家怕張愛玲，彼岸也被點名的張派作家蘇童便說：「怕張愛玲怕到不敢讀她的書」，私淑張愛玲的施叔青也坦承：「有段時間怕繼續受影響，甚至把她的書藏起來。」林裕翼雖初生之犢擺著不怕張愛玲的姿態，於是在〈我愛張愛玲〉裡，藉角色的口反諷張愛玲是個災難，角色碎碎唸：「你是個小說創作者，那她就是個魔咒、是個災難，她擋在通往純文學的路上，堅硬如石如岩如鐵如鋼……。」適足顯現他的焦慮，難怪張大春要說這篇小說「充滿對張迷強烈的敵意」。弔詭的是同時看出了這是一位並不那麼世故的寫者，有著明顯的操作痕跡，浮濫著作者過分介入的書寫姿態。當然無可否認，林裕翼以〈我愛張愛玲〉進出張愛玲文本、張迷、作者，建構起一個特殊的三度空間文學景觀。

（二）除魅的過程

微妙地，陳芳明或者說對了，張愛玲是「以她的缺席來證明她的存在」。但尋找張愛玲並非林裕翼獨創，這便涉及臺灣文學界建構張愛玲的歷史，正是臺灣文學界連結張愛玲的過程。這也多少解釋了林裕翼以張愛玲小說人物為他的小說主角「私淑」張愛玲的用心，不無名列張派門牆設想。小說煞有介事是張愛玲〈傾城之戀〉作為示意圖，但尋找的最終，其實張愛玲的讀者都知道，那根本是一場虛構，這是虛構中的虛構了。明知是虛構卻偏要照表操演，以不存在證明張愛玲的存在，這不是魅惑是什麼？但這魅惑是如何形成，落到要除魅？

臺灣最早「尋找張愛玲」的文化活動是一九八七年，當時《聯合文學》製作「張愛玲專卷」，首辦「誰最像張愛玲？」活動。活動一：誰長得最像張愛玲？活動二：選出最像張愛玲體的作家。此舉不僅象徵張愛玲明星商業化階段的來到，更勾勒出張愛玲作家中作家的地位。[14]及至張愛玲辭世，坊間的報章雜誌刮起一陣追念風，〈人間副刊〉形同發起全面「認識張愛玲」活動，不僅辦「我看張愛玲」開放讀者徵文；且繼於一九九九年張愛玲逝世四週年製作紀念專輯揭櫫「身為張迷不用張揚，也不用害羞」觀點，定位張愛玲「是戰後臺灣文學史上極重要且令人難忘的一章」，還擬出四則題目反質詢「如果張愛玲不是臺灣

⓮ 聯合文學：〈誰最像張愛玲？〉，《聯合文學》，第二九期（一九八七年三月），頁103。

作家」，大力宣示張愛玲在臺灣建立了進程。⓯

不僅於此，更將此一活動拋進「尋找張愛玲是不分形式、時間與區域」時空。如中國在一九九五年推出于青新編《尋找張愛玲》。臺港兩地則在二〇〇二年由黎海寧「尋找張愛玲」推出《愛玲說》舞劇。相反的「愛張愛玲」的方式，陳克華提出了以「遺忘張愛玲的四種方法」來愛張愛玲。林裕翼則算有先見，〈我愛張愛玲〉裡，早早便羅列了〈走出張愛玲陰影的五十種方法〉，以「去張愛玲化」來愛張愛玲。

耐人尋味的是，從尋找張愛玲到遺忘張愛玲，張愛玲居然「演化」成為試算題，方法對了，答案就出來。朱天心比喻「這是除魅的過程」，微妙點出「我愛張愛玲」的得與失，最令興思超越的作家們誠惶誠恐，會不會最後仍殊途同歸，根本沒有答案，這只是如林裕

⓯ 四則題目如下：(a)為什麼臺灣有如此多的張迷與張派作者？(b)為何「張愛玲全集」是臺灣皇冠出版社出的？(c)為何張畢生所得唯一文學大獎是《中國時報》給的「終生成就特別獎」？(d)為何一九九六年第一個張愛玲文學國際研討會在臺北舉行、由〈人間副刊〉主辦？見《海上花開，海上花落——張愛玲逝世四週年紀念專輯》編按：〈人間副刊〉，《中國時報》，一九九九年九月十九日，三十七版。

翼筆下的遊戲。

二　大眾小說建立的超越模式

好在林裕翼不久給出了不一樣的回答，和「夾在諸多年輕後輩中想接下張愛玲手中的那根棒子」的張派作家不一樣，林裕翼並不排斥通俗文學甚至起而行。一九九五年他以《今生已惘然》參加《皇冠雜誌》大眾小說獎，《今生已惘然》唯妙唯肖集張愛玲的《半生緣》及其前身《惘然記》之大成，⑯再次向張愛玲致敬。

（一）唯妙唯肖的寫作路線

歷經《我愛張愛玲》後，一九九五年《皇冠雜誌》舉辦大眾小說獎，林裕翼以《今生

⑯ 張愛玲曾改寫《十八春》為《半生緣》，於一九六八年在《皇冠雜誌》連載，連載期間篇名為《惘然記》，一九六九年出書定名為《半生緣》。可見「惘然」一詞張愛玲鍾愛的程度。「惘然」典出李商隱〈錦瑟〉金句：「此情可待成追憶，只是當時已惘然」。

已惘然》角逐獎項，作為曾被看好、漸行漸遠的張派作家，陳克華以為，林裕翼這次通過大眾言情小說的戰略運用，寫出了正宗張派作品，超越了《我愛張愛玲》時期。

取徑大眾化

身為海派的代言人，張愛玲自是受教鴛蝴派小說不少，她自言對通俗小說「有一種難言的愛好」。⑰張誦聖便指出，張愛玲的《傳奇》是「寫作通俗小說的典範」，小說交織上海市民面對如嘉年華般的大時代與平凡生活揉搓而成，自私、粗鄙、美麗等等矛盾特質，是絕佳的言情素材。

在此，我們不妨略比較《半生緣》與《今生已惘然》的「血親關係」。《半生緣》故事主要圍繞顧曼楨與沈世鈞十八年交織錯過的情感發展；《今生已惘然》則是辜可敏與段文傳的一段臺北世緣。兩本小說半途都殺出一干人馬夾纏攪局，鬧得《今生已惘然》辜、段兩人最後也沒結成姻緣。同樣的亂世，來來去去跑馬燈似的慘綠男女，《今生已惘然》果然是《半生緣》九〇年代臺北版。

---

⑰ 張愛玲改編電影《不了情》為〈多少恨〉，自敘對通俗小說一直有一種難言的愛好：「那些不用多加解釋的人物，他們的悲歡離合。如果說是太淺薄，不夠深入，那麼，浮雕也一樣是藝術呀。」見張愛玲：〈多少恨〉，〈聯合副刊〉，《聯合報》，一九八二年十一月二十二日—十二月四日，八版。

《今生已惘然》有著世俗情緣錯過的通俗元素，乍看講的是普世關懷的愛情，但我以為，它真正的主題和《半生緣》一樣，講的其實是當時已惘然的「遺憾」之情。相同的，通過《今生已惘然》，證明林裕翼有能力說出「我愛張愛玲」之外的話。多年後再出發，他顯然成竹在胸，這回要以張愛玲言情傳統為師。

言情的策略

評者以為《今生已惘然》故事人物、內容多所摹擬張愛玲《半生緣》，但陳克華卻期期以為不可單視為九〇年代臺北版，他評價《今生已惘然》可直追張愛玲鍾愛的《海上花》文本，與「看倌們三棄海上花」做類比。他表示《今生已惘然》在在借道「九〇年代讀者重新發現的文學價值」，借屍還魂《半生緣》，直接連接的是「海上花開」言情的策略。因此將《今生已惘然》放在《半生緣》書寫系來看，較容易釐清素材脈絡。

《半生緣》講的是「民國女子」顧曼楨與世家子弟沈世鈞十八年間情感故事。[18]小說主線人物為顧、沈兩家人。包括顧母、顧曼楨為家庭生計下海操業的姊姊顧曼璐、與曼璐

---

[18] 張愛玲改寫《十八春》為《半生緣》，將十八年縮為十四年。也就拋棄了原來書名取「十八春」的背景。

有過婚約的張豫瑾、後來嫁的投機商人祝鴻才、祝鴻才前妻生的女兒招弟、顧曼楨被祝鴻才強暴生下的兒子榮寶；沈家有沈母、沈父、世鈞寡嫂、沈世鈞好友兼與顧曼楨同事許叔惠、沈世鈞的妻子石翠芝。敘述節奏緩慢，語法樸素。由此觀之，若說達到胡適《秧歌》平淡而近自然的寫作境地，陳克華以為《半生緣》更趨近。《半生緣》狀寫中國八一三對日抗戰上海淪陷前後，很有一點「左翼中國文學」想像，[19]正點出惘然之情的寫作本命。

（二）扁平人生的取材

如前所言，《半生緣》是架構在「錯過」與「背叛」交織出的「惘然」之情，這樣的創作立意很可看出張愛玲的人生觀。相對來說，《今生已惘然》的人生況味雖較扁平，仍可見出林裕翼同樣刻劃錯過之情與背叛主題。我們必須同意的是，扁平的人生也有它的價值。

---

[19] 一九七八年日學者吉田豐子想日譯《半生緣》，張愛玲在同年一月二十二日少見的不僅覆信同意並寄書，信上以「我可以好好想像左翼中國文學翻譯成日文時的優勢」，表達對日譯本的寄望。見蘇偉貞：〈張愛玲生前授權吉田豐子《半生緣》日譯本十月面市〉，〈讀書人周報〉，《聯合報》，二〇〇四年十一月十四日，C6版。

漏失情緣

即使避開《半生緣》,《今生已惘然》講的男女情緣錯過,開章即十足張派意象:

> 九〇年代的臺北,一個燈火輝煌的世代,霓虹燈從黃昏閃爍到深夜,千盞、萬盞好奇的眼睛眨啊眨地窺探著這個孤懸在時代邊隅的城市。
>
> 段家朱牆外的水銀路燈照進了西廂的窗子,照得壁上一大片蒼白,段家大媳婦玲瓏半睡半醒間被凍醒了,她略側翻身一看,只見被子給丈夫文采捲去了大半。自己一隻蘿蔔白的腳露在錦緞織鳳蠶絲被外……

明顯直接挪借張愛玲〈金鎖記〉:

> 三十年前的上海,一個有月亮的晚上……我們也許沒趕上看見三十年前月亮。年輕的人想著三十年前的月亮該是銅錢大的一個紅黃的濕暈,像朵雲軒信箋上落了一滴淚珠,陳舊而迷糊。……
>
> 月光照到姜公館新娶的三奶奶的陪嫁丫頭鳳簫的枕邊。鳳簫睜眼看了一看,只見自己一隻青白色的手擱在半舊高麗棉的被面上……

轉進《半生緣》裡角色,沈世鈞與顧曼楨、叔惠三人本是同事,不久沈、顧兩人演變成為情人。人物來來去去，故事層層疊疊，重要轉折在顧曼楨被姊姊出賣欲以交換留住丈夫，遭姊夫祝鴻才強暴後行蹤石沉大海。後沈世鈞錯失營救曼楨機會在前，選擇失戀於友人許叔惠的石翠芝成婚在後，豈非惘然。十四年後，沈、顧兩人重逢，往日情緣浮出，曼楨因道：「世鈞，我們回不去了。」世鈞無助中說道：「我只要你幸福。」這廂生離死別，那廂許叔惠與石翠芝也正難捨難分，真是世間男女盡是機緣錯過。叔惠對翠芝是「最有知己之感」，於是翠芝這頭說著：「將來的太太一定年輕、漂亮——」那頭叔惠回答：「我給你害的。這輩子只好吃這碗飯。」

這樣的惘然悵恨場景，還發生在世鈞與翠芝新婚夜，兩人心裡都不安，翠芝嗚咽說著：「世鈞，怎麼辦，你也不喜歡我。……現在來不及了吧？你說是不是來不及了？」

他惟有喃喃地安慰著她：「你不要這樣想。不管你怎麼樣，反正我對你總是……翠芝，真的，你放心。你不要這樣。你不要哭。……喂，翠芝。」他在她耳邊喃喃地說著安慰她的話，其實他自己心裡也和她一樣的茫茫無主。他覺得他們像兩個闖了禍的小孩。

《今生已惘然》在在見出《半生緣》的人物架構。主要角色集中於段、辜兩邊，段家是男主角段文傳、段老太太、哥嫂段文采與玲瓏、好友郝士傑、任性富家女洪萱；辜家則有女主角辜可敏、可敏哥哥見財，活脫是《半生緣》祝鴻才化身、可敏桀驁不馴的妹妹可晴、傾心可敏的商人陳修仁、修仁與前妻生的女兒心梅。

《今生已惘然》中，段文傳與辜可敏是一對論及婚嫁的戀人，文傳兵役退伍後考上辜可敏任職的報社當編輯，成了同事。文傳後來經好友士傑介紹到行銷公司，為某建設公司預售屋做企劃衝出長紅業績，建設公司老闆女兒洪萱主動勾引；士傑則暗地對可敏動了心表白，可敏拒絕，士傑表示可以等：

> 可敏收回雙手，放在桌下，微笑說：「你女朋友這麼多，怕找不到人陪你？」「多是多，可是沒有一人及得上妳，她們不是我想要的。」……「嗳，你害得我好慘。」

相對《半生緣》裡曼楨母親無能，見女不救；《今生已惘然》裡可敏母親亦是可敏與文傳錯過的推手。可敏母親因生病住進醫院，家裡因哥哥見財在外欠了黑道錢財不敢回家，趁機空出房子，哪知文傳找去辜家發現人不知去向，留給他的字條陰錯陽差漏失。辜母癒後需要靜養，可敏便接受了追求者陳修仁邀請與母親住進他家，文傳誤會她要嫁給陳修仁意氣用事不去找她，可敏這頭半年不見文傳找來，終答應陳修仁求婚，果真是一再錯過了。

當然這男女情緣，林裕翼寫來時不時便要洩底他之「我愛張愛玲」，如花名在外的士傑，造型、行逕簡直就是〈傾城之戀〉范柳原翻版，見了良家婦女可敏，也就依樣畫葫蘆：

士傑笑說：「害羞的女人是最美的，妳平常都這樣害羞嗎？」可敏說：「現在我知道你為什麼在女人面前吃香了。」士傑笑說：「妳這話分明是拐著彎罵我油嘴滑舌，行，就罰我一杯，不過，我只承認說話太坦率，不承認說錯話。來，我先乾為敬。」

張愛玲〈傾城之戀〉裡，良家婦女白流蘇與世家子范柳原過招：

柳原笑道：「你知道麼？你的特長是低頭。」流蘇抬頭笑道：「什麼？我不懂。」……

柳原笑道：「……你看上去不像這世界上的人。你有許多小動作，有一種羅曼蒂克的氣氛，很像唱京戲。」流蘇抬起了眉毛，冷笑道：「唱戲，我一個人也唱不成呀！我何嘗愛做作——這也是逼上梁山。……」柳原聽了這話，倒有點黯然，他舉起了空杯，試著喝了一口。

從此處看來，張派作家要擺脫張愛玲，並不是那麼容易。

沉淪與昇華

在描摹男女情緣方面，即使不以《半生緣》做比較，在在可見慘綠男女淪陷。《今生已惘然》文傳與洪萱的一段情事。兩名各懷心事男女中秋節前夕逛街，溪畔有人放煙火，竟是張愛玲〈沉香屑——第一爐香〉葛薇龍與喬琪喬橋段。〈沉香屑——第一爐香〉中，淪為交際花的葛薇龍與喬琪喬逛新春市場，被豢養的喬琪喬忽然良心發現，有了短暫的人性昇華：

> 後面又擁來一大幫水兵，都喝醉了，四面八方的亂擲花炮。瞥見了薇龍，不約而同的把她做了目的物，……喬琪笑道：「那些醉泥鰍，把你當做什麼人了？」……薇龍笑著告饒道：「好了好了，我承認我說錯了話。怎麼沒有分別呢？她們是不得已的，我是自願的！」
>
> ……花炮拍啦拍啦炸裂的爆響漸漸低下去了，……喬琪沒有朝她看，就看也看不見，可是他知道她一定是哭了。他把自由的那隻手摸出香烟夾子和打火機來，烟捲兒銜在嘴裡，點上火。火光光一亮，在那凜冽的寒夜裡，他的嘴上彷彿開了一朵橙紅色的花。花立時謝了。又是寒冷與黑暗。

再看《今生已惘然》文傳與洪萱，逛市場時洪萱要文傳買贗品手鐲相送以示誠心，洪萱卻又感觸良多：

「有時候我覺得幾可亂真的冒牌貨，比真品還更可愛。」文傳笑道：「妳又想到什麼了？」

洪萱仰頭看他：「我知道你喜歡我但不愛我，所以我們可以相安無事地在一起。」文傳說：「我從來沒想過要欺騙妳。」……洪萱揚眉笑說：「……一開始我就知道我們是不可能的，我貪玩，好逸惡勞，我必須嫁給一個養得起我的人。」文傳笑說：「妳把自己說成什麼了。」……她把頭偎在他肩上，哭得一抽一抽的，他伸手想安慰她，伸到一半，手懸半空中，作罷了，反而掏出打火機，點上煙抽著，那稀微的火光，短暫照見了洪萱臉上的淚痕，立時又滅了……

林裕翼經營的世界處處可見慘綠男女的身影錯落，此刻沉入張愛玲所形容的氛圍裡——「可是這時代卻在影子似地沉沒下去，人覺得自己是被拋棄了。」果然是世紀末預言了。

第四節　郭強生：一位青年藝術家的畫像

我讀強生的小說，像是花憶前身，照見現在的和從前自己。——朱天文

若言「花憶前身」是朱天文的「胡腔張調」正字標記，早在一九八八年，她為郭強生出版的《傷心時不要跳舞》新書寫序，卻將此一標記貼在郭強生身上。

一 以張愛玲為藍本

和林俊穎一樣，郭強生高中便參與「三三集刊」活動，臺大受教小說家王文興（一九三九－），他的老師對他的教誨是「張愛玲有毒」。

（一）臨摹之始末

郭強生毋寧是早慧的，十六歲便正式發表了小說〈飄在雨中的歌〉，記錄自己的青春歲月。以〈飄在雨中的歌〉比較張愛玲初中一年級即發表的〈不幸的她〉，不難知道兩者的青春遭遇並不相同，但並不礙郭強生以張愛玲為臨摹的對象。就寫作早發的他來說，郭強生《作伴》寫的正是青春情慾騷動。王德威「一位青年藝術家的畫像」評論他多少掩映了「阿宕尼斯」(Adonis)式美少年的自矜與潔淨，建議他「需要更寬廣的題材來調和」。一語道破郭強生的難題在於「實際風格方面。郭強生大體承襲了張愛玲、白先勇的傳統。寫人情世故的曲折忸怩處，精緻冷冽，確是唯妙唯肖」。就因為「唯妙唯肖」，才缺乏自己的主體。

一九八八年郭強生前後出版了《掏出你的手帕》、《傷心時不要跳舞》，二書是大學時期的寫作成績，朱天文為其作序，對郭強生這段時期交出的小說視為是「階段的全體呈現」，意即青春期的凡響。呼應日後王德威期待他走出從前的格局。什麼格局呢？「仿張腔頗有些意思時期」，王德威進一步進言：「負笈美國後，所見所思，逐步開朗，應可跳出前此的圈圈。」

但流派附身哪裡是想停就停。果然郭強生是「直到出國念書前，『張派傳人』的標籤始終跟著我。」再回頭，已是張愛玲故世，郭強生一九九六年出版了短篇小說集《留情末世紀》，唯妙唯肖張愛玲〈留情〉、〈創世紀〉篇名，了悟「人情真假、難得捨得間打滾」，祖師奶奶既逝，不如道別。

這一悟，悟出了張愛玲小說中最常寫的主題——人世無常。郭強生茅塞頓開，明白自己「渴望讀到的是有勇氣的文學，而不是什麼生命夾縫中躲躲藏藏的作品。」於是深情地注視曩昔，再一次模仿〈天才夢〉中「生命是一襲華美的袍，爬滿了蚤子」句子，在〈記憶與答案〉裡寫下就此擺脫張愛玲的希望：

女作家的一生，像是一件修改了無數次的絳紅織金寬袖袍子，穿在冰冷的屍首上。

正式與張腔分道揚鑣後，郭強生才有能力越行越遠，終於在戲劇專業與流行文化評論著力，走出自己的路。

（二）同性情慾的流動

但「張毒」顯然很難戒得乾淨，〈留情末世紀〉，即使骨子銘刻的是同志情慾主題，表面卻依舊是張愛玲〈留情〉、〈創世紀〉的組合版。〈留情末世紀〉寫男同志吳維智身邊來來去去的真情假愛，一個都留不住，帶著好友託孤的兒子放風箏遇見昔日愛人林，情已逝往事如煙，無性生殖的戀情因好友託孤有了組成完整家庭的可能，但他的家庭神話裡還少個男人。同樣張愛玲〈創世紀〉裡的霓喜也永遠少個男人。霓喜一生跟過許多男人，生了幾個「雜種」孩子，嚴格說來她並沒有結過婚。喜歡賣弄風情的霓喜招惹了別家夥計被趕出門，她堅持要帶著孩子，孩子也是霓喜唯一的財產了，舊情人找上門，反諷的是來為老闆說項，沒名分但衣食無虞，霓喜也就受了。果然是「生在這世上，沒有一樣感情不是千瘡百孔的。」

曖昧之情

這也才回到郭強生小說同志書寫的重點議題。張小虹曾以「女女相見歡」歪讀張愛玲，指出「歪讀」策略，「較不傾向『認識論』上的『是/否』為同性戀」，較關注的是「異性戀」作家張愛玲的「異性戀」作品中，「如何讀出同性情慾的曖昧流動」。「情慾的曖昧」，亦可用在關注郭強生作品。

郭強生少作〈作伴〉裡，小說內容描寫男校學生石小霖與一對姊弟柳宗、柳瓏「兩」段若有似無的感情，對這樣的少男少女畫像，王德威指「基本上已有雙性戀之暗示」。

難得那年暑假，他怎麼主動報名參加班上的露營……大家告訴大家：石小霖也要去，結果柳宗也跟著報名。……

第一天見面，……早早就入了帳。……旁邊睡的是柳宗。……猛地帳棚被人拉開，伸進一個頭：「我弟弟睡啦？」他看清楚是柳宗的姊姊，不好責怪人家怎麼這樣莽撞，只好拍拍他腿上的柳宗，看見他睡得熟甜。

……「想不想出去走走？」

……他站在石頭下望上看，柳瓏一雙眼晶晶地在夜裡閃。他一路向營地趕，什麼也不想。他還是怕夜！他知道，他怕夜會那樣就襲了下來。

「三三」影響

當然我們要說〈作伴〉其實更多直接取經「三三」群士，這裡我們不妨引述朱天文一段文字來看：

> 天氣好的時候，人會哪裡都想飛去，……十月的風都是金色的，一陣颳起來，漫天漫地碎碎的陽光。……此刻沒有過去和將來，有的只是十月的陽光、十月的風……

再看郭強生這段：

> 他喜歡夏天，一到了夏天，自己都覺得自己是個人物了。……總想是一覺起來，什麼什麼都不一樣了吧!?他在那時候就差去追太陽那般瘋狂了，到處的闖。

類似的「天地都要為之驚動」（胡蘭成形容初見張愛玲）少男/女情懷，我們在張愛玲的作品中並不少見，這毋寧是她十分傾注的題材。張愛玲便曾公開承認：「人家喜歡〈金鎖記〉和〈傾城之戀〉，可是自己最喜歡的是〈年輕的時候〉。」[20]

〈年輕的時候〉寫就讀醫科的男大學生潘汝良，在語言專科學校補德文。有天去補習早了，無意間朝校長室內女打字員側面望去，驚異發現那張臉是他從小喜歡東塗西抹畫的外國女人的側面。女打字員叫沁西亞，俄國人，汝良遂與她交換互補中、德文，他內心不

---

⑳ 朱慕松記錄：《《傳奇》集評茶會記》，唐文標：《張愛玲資料大全集》（臺北：時報文化出版公司，一九八四年版），頁251。

斷在這股強烈的愛意中掙扎，與其說汝良愛的是沁西亞，不如說汝良愛的是畫中的側影，他自心的反映。及至沁西亞嫁人、生病，臉變了形，但是側影還在，「汝良從此不在書頭上畫小人了。他的書現在總是很乾淨。」

二　我是誰的課題

延伸來看，〈年輕的時候〉是如後殖民女性主義學者史碧娃克(Gayatri Spivak)「是在自己的經驗裡尋找意義」理論。在張愛玲的生命進程中，她一直同時扮演上海成長女性、生存於中國男性沙文主義裡的角色。我們若換式為史碧娃克對「他者」的定義：「我是誰？別的女人是誰？」那麼——「她如何在自己的經驗裡尋找意義？」便成為張愛玲同性經驗書寫的核心發問。

(一)實驗同性戀題材

如前所言，〈年輕的時候〉是張愛玲青少年時期內心勾勒情感的一枚印記，但要說同性間曖昧情慾的完整釋放，必須等到一九七八年。那一年張愛玲密集書寫了四篇關於情感壓抑題材的小說，四篇小說分別是〈浮花浪蕊〉、〈色，戒〉、〈相見歡〉及張愛玲認為毛病很大擱下未發表的〈同學少年都不賤〉。[21]〈相見歡〉、〈同學少年都不賤〉都帶有同性情誼色彩，可說是張愛玲實驗同性戀題材很大的突破。

由青春版轉式為成人版

〈浮花浪蕊〉、〈色，戒〉、〈相見歡〉、〈同學少年都不賤〉，雖皆指涉情感的背叛，但以歪讀策略解讀，可視為張愛玲青少年經驗的反芻，而〈相見歡〉、〈同學少年都不賤〉，則可看待為成年版〈不幸的她〉、散文〈童言無忌〉小說版。

先看〈童言無忌〉確是同性曖昧情感真實打板：

有天晚上，在月光底下，我和一個同學在宿舍的走廊上散步，我十二歲，她比我大幾歲。她說：『我是同你很好的，可是不知道你怎麼樣。』因為有月亮，因為我生來是一個寫小說的人。我鄭重

---

[21] 一九七八年八月二十日張愛玲給夏志清信披露已完成〈同學少年都不賤〉，張愛玲同時在信中寫道——「〈同學少年都不賤〉這篇小說除了外界的阻力，我一寄出也就發現它本身毛病很大，已經擱開了。」見夏志清：〈張愛玲給我的信件（十）(89)〉，《聯合文學》，第一六五期（一九九八年七月），頁140。

地低低說道：『我是……除了我的母親，就只有你了。』她當時很感動，連我也被自己感動了。

〈相見歡〉則是成人版〈童言無忌〉。內容集中於伍太太與荀太太表姊妹敘舊，伍太太女兒苑梅一旁陪伴場景。這是一幕漫漶「沒有危險性的同性戀愛」演出：

她們倆都笑了。那時候伍太太還沒出嫁，跟著哥哥嫂子到北京去玩，到荀家去看她。紹甫是已經見過的，新娘子回門的時候一同到上海去過，黑黑的小胖子，長得楞頭楞腦，還很自負，脾氣挺大。伍太太實在替她不平。這麼些親戚故舊，偏把她給了荀家。直到現在，苑梅有一次背後說她的臉還是漂亮，伍太太還氣憤憤的說：『你沒看見她從前眼睛多麼亮，還有種調皮的神氣。一嫁過去眼睛都呆了。整個一個人呆了。』說著眼圈一紅，嗓子都硬了。

同性內外

張愛玲自承〈相見歡〉寫的是：「少女時代同性戀的單戀對象下嫁了他，數十年後餘憤未平」橋段故事。㉒張小虹偏要以「歪讀」策略，關注「異性戀」作家張愛玲的「異性

㉒ 張愛玲回答林佩芬〈看張——「相見歡」的探討〉，自我分析文章沒被看懂的地方，說明伍太太對荀太太的矛盾之一。見張愛玲：〈表姨細姨及其他〉，《續集》（臺北：皇冠出版社，一九八八年版），頁35。

戀」作品中，如何讀出同性情慾的曖昧流動。她的解讀是，〈相見歡〉的「欲蓋彌彰」意味著「女人間的『同性戀愛』不在異性戀之『外』的任何他處，就是在異性戀之『內』最安穩最平凡的閒話家常中細懷過往、互抒心事」。

我們再看郭強生〈作伴〉中，柳宗與小霖是高三同學，柳宗有個姊姊柳瓏對小霖有意，約了小霖月下散步，如同演義〈童言無忌〉：

> 和柳瓏沿著河岸走去，西方風聲吹來，都是颯颯的感覺，星星則已經是翻覆在一大片海裡了，忽浮忽沉。
>
> 捱著大石頭坐上去，任憑河水嘩嘩奔流在自己腳下。柳瓏和他聊柳宗，說著說著，竟加一句：「你們很像。」

有天柳瓏又約小霖看電影，小霖找到柳宗那種不安，這是隱約的少男背叛主題了：

> 他逃命似地在柳宗對面坐下，……他沒心情看書，完全在看柳宗，覺得心定了些。柳宗有時抬起臉想問題，迎著他就微微一笑——那表情竟像柳瓏。

若說〈作伴〉是郭強生的青年同性經驗，那麼〈留情末世紀〉便是成人版〈作伴〉了，依循張愛玲給出的轉換橋段模式，〈留情末世紀〉裡的吳維智則是長大了的小霖，他在同志圈裡幾番來回，和張愛玲〈相見歡〉不同的是，這個時代的同性情感，有著清清楚楚的遊戲規則，他和林的關係也隱藏著背叛：

「我不想再繼續了。」吳維智用力推上冰箱門：「我們不要再見面了。」

「我不可能就這樣消失的，我們還有這麼多共同的朋友。」林瞅住對方，看不出是告白還是威脅。

在這個圈子裡，朋友不是選擇的，純然物以類聚。最親的是彼此，外人無法伸援手。然而也只有對自己人最殘忍，因為沒有出路，相親也好，相殘也好，都只能在同一個圈子裡廝殺。

(二) 綿長隱匿的潛伏期

再看〈同學少年都不賤〉，表面上記述的是青春祕密，經周芬伶指出其實不乏追溯「綿長隱匿的潛意識」，我以為更是「綿長隱匿的潛伏期」。當然我們不必把張愛玲奉為女同志書寫的先驅，但〈同學少年都不賤〉在張愛玲逝世後出土，多少呼應了張愛玲〈相見歡〉寫作的關注與主題，回應了張愛玲的內在記憶：「想著我們這一代的人少年感情生活的貧乏，事實是常例，也是他們那一代的特點，感觸甚深。」

青少年女校經驗的延長

〈相見歡〉的一場見面，引發不少以同志為角度的解讀，〈同學少年都不賤〉的事件時空節奏都跳躍得太快，是表面很容易看出的問題。光這點，便要對號入座解為張愛玲青少年同性經驗的延長或反芻，恐怕要落入張愛玲所說的「索隱派」。「索隱派」的來由是有人指張愛玲〈留情〉中把牆寫成淡黃色是一種民族觀念，想當然耳解讀為「黃種人的皮膚」，張愛玲歸類如此空泛無依據以偏概全的說法是——「同屬紅樓夢索隱派。」〈同學少年都不賤〉時空較〈相見歡〉拉開得多，不若〈相見歡〉的含蓄隱喻，事件也多，說起同性戀情，更講得十分露骨，看得出來張愛玲是有心直寫這個題材，張愛玲給夏志清信中所說顧忌「外界的阻力」恐怕才是重點，〈同學少年都不賤〉雖露骨卻充滿了密碼，就張愛玲的弦外之音來看，所謂「阻力」一般指來自外界，保守環境的壓力以外，就是確有其人。但以美國對同志的看法，社會輿論遠比中國開放，對各人創作應不會構成阻力，所以這個阻力應當來自張愛玲文中的兩個背景，一是趙珏與恩娟中學就讀的女中，應取材張愛玲當年就讀的聖瑪利亞女校，一是當了外交官夫人的恩娟確有所本。就因是真有其事，而且複雜才是阻力，小說中，趙珏與恩娟有過一段曖昧情感，中間還夾雜了一個芷琪，趙珏與恩娟出來了，芷琪留在大陸嫁了人不很理想，恩娟提起幾乎淚下：

「嫁了她哥哥那朋友，那人不好，」恩娟喃喃的說。她扮了個恨毒的鬼臉。「都是她哥哥。」又沉著嗓子拖長了聲音鄭重道：「她那麼聰明，真可惜了。」說著幾乎淚下。

趙玨自己也不懂為什麼這麼震動。難道她一直不知道恩娟喜歡芷琪？芷琪不是鬧同性戀愛的人——就算是同性戀，時至今日，尤其在美國，還有什麼好駭異的？何況是她們從前那種天真的單戀。

日後趙玨明白了，雖嫁了政治人物丈夫，但恩娟可能一輩子都沒真正戀愛過，她有過的是單戀芷琪，是同性戀。光以這個事實來看待張派作家的遭遇，較之祖師奶奶，不僅在隱私曝光的自由度較張愛玲的時代為大，書寫同性也有更大的空間。

郭強生臨摹張愛玲，在同志關係上，便沒有張愛玲〈同學少年都不賤〉的礙手礙腳，他的〈留情末世紀〉裡頭男同志吳維智身邊來來去去的真情假愛林、史提夫……一個都留不住。反而異性戀大學女同學蘇病逝，留下一名兒子給他，他才有了真正的關係，這天吳維智帶著「假」兒子放風箏遇見昔日「假」愛人林：

「你這樣就算完整了？」林說完嗤地笑了一聲。

「當然不算——我還需要一個男人。」他再補充：「一個愛孩子的男人。」

「兩個男人和一個孩子？」林搖頭：「吳先生，我想你是瘋了。」然後轉身朝麥當勞那個出口走去。

拋開了張愛玲〈同學少年都不賤〉太多密碼，其間真假虛實，隔了時代加重了解碼的困難，新時代同志書寫，恐怕才是張派與祖師奶奶最新的對話，卻也是號稱「張腔後繼無人」的張派第三代，最能接續的課題。

留情世紀末

郭強生筆下〈留情末世紀〉男同志吳維智由國外回國時，心裡算計——「二十世紀就要結束了，他想在自己長大的這個地方倒數計時。」

郭強生果然有心臨摹，參考的是張愛玲的「末世紀」景象：

> 斷瓦頹垣裡，只有蹦蹦戲花旦這樣的女人，她能夠夷然地活下去，在任何時代，任何社會裡，到處是她的家。
>
> ……從前以為都還遠著呢，現在似乎並不很遠了。然而現在還是清如水，明如鏡的秋天，我應當是快樂的。

郭強生於是在〈留情末世紀〉寫下了以下句子，明擺著要向張愛玲〈留情〉的名句「生在這世上，沒有一樣感情不是千瘡百孔的」禮拜：

是林這樣的人看得比他清楚，還是他看得更遠？一定還有像他這樣的人，在瓦礫中看到了建築的原貌，在世紀末感受到新生的渴望。

若言張愛玲寫作「意在言外、夾縫文章」奉行的態度不假，那麼我們就有理由相信，〈同學少年都不賤〉不僅僅是種嘗試，也是她對青春女校經驗做出的小結。

不同於其他張派作家，郭強生專研戲劇，是學者也有實際的劇場經驗，近年創作重心逐漸轉移到戲劇。相繼推出《情色慾念》、《慾望街車》、《慾可慾，非常慾》，將小說的情慾主題貫穿到戲劇，值得觀察。此外他的日記體書寫《郭強生2003日記》是個人生活的紙上演出，反寫張愛玲的名言：「生活的戲劇化是不健康的。」擷取張愛玲《對照記》創作概念，是新文體的實驗。

張愛玲不喜被分類，但林俊穎、林裕翼、郭強生不約而同探勘世紀末同志情慾，這就給了我們一個靈感，莫非世紀末同志情慾成了九〇年代臺灣張派作家的新勢力與強項？

有趣的是，張愛玲一九七八年完成的〈同學少年都不賤〉在二〇〇三年出土，小說露骨的同性戀描寫，逸出了張愛玲以往寫同性情誼的尺度，逆旅般呼應了九〇年代張派作家的同志書寫潮，這是張愛玲回過頭對張派的教誨了。

張愛玲筆下的同志「覺醒」都很早，〈童言無忌〉敘述張愛玲十二歲念中學時的姊妹交心；〈不幸的她〉年齡就更小了，兩個才十歲的國小女生在不解人事的年齡便互訴情愫。難道真如張愛玲所言，這只反映了「這一代的人少年感情生活的貧乏」㉓的結果？她的校園密教成員如此年輕，相對來說，郭強生〈作伴〉，描寫高三學生石小霖與柳宗若有似無的感情，林裕翼〈粉紅色羊蹄甲樹上的少年〉的同志啟蒙同樣在高三，和張愛玲的主角一比都像老人了。〈同學少年都不賤〉與〈不幸的她〉都在張愛玲過世後出土，〈同學少年都不賤〉寫高中女生的女女情狀，年齡較長，〈同學少年都不賤〉、〈不幸的她〉和〈童言無忌〉的時空背景分別是高中、初中、小學，巧合地組成校園同志啟蒙三部曲。加上張愛玲自承〈相見歡〉寫的中年表姊妹的一段情，是「少女時代同性戀的單戀對象」遇人不淑，是成人版同志戀情故事。聯接這幾篇小說，張愛玲的同志書寫地圖於焉繪出，或者是一條「張派新思路」也說不定。

㉓ 關於張愛玲不喜分類，見張愛玲給夏志清信：「我雖然不是新女性主義者，決不會同意編入一本女作家選集，男東女西的分類，似乎也就是sexist。」夏志清：〈張愛玲給我的信件（十一）(96)〉，《聯合文學》，第一六六期（一九九八年八月），頁72～81。另感慨少年感情生活的貧乏部分，見夏志清：〈張愛玲給我的信件（二）(18)〉，《聯合文學》，第一五一期（一九九七年五月），頁60。

第五節　第三代張派作家的同志書寫

常被點名或私淑張愛玲的第三代張派男性作家——林裕翼、林俊穎、郭強生，都崛起於九〇年代，無獨有偶，他們的小說裡一直有種同志情慾的騷動，三人都交出不少同志題材篇章。形成第三代張派作家中十分值得觀察的現象。

前面曾提及陳克華評林裕翼《今生已惘然》是接近本性之作，但我以為要論本性，《今生已惘然》傾向通俗言情題材，在氣息上接近海派；反而林裕翼「遲來的前作」《在山上演奏的星子們》及《愛情生活》更見本性。

一　蛻變雙身林裕翼

什麼本性呢？《在山上演奏的星子們》收中篇小說〈在山上演奏的星子們〉及〈哈馬星渡船場〉，分別寫於一九八九年及一九九〇年。時序上更早於一九九一年的〈我愛張愛玲〉。〈在山上演奏的星子們〉、〈哈馬星渡船場〉故事多為青春記事，不乏作者身影。《愛情生活》

單篇〈湯姆男孩〉，女主角愛麗絲集戀父、雙身、同性戀情結於一身，像極了張愛玲〈心經〉中的戀父怪胎小寒。〈湯姆男孩〉裡愛麗絲身體裡住著個男孩湯姆，渴望父親的愛。人的複雜難歸類是〈心經〉和〈湯姆男孩〉共同的主題。〈在山上演奏的星子們〉、〈哈馬星渡船場〉裡時移事往的同性戀情事，是張愛玲〈同學少年都不賤〉的校園密教信仰。〈在山上演奏的星子們〉任職報社的我，和〈哈馬星渡船場〉裡孟生都有過祕密愛人，深藏在心底見不了光，受制社會眼光不敢出櫃，知道騙得了別人，騙不了自己，「這一生已注定殘缺」，〈粉紅色羊蹄甲樹上的少年〉難言被自己的同志情慾嚇到，多年後仍迷惑；相似的情態，〈同學少年都不賤〉重要角色趙珏遇見昔日校園同性戀同學赫素容，漠然如一切沒有發生，但趙珏十分明白赫素容怎麼回事，這是要劃清界限了，真是寫足了表面文章。林裕翼不斷以張愛玲為創作標的，繞著張愛玲和她筆下的人物重組衍生，成為他的獨門武功。唯自九八年出版《在山上演奏的星子們》後，林裕翼便無作品，但願「張腔後繼無人」的魔咒不會應驗在他身上。

（一）孽子現形記

〈在山上演奏的星子們〉的同志活動，遙相呼應白先勇《孽子》。同志頭「上校」周圍常年圍著一群小朋友，分明《孽子》裡的楊教頭化身。但白先勇的角色一直有種「舊時代崩解」的人物原型（archetype），夏志清喻為希臘神話中水仙自矜的美少年「阿宕尼斯」(Adonis)。

再者白先勇小說多與家國感喟，河山易守，人事多非。裴元領多有妙悟：「白先勇小說裡的愛情，必維繫於生離或死別。」那樣的情感是從生命中拔離之痛。

反觀林裕翼筆下人物上校、五木、奇奇、阿古、阿諾……哪來什麼生離死別，生命中無非男/男、男/女同性或雙性戀，最後核心人物——上校被小愛人奇奇撞死。人生的不堪盡在小說中。弔詭的是，這樣的猶豫趑趄，反而比較貼近張愛玲筆下的同志型。

然而在彼時，島國風氣未開，同志之愛社會難容，林裕翼選擇作為此一團體代言人，行走曖昧地帶，便賦予了更多的想像，小說中的某個角色往往帶著作者原型也就不足為奇。

〈在山上演奏的星子們〉任職報社的我，無法與女子做愛喟嘆道：「我們永遠沒有機會。」又如〈哈馬星渡船場〉裡在傳播公司寫文案的男主角孟生有個難以曝光的男友小呂，最後小呂有了他人，孟生一來受社會道德箝制既不敢「出櫃」，身心深受創痛無處可訴，維持個檯面女友紀如，要變成另一種人，不是不可能，但必須先經過蛻變：

他想他這一生已注定殘缺了，紀如只是他用來安慰自己的海市蜃樓，他也許騙得了別人，但騙不了自己。

相似的情狀，張愛玲〈同學少年都不賤〉，依稀可見，游離在同性/異性雙身的趙珏，遇見女校同性戀同學赫素容不僅有了家生了孩子，且漠然如不識，趙珏一來駭異那樣的淡漠神色，一來心知那是一種蛻變：

> 與男子戀愛過了才沖洗得乾乾淨淨，一點痕跡都不留。

（二）寫作至此豁然開朗

王德威曾指白先勇比張愛玲慈悲得多。白先勇《孽子》現身說法，「感覺他難以寫同性戀者冤孽及情孽，不無自渡渡人心願，張可顧不了她的人物，而這是她氣勢豔異凌厲的原因。」林裕翼筆下那群「青春鳥」，是一群在同志王國流亡的子民，何嘗不是內心再三掙扎，無法自容容人。相對來說，張愛玲筆下的同性戀者，反倒無罪可贖，也難怪可以沖洗得乾乾淨淨不留痕跡，全身而退。

可見張愛玲筆下的角色不會拖著她的影子，林裕翼則否。這或者也才是林裕翼蛻變的本錢。實踐「本性」，林裕翼這才開始認真思考小說的形式與內容吧？

這也說明，他覺悟「創意比守成更可貴」道理，但創意必須有坐標為記，才能標示新方位，我們要說，如果「我愛張愛玲」是一個書寫小坐標，「寫作至此豁然開朗」的《愛情生活》，便是新坐標了。

《愛情生活》中〈湯姆男孩〉，集戀父、雙身、同志於一身，愛麗絲身體裡住著一個男孩湯姆，父親渴望一個兒子不成，成了習慣性外遇，最後收養了一個成年男子G，潛在的同志愛慾被勾引出來，呼應了張愛玲〈心經〉小寒愛父親根本是個不可得的假愛，父親倒反愛上了和她有幾分神似的同學綾卿，愛麗絲的母親希望精神醫師能治好「中邪」的她，小寒的母親送她去遙遠的三舅母家希望時間能幫助她斷根，豈知如此本性，哪是改變了時空就會「好」。

二　繁花奇象林俊穎

《大暑》之後，林俊穎沉潛了四年，遠居紐約，在充滿騷動異色的都市裡，他找到了書寫的場域，一頭鑽進「不以繁殖後代為目的」的同志情慾書寫主題裡，再也沒有離開。其中收在《是誰在唱歌》裡的短篇小說〈美麗的空屋〉是他首篇同志情慾題材創作，寫於一九九三年底。

（二）〈美麗的空屋〉同志首篇

〈美麗的空屋〉主述者十年來對校園裡無意邂逅的異國男子X戀戀難忘，卻矜持到無法言說，他決定放任自己一試，於是尋去X居住的繁華之都紐約，當他住進這座象徵慾望的城市，感覺自己如荒島遺民，他對X做了告白沒有回答，最後相聚的夜晚，兩人闖進一座廢棄的教堂，這是向上帝告解了，又是一個沒有救贖的荒涼故事，「荒人」唯有從此流轉放逐，廢棄的教堂終將成為生命信仰中最美麗的空屋。如果說朱天文一九九四年寫男同志劫毀邊緣的《荒人手記》，複製了胡蘭成〈民國女子〉胡張的亂世邂逅，是間接向張愛玲致意的「民國男子」同志版；〈美麗的空屋〉寫來充滿難解的情慾符號，實不足向外人道，內在玄機更趨向《荒人手記》，且同志議題的原創更早於《荒人手記》。難怪一九九七年林俊穎長篇同志情慾小說《焚燒創世紀》出版時，朱偉誠要為他抱不平：「讀來竟然有仿作的錯覺。這對林俊穎極不公平。」同樣寫同志情慾，朱偉誠評論《荒人手記》華麗刺激，但《焚燒創世紀》卻哀矜深沉。華麗與哀矜，都是張愛玲的風格了。因著〈美麗的空屋〉，林俊穎才得以走出「之前明白而潛藏著傷感的寫實風格」。但林俊穎果然不及張愛玲豔異凌厲氣勢，即使不與同輩競爭，林俊穎摩娑感悟不以繁殖後代為目的的荒人情愛有成，〈美麗的空屋〉卻沒有引起太多注意，及至朱天文一九九四年推出《荒人手記》，類似的「荒人」觀，後來居上搶足林俊穎風采。

當二〇〇〇年林俊穎的《愛人五衰》（二〇〇三年新版改名《夏夜微笑》），光看書名就更像仿作。愛人五衰詞根應從佛經「天人五衰」及三島由紀夫同名小說轉化而來，原意指「欲界諸天之有情」。無論是天人或愛人，都有著移植荒人意象之嫌。朱偉誠解讀天人改為愛人，其實指的是以「天人的多樣好淫，來類比同志世界令人目眩神迷的情慾實踐。」㉔

（二）《焚燒創世紀》題借《創世紀》

要說實踐「同志世界的情慾」，對林俊穎實在太沉重，同志世界畢竟不是盤古開天「說

㉔《夏夜微笑》原名《愛人五衰》，朱偉誠才帶到佛經「天人五衰」，演繹「鏡花水月畢竟總是空」色相。見朱偉誠：〈鏡花水月畢竟總是空？〉，林俊穎：《夏夜微笑》（臺北：麥田出版公司，二〇〇三年版），頁4～7。

要有光就有了光」。㉕他的同志角色是「在家庭與婚姻之外的漫遊者」，恰恰見不了光。〈下一站，伊甸園〉裡，暫在夏天學會游泳的「我」，在游泳池遇見教練藍泳褲，之前傾心對象包括移居美東的J、尋找的重型機車騎士……，「我」說：「有一種愛戀，有一種快樂，如同祕方，不能張揚，不該曝光。」意思是我族「必須另類於一般的戀人，創造一種依存的安全模式。」分明意淫一場。

反倒是在之後的《焚燒創世紀》及《玫瑰阿修羅》，林俊穎才較有系統整理他的王國子民，重賦清晰的形貌。《焚燒創世紀》望名生義，不免有向張愛玲〈創世紀〉借題意味。但〈創世紀〉當年未完腰斬，此番林俊穎卻是藉伊甸園亞當夏娃一男一女，是為人倫太初之始，繁衍父子恩怨，鋪敘當事者與他的同志終將成為家族法則的逐客對立故事。

（二）《玫瑰阿修羅》末世男女浮沉錄

綜觀林俊穎自我建構，不難看出其創作癥結，繫於一場又一場耽於「末世亂法」的感傷與對舊往的焦慮。使得即便世紀已然更新，但末世的主題仍貫穿林俊穎小說內在。林俊

㉕ 舊約全書《創世記》第一章：「起初，神創造天地，地是空虛混沌，淵面黑暗；神的靈運行在水面上。神說：『要有光』，就有了光。」

穎二〇〇四年交出《玫瑰阿修羅》，為五篇房地產遊戲短篇小說組成，延續其奇花異果般的末世主題風格，其中〈以玫瑰之名〉主敘者傑洛米講與Rosy末世說，最是傳神切題：

我在電視上看到一個老和尚講末世亂法四個字，我突然被電擊了一下，不是才世紀初嗎，可是我真的覺得就是末世亂法。

但林俊穎曾自言，張派拿手好戲路數，一是懷舊，一是都會男女的情海浮沉。終是行至春到荼蘼花事了，林俊穎的末世亂法主軸，看似近張愛玲又遠了，張愛玲作品中未曾流露對真愛追尋的熱炙，在林俊穎是生命原初。劃出一道天光，林俊穎此時終走出了自己的風格。

相較朱天文寫荒人的自外旁觀，林俊穎的角色，不無「帶戲上場」自況意味，難怪哀矜深沉。無論如何，從《是誰在唱歌》到《焚燒創世紀》，整個九〇年代林俊穎勇闖同志情慾創作場域，累積了相當的成績，近年他持續探勘同一題材，越寫越荒涼，以一年一本的速度出書，可說是同輩張派成績最好的。《夏夜微笑》、《玫瑰阿修羅》、《善女人》，系列地經營廢墟如地獄的頹敗同志情慾，彷彿沒有明天，教人驚心，更寫出了「異彩」。二〇〇五年《善女人》主力篇〈雙面伊底帕斯〉是力道懾人的男同志懺悔錄。郭松棻曾說胡蘭成《今生今世》是一本懺悔錄，《善女人》則可以視為胡蘭成《今生今世》的男同志版。

第六節　其他張派作家

同樣崛起九〇年代且一九六〇年以後出生的張派作家中，較少被聯想的女作家鍾文音、劉叔慧，頗值得一提。鍾文音崛起於九〇年代中期，〈我的天可汗〉寫母女關係，范銘如認為是近年以母女關係為主題的文本中罕見的珠玉。其中透過衣服不斷的母女爭執，從童年彼此顏色品味的不同，及長反而渴望穿著與母親同款同調，摩娑感悟母女愛惡情結，釋放女兒對母親身體/權威的孺慕與抗拒的掙扎心，簡直是張愛玲與母親關係的複寫：

> 我最初的回憶之一是我母親立在鏡子跟前，在綠短襖上別上翡翠胸針，我在旁邊仰臉看著，羨慕萬分，自己簡直等不及長大。

兩人對母親都充滿孺慕之情，對張愛玲而言，母親時代女性的強者性格磨難著脆弱的母女關係，終於「一點點毀了我的愛」。張愛玲耿耿於懷的寫進了散文裡。同樣鍾文音的文本中，母親強勢如天可汗，主宰了女兒大部分生活，被巨大的陰影籠罩，刺激了鍾文音九〇年代末著手寫家族史《昨日重現》，〈我的天可汗〉是其中一章，《昨日重現》書裡蒐羅了不少家族照片。張愛玲的《對照記》也是一本家族老照相簿子。比較上張愛玲出身貴族，《對照記》裡的家族人物活脫是部歷史人物圖文誌。鍾文音《昨日重現》，依樣畫葫蘆的記錄及再創作，可說是《對照記》的民間版。二〇〇二年鍾文音交出《奢華的時光——我的上海華麗與蒼涼紀行》，這是她的上海紀行，摹想張愛玲上海生活，感覺「我的前魂一角曾在此流浪過」，這是向張愛玲致意了。鍾文音創作不斷產量驚人，是「發展中」的張派作家。

另一位也崛起於九〇年代中期的劉叔慧，擅寫都市男女的世路人情，一直以來都維持一種淡淡的風格，更像八〇年代的蔣曉雲。〈一場關於玫瑰的實驗遊戲〉，寫一名男子連著五天在一名女子門口放置玫瑰花，男子且暗中觀察這場玫瑰的愛情實驗效應，「玫瑰代表愛情」，女子抗拒不了玫瑰效應墜入愛河，她不了解她愛上的是這股抽象氣息而非愛情本體。等到玫瑰不再出現後，女子開始發高燒，高燒褪去後，女子「憑窗而立，幽幽立成一株花影，模樣彷彿玫瑰。」

這是張愛玲〈紅玫瑰與白玫瑰〉男主人公佟振保生命中象徵妻子與情人的兩朵玫瑰還魂了。讓我們明白來到九〇年代的愛情是如何被顛覆。但我以為劉叔慧最「像」張愛玲的其實是詩作。一九九八年劉叔慧以〈歎息樹〉獲《聯合報》新詩獎項二獎，其中一小節：

一棵會歎息的樹
是你，春深的時候
搖曳著恍惚的鄉愁
寂靜的深谷從沒有鞋子走過
平躺的墓碑只有模糊的名字
歎息如風，輕輕搖動時間的關節
蒼綠的葉片還印著那夜的月光
清冷暗淡，無從辨識

再看張愛玲少數的詩作〈落葉的愛〉：

大的黃的葉子朝下掉；
慢慢的，它經過風，
經過淡青的天，
經過天的刀光，
黃灰樓房的塵夢。
下來到半路上，

看得出它是要，
去吻它的影子，
……
靜靜睡在一起，
它和它的愛。

可惜的是，劉叔慧的詩作不多，小說作品也太少，未成氣候。

從林俊穎到劉叔慧，勾勒出一張九〇年代張派作家地圖同時，不免想到最早將張派譜系化的王德威，距他一九八八年發表的第一篇〈女作家的現代鬼話——從張愛玲到蘇偉貞〉，轉眼快二十年了。張派與張愛玲在臺灣，多年下來，結成了如張愛玲所形容的「無窮盡的因果網」。臺灣文學曾歷經廣義張派朱天心所講，「因為張派好學，除了少數幾個人，其他全都是或廣義或狹義的『張派』」的時期，張愛玲的風格，亦如另一位盡得張派黑色幽默真味的袁瓊瓊所形容：「就像女孩子噴的香水，經過她身邊都會或多或少沾到那味道。」一輩輩作家上路，是張派也好，不是張派也好，能走出自己路的終究會走出自己的路，因此要問九〇年代以後是否還有張派？又如何超越？「去聖邈遠，寶變為石」，落地的麥子不死，會長出新苗嗎？我們如有信心，就要有耐性。

第七章 總 結

一 張愛玲的高度

對張愛玲來說，臺灣對她既陌生也真實，陌生的是她只短暫在一九六一年訪問過臺灣一次，還不如香港；真實的是，上海從一九五二年她離開到一九八一年張葆莘發表〈張愛玲傳奇〉重拾記憶，幾乎有三十年時間，大陸是缺席的，她的文學影響在臺灣獨大，讀者最多，全集更在臺灣出版。但張愛玲一直與臺灣保持欲迎還拒的關係，相對她幾乎完全拒絕與大陸接觸、無意經營香港市場的態度，據此看待張愛玲與張派的臺灣聯接，多少可以說明臺灣有著張愛玲與張派無可撼搖的位置。

張愛玲是太早被供到「祖師奶奶」地位，那樣的高度是如王德威所形容繼承了《紅樓夢》的傳統，以貴族立場俯視人生瑣碎的高度。亦意味了一種高山仰止的姿態，不僅成為張派作家要克服的高度，也是研究者的無形壓力。首先我們不妨來看看光是兩岸三地至二〇〇三年底張愛玲研究，保守統計光是張愛玲專書即近百本，而單篇論文更是超過千篇。有趣的是，最早的博士論文，不是臺灣或香港，反而出自與張愛玲阻絕多年的大陸，資料取得最難、研究風氣未開的中國。萬燕的《海上花開又花落——讀解張愛玲》一九九二年十月開始定題，一九九五年二月十八日正式動筆，完成於一九九五年張愛玲辭世前，對張學研究起了很好的開頭。但考慮張愛玲所提供給臺灣的文學資產，可說已超過她出生的上海和受教育的香港，這個優勢是臺灣獨有，臺灣雖說無緣參與她的生長，但不爭的事實是，張愛玲與臺灣，有著複雜的因緣網，於是才有本文在眾多研究角度，選擇了集中勾勒臺灣張派作家譜系這個題目，還給臺灣張派世代應有的地位。

綜觀各代張派作家與文本，在此梳理出兩點「看張」的方法：

第一、投影觀點。以張愛玲作為母體，點將張派作家，如何由題材、風格、政治經驗、戲劇手法等，摩娑感悟張愛玲，臨水照花。此觀點以莊宜文《張愛玲的文學投影——臺、港、滬三地張派小說研究》有相當的著墨。事實上從三三同儕、朱西甯與蔣曉雲、朱天文與林俊穎，不僅同代彼此互為映照，前行代也影響後輩，所謂「投影」，是十分貼切的歸納。

第二、雙聲唱和。朱天文《荒人手記》是與胡蘭成〈女人論〉的唱和。《荒人手記》脫胎自「男人用理論與制度建立起的世界會倒塌，她將以嗅覺和顏色的記憶存活。從這裡並予之重建」的〈世紀末的華麗〉，不離直接複寫張愛玲「斷瓦頹垣裡，只有蹦蹦戲花旦這樣的女人，她能夠夷然地活下去，在任何時代，任何社會裡，到處是她的家」初衷。林裕翼〈今生已惘然〉、林俊穎〈焚燒創世紀〉，則是對號入座張愛玲篇名，這是唱和了。

綜括而言，無論是以投影、唱和，相當見出張愛玲《紅樓夢》裡「金釧兒這人物是從晴雯脫化出來的。她們倆的悲劇像音樂上同一主題而曲調有變化」的形容。亦如張愛玲喜歡的「描紅」姿態，「描紅」出自張愛玲《流言》再版時的句子——「炎櫻只打了草稿。為那強有力的美麗的圖案所震懾，我心甘情願地像描紅一樣地一筆一筆臨摹了一遍。」同一主題曲調或描紅，可說是張派最佳的寫照了。

> 少數幾個人以外，其他全都是或廣義或狹義的「張派」，因為張派好學。——朱天心

但論張派與祖師奶奶再是糾纏錯綜複雜，也有分手的一天。眾所公認，張愛玲小說是好學但難據為己有。學不學得成，那關乎內在氣質。張愛玲毋寧是叛逆性強，劉叔慧說的

對，張愛玲的反叛其來有自，是對來自的世界，「傳統舊式教養（父親）和新式規範（母親）所匯合而成的中規中矩的馴化世界的反叛。」就因如此難馴化，以她為師，除了提高自己「看張」的高度，蛻化新生，那才是與祖師奶奶揮別最好的手勢。

然而張愛玲亦有回返最初的一刻，她生前出版的《對照記》，即與以往握手：

然後時間加速，越來越快，越來越快，繁弦急管轉入急管哀弦，急景凋年倒已經遙遙在望。一連串的蒙太奇，下接淡出。

張派作家與張愛玲間的互動又是如何呢？朱天文之看張愛玲：「什麼時候已經成為我想叛逃的對象」且加以延伸：

我們亦小說寫寫中，就忍不住越過小說的圍牆朝外眺。專事文學，倒像嵇康〈琴賦〉云：「手揮五弦，目送飛鴻」，老望著文學以外遠遠的事。就像掛出來的牌子告示人，施工中，營業中，清潔中，我想目前我是，叛逃中。

各有因緣不同，若論張派彼此互動，安德森（B. Anderson）「想像的共同體」，闡述的是「儘管成員多未曾謀面，互不相識，卻因報紙傳播與資本流通，建立彼此依存的『生命共同體」情感」情狀，吻合張派譜系橫向、縱向連繫。惟張愛玲身影如此龐大，是不少作家的夢魘也是明星。我以為眾多張派作家中袁瓊瓊發展黑色幽默與恐怖體小說，可說為張派最亮眼的突破。

張派與張愛玲，戴錦華說的好：「每一自覺的反抗，間或成就一次不自覺的臣服；每一對主流與權力之軛的突圍抑或成為始料不及的陷落。」點出張愛玲及其追隨者的共生關係。

二 浮現張派歷史

曾經張愛玲進入臺灣時也運也命也，揮別臺灣讀者也充滿戲劇性。當年她倉卒離開上海前名聲已降，以筆名梁京寫的《十八春》、《小艾》，咸認是張愛玲向社會主義妥協之作，我卻認為適反映張愛玲對世局的關心，弔詭的是她正是以《秧歌》的政治取向打開了臺灣市場，四十年後，她以《對照記》重建家族史回返上海時光，向臺灣讀者道別。

張愛玲之於臺灣，曾經無所不在，邱貴芬訪談朱天心，論及張愛玲影響，朱天心有感而發指出不只女作家，男作家也大量地被影響，「全都是或廣義或狹義的『張派』」。這是張愛玲超載了。自一九五七年一月正式在臺灣發表首篇文章〈五四遺事〉後，臺灣文學如今已成顯學。然而《文訊雜誌》「台灣當代文學研究之博碩士論文分類目錄（一九九九－二〇〇二）」專題，顯示張愛玲及張派之研究及議題性仍是主流。如此大量的學院注目，是否反成為負擔，導致失去了文本活力。但張派既成流派，延續香火是它的本命了，否則張派譜系，一旦斷了線，要接上恐怕就難了。張派與張愛玲豈會沒有遇上否定的聲音，隨著島上本土化抬頭，張瑞芬意識到張（愛玲）派的置入性，是輕忽了臺灣當代女性寫作本體，且舉例女性散文，因張愛玲及張派被邊緣化了。再看「三三」的胡腔張調的下場：

對於那些或參加過，或給撩動過，而如今散落天涯海角的三三朋友們，請容許我再提供胡老師的三封信做為此文的結束。不是招魂，是博君一粲。因為在三三變成如果是一個笑話或夢話之前，它曾經被這樣試圖實踐過的。

張愛玲與臺灣因果網，早在七〇年代中期，唐文標即指出：「不能為同時代的中國人所認識，可說陰錯陽差，也許亦是她自己所決定的。」如果把中國改成臺灣，豈不正是張派寫照。同樣朱天文也提出張愛玲在臺灣是「歸不了檔」。

「往深處看，遠處看」，就不能不回到張愛玲上海的昨日與今日。李歐梵說張愛玲是真正寫上海，張愛玲把滬上人情世路、海派文學視景帶進了臺灣，豐富了臺灣文學。一九八一年，張葆莘在上海《文匯月刊》發表〈張愛玲傳奇〉，重燃張愛玲熱，黃埔河岸再度飆起「讀張」風潮。

一如臺灣認識張愛玲，是由夏志清的評論造成；大陸接受張愛玲，〈張愛玲傳奇〉的張愛玲評價，對改革開放後有一定的影響力，比較有趣的是，張葆莘重拾張愛玲，回憶文革前在上海舊書店還能買到張愛玲舊作，所以提出不能完全不理睬張愛玲作品主張。這個說法提供了我們一個新的視角與資訊，一改世人對張愛玲作品在大陸流傳的時間界定。無論如何，上海很快與張愛玲作品銜接上，對她的評論與定位，目前仍保守，文學地位她遠不及魯迅、巴金，但民間的熱度，睽違多年後，不免帶著彌補的心態，快速紅回中國，有了臺灣經驗，我們一點都不驚訝。

一九八六年《人民文學》收載了《傳奇》；上海書店重新影印《流言》發行，帶動第一波張愛玲出版潮。較之八〇年代晚期，寧夏人民出版社率先編印多部張愛玲小說集更具指標性。一九九二年浙江文藝出版社推出注釋本《張愛玲散文全編》，較值一提的是安徽文藝出版社透過連繫由張愛玲親自授權，出版長、中、短篇小說和散文四大卷《張愛玲文集》，收入後來陸續鉤沉的張愛玲早期佚文，是大陸出版最完備也最正式的張愛玲作品集，惟仍未收入《秧歌》和《赤地之戀》。但張愛玲既由社會主義治下出走，重出中國當然不會完全無阻，先是一九九五年張愛玲逝世，大連出版社《張愛玲全集》十六卷及內蒙古文化出版社《張愛玲小說全編》都收入被視為「反共小說」的《秧歌》和《赤地之戀》，引起有關方面高度重視，下令查禁，就地銷毀，終而亮出張愛玲回返之路第一張「紅牌」。張愛玲全面征服中國，還顯現在傳記。保守估計，張愛玲逝世前後以傳記形式尋找張愛玲的，先後有于青《張愛玲傳——從李鴻章曾外孫女到現代曹雪芹》、胡辛《最後的貴族・張愛玲》、于青《尋找張愛玲》（先有臺北世界書局一九九三年版本）、余斌《張愛玲傳》、費勇《張愛玲傳奇》、孔慶茂《張愛玲傳》、宋明煒《浮世的悲哀——張愛玲傳》、馮祖貽《百年家族——張愛玲》、于青《最後一爐香》、王艷與任茹文合寫《沉香屑裡的舊事——張愛玲傳》、王一心《張愛玲與胡蘭成》、《金鎖沉香張愛玲》等。臺灣則有司馬新《張愛玲與賴雅》、魏可風《臨水照花人》相繼問世及傾銷大陸。紀念文集有《作別張愛玲》、《永遠的張愛玲》、《尋找張愛玲》等多種。因授權問題臺灣上市後即下架的《我的姊姊張愛玲》，反而大陸版順利問世。

儘管如此，臺灣並未失去出版及再創作張愛玲的優勢，畢竟皇冠是唯一張愛玲授權的出版社。惟大陸版與臺灣版，目前仍維持兩岸因政策不同各擁版本的狀態。如張愛玲改寫《十八春》為《半生緣》，臺灣是《半生緣》版，大陸出《十八春》版。但張愛玲既改寫《十八春》為《半生緣》，對一名作家當然有其時代意義，強行回到上海時期的《十八春》，未免牽強，此書文本給出臺灣時期的代表性，亦是臺灣張派研究的獨門之祕。

如果張愛玲沒有離開大陸，會是怎麼情況？首先她要面對的是大陸「運動成風」，毛澤東的指示：「不斷革命。我們的革命是一個接一個的。」柯靈判斷「張愛玲留在大陸，肯定逃不了，完全沒有必要做這種無謂的犧牲」。張愛玲離開上海前，歷經過三次重大改革，分別是一九五〇年六月的《土地改革法》、一九五一年十二月的「三反」及朝鮮開戰、一九五二年二月的「五反」。這是否促發張愛玲離開上海心意不可知，可知的是魯迅的例子，魯迅在大陸被高抬至文學之神位置，根據魯迅之子周海嬰的敘述，如果他沒有死會面臨什麼狀態：

> 一九五七年，毛主席曾前往上海小住，大家都知道此時正值「反右」。談話的內容必然涉及到對文化人士在運動中處境的估計。羅稷南向毛澤東提出一個大膽的設想疑問：要是今天魯迅還活著，他可能會怎樣？毛澤東對此卻十分認真，沉思了片刻，回答說：以我估計，魯迅要麼是關在牢裡還是要寫，要麼他大體不做聲。

反過頭，如果魯迅走人，會選擇去哪裡？阿城推測：「魯迅會先去香港，不會去國民黨的臺灣。」至於張愛玲——「她不會留在不能保持自己生活方式的臺灣。他們都是以肉身逃避顯現出他們大於具體的時代。」張愛玲果然並沒有選擇臺灣，如今看來是臺灣選擇了她。

南方朔分析，張愛玲如果來臺灣，有可能會和「文學漢奸」之名綁在一起，比照上海時期，張愛玲大概從此就不寫了。陳芳明梳理張愛玲能夠進入臺灣，正歸因於臺灣的反共政策缺口，但張愛玲是聰明的，無意為政策背書，寧可遲至一九六六年才在臺灣正式出版第一本書《怨女》。而盱衡張愛玲與政治及文化政策的距離，邱貴芬認為至少有兩點值得進一步研究，一是，文學體制的政治面問題；二是，張愛玲在臺灣的文化符碼意義。關於政治面，前面已提到；至於文化符碼意義，邱貴芬提出質疑——「臺灣張迷對張愛玲迷戀是否反映了一種心理需求，迷戀張愛玲使我們得以在臺灣延續、編織中國夢？」文學的議題是十分複雜的，張愛玲小說脫胎自代表中國文化古典傳統的《紅樓夢》，有《紅樓夢》，間接有了張愛玲，有張愛玲才有張派，有張派才拉抬張愛玲，這是文學的縱向連結。微妙的是一旦張派壯大到某種程度，要斬斷張愛玲代表的中國夢，恐怕得先過張派這一關，這是大陸、臺灣都要面對的事實。

張愛玲是深諳戲劇性的，她嘗說：「把我們實際生活裡複雜的情緒排入公式裡，許多細節不能不被剔去，然而結果還是令人滿意的。」她還說：「生活的戲劇化是不健康的。」柯靈解讀張愛玲文壇功過得失有言：「是客觀存在；承認不承認，是時間問題。」應當適用張愛玲在臺灣。時間向來是張愛玲小說重要的題材。時間沒到之前，一如張愛玲對《連環套》女主人公霓喜的評價：「她們的地位始終是不確定的。」臺灣是如此「說不盡的張愛玲」，張愛玲這頭服膺的教條是——「寫小說應當是個故事，讓故事自身去說明，比擬了主題去編故事好些。」古繼堂也許說中了：「不是她要躋身臺灣文壇，而是她吸引了臺灣文壇；不是她離不開臺灣文壇，而是臺灣文壇離不開她。」

如今已來到張愛玲去世十週年，臺、港、滬三地相繼推出紀念活動，皇冠出版社將出版她的作品補遺，未收在全集裡的作品一併補上，香港則推出改編自她〈傾城之戀〉的舞臺劇《2005 新傾城之戀》；最令人感慨的則是上海華東師範大學籌辦的「張愛玲與上海」研討會，因時機不到而流會。這時候檢視臺灣張派世代譜系，好比世事雖紛亂，胡蘭成安坐室內，張愛玲一旁觀看：「房裡有金沙金粉深埋的寧靜，外面風雨淋瑯，漫山遍野都是今天。」當時不懂珍惜的胡蘭成，流亡多年後，從張愛玲那裡取得無字天書，用兵布陣寫出《今生今世》，書中感慨：「張愛玲是我的不是我的，也都一樣，有她在世上就好。」對應張愛玲與臺灣張派世代作家，這是一個永恆的答案了。

主要參考書目

一 張愛玲中文著作

《怨女》（臺北：皇冠出版社，一九六六年版）
《回顧展Ⅰ、Ⅱ——張愛玲短篇小說集》（臺北：皇冠出版社，一九六八年版）
《秧歌》（臺北：皇冠出版社，一九六八年版）
《流言》（臺北：皇冠出版社，一九六八年版）
《半生緣》（臺北：皇冠出版社，一九六九年版）
《張看》（臺北：皇冠出版社，一九七六年版）
《紅樓夢魘》（臺北：皇冠出版社，一九七七年版）
《赤地之戀》（臺北：慧龍文化公司，一九七八年版）
《惘然記》（臺北：皇冠出版社，一九八三年版）

《海上花開——國語海上花列傳一》（臺北：皇冠出版社，一九八三年版）
《海上花落——國語海上花列傳二》（臺北：皇冠出版社，一九八三年版）
《餘韻》（臺北：皇冠出版社，一九八七年版）
《續集》（臺北：皇冠出版社，一九八八年版）
《赤地之戀》（臺北：皇冠出版社，一九九一年版）
《張愛玲文集1-4卷》（安徽：安徽文藝出版社，一九九二年版）
《張愛玲文集補遺》（安徽：安徽文藝出版社，一九九二年版）
《對照記》（臺北：皇冠出版社，一九九四年版）
《張愛玲作品集》（廣州：花城出版社，一九九七年版）
《張愛玲作品集》（呼和浩特：內蒙古人民出版社，一九九八年版）
《張愛玲經典作品集》（太原：北岳文藝出版社，二〇〇〇年版）
《同學少年都不賤》（臺北：皇冠出版社，二〇〇四年版）
《同學少年都不賤》（天津：天津人民出版社，二〇〇四年版）
《沉香》（臺北：皇冠出版社，二〇〇五年版）

二 作家專著

【王禎和】
《香格里拉》（臺北：洪範書店，一九八〇年版）
《美人圖》（臺北：洪範書店，一九八二年版）
《從簡愛出發》（臺北：洪範書店，一九八五年版）
《嫁粧一牛車》（臺北：洪範書店，一九九三年版）
《玫瑰玫瑰我愛你》（臺北：洪範書店，一九九四年版）
《兩地相思》（臺北：聯合文學出版社，一九九八年版）
【水　晶】
《拋磚記》（臺北：三民書局，一九七〇年版）
《沒有臉的人》（臺北：爾雅出版社，一九八五年版）
《桂冠與荷葉》（臺北：九歌出版社，一九九〇年版）
《張愛玲的小說藝術》（臺北：大地出版社，一九九〇年版）
《掌聲響起》（臺北：漢藝色研出版社，一九九一年版）
《水晶之歌》（臺北：大地出版社，一九九三年版）

〈這就是她〉，引自《說涼》（臺北：三民書局，一九九五年版）
《張愛玲未完》（臺北：大地出版社，一九九六年版）
《私語紅樓夢》（臺北：九歌出版社，二〇〇二年版）

【朱天文】

《喬太守新記》（臺北：皇冠出版社，一九七七年版）
《淡江記》（臺北：三三書坊，一九七九年版）
《傳說》（臺北：三三書坊，一九八一年版）
《小畢的故事》（臺北：三三書坊，一九八二年版）
《最想念的季節》（臺北：三三書坊，一九八四年版）
《炎夏之都》（臺北：三三書坊，一九八七年版）
《戀戀風塵》（臺北：三三書坊，一九八七年版）
《悲情城市》（臺北：三三書坊，一九八九年版）
《世紀末的華麗》（臺北：三三書坊，一九九〇年版）
《朱天文電影小說集》（臺北：遠流出版公司，一九九一年版）
《荒人手記》（臺北：時報文化公司，一九九四年版）
《花憶前身》（臺北：麥田出版社，一九九六年版）

《極上之夢》（臺北：遠流出版社，一九九八年版）

【朱西甯】

《鐵漿》（臺北：皇冠出版社，一九六三年版）
《朱西甯隨筆》（臺北：水芙蓉出版社，一九七五年版）
《朱西甯自選集》（臺北：黎明出版社，一九七六年版）
《將軍與我》（臺北：皇冠出版社，一九七六年版）
《日月長新花長生》（臺北：皇冠出版社，一九七八年版）
《黃粱夢》（臺北：三三書坊，一九八七年版）
《華太平家傳》（臺北：聯合文學出版公司，二〇〇二年版）
《破曉時分》（臺北：印刻出版公司，二〇〇三年版）
《八二三注》（臺北：印刻出版公司，二〇〇三年版）

【林俊穎】

《大暑》（臺北：三三書坊，一九九〇年版）
《是誰在唱歌》（臺北：麥田出版公司，一九九四年版）
《日出在遠方》（臺北：元尊出版公司，一九九七年版）
《焚燒創世紀》（臺北：元尊出版公司，一九九七年版）

《夏夜微笑》（臺北：麥田出版公司，二〇〇三年版）
《玫瑰阿修羅》（臺北：印刻出版公司，二〇〇四年版）

【林裕翼】

《我愛張愛玲》（臺北：聯合文學出版社，一九九二年版）
《愛情生活》（臺北：太雅出版社，一九九二年版）
《人間男女》（臺北：平氏出版社，一九九五年版）
《今生已惘然》（臺北：皇冠文學出版公司，一九九六年版）
《在山上演奏的星子們》（臺北：聯合文學出版社，一九九八年版）

【袁瓊瓊】

《春水船》（臺北：皇冠出版社，一九七九年版）
《紅塵心事》（臺北：爾雅出版社，一九八一年版）
《自己的天空》（臺北：洪範書店，一九八一年版）
《隨意》（臺北：洪範書店，一九八三年版）
《滄桑》（臺北：洪範書店，一九八四年版）
《青春的天空》（臺北：李白出版社，一九八六年版）
《又涼又暖的季節》（臺北：林白出版社，一九八六年版）

《兩個人的事》（臺北：洪範書店，一九八七年版）

《袁瓊瓊的極短篇》（臺北：爾雅出版社，一九八八年版）

《今生緣》（臺北：聯合文學出版社，一九八八年版）

《蘋果會微笑》（臺北：洪範書店，一九八九年版）

《情愛風塵》（臺北：洪範書店，一九九〇年版）

《萬人情婦》（《蘋果會微笑》改版）（臺北：探索文化公司，一九九七年版）

《恐怖時代》（臺北：時報文化出版社，一九九八年版）

《食字癖者的札記》（臺北：三民書局，二〇〇三年版）

【陳若曦】

《尹縣長》（臺北：遠景出版社，一九七七年版）

《歸》（臺北：聯經出版公司，一九七八年版）

《王左的悲哀》（臺北：遠流出版社，一九九五年版）

《慧心蓮》（臺北：九歌出版社，二〇〇一年版）

【郭強生】

《作伴》（臺北：三三書坊，一九八七年版）

《傷心時不要跳舞》（臺北：希代出版公司，一九八八年版）

《留情末世紀》（臺北：皇冠出版社，一九九六年版）
《書生》（臺北：爾雅出版社，二〇〇三年版）
《郭強生2003日記》（臺北：爾雅出版社，二〇〇四年版）

【蔣曉雲】
《隨緣》（臺北：皇冠出版社，一九七七年版）
《姻緣路》（臺北：聯經出版公司，一九八〇年版）

【蘇偉貞】
《紅顏已老》（臺北：聯經出版公司，一九八一年版）
《陪他一段》（臺北：洪範出版社，一九八三年版）
《人間有夢》（臺北：現代關係出版社，一九八三年版）
《世間女子》（臺北：聯經出版公司，一九八三年版）
《歲月的聲音》（臺北：洪範出版社，一九八四年版）
《有緣千里》（臺北：洪範出版社，一九八四年版）
《舊愛》（臺北：洪範出版社，一九八五年版）
《陌路》（臺北：聯經出版公司，一九八六年版）
《離家出走》（臺北：洪範出版社，一九八七年版）

《問你》（臺北：李白出版社，一九八七年版）
《流離》（臺北：洪範出版社，一九八八年版）
《來不及長大》（臺北：洪範出版社，一九八九年版）
《我們之間》（臺北：洪範出版社，一九九〇年版）
《離開同方》（臺北：聯經出版公司，一九九〇年版）
《過站不停》（臺北：洪範出版社，一九九一年版）
《熱的絕滅》（臺北：洪範出版社，一九九二年版）
《沉默之島》（臺北：時報文化公司，一九九四年版）
《夢書》（臺北：聯合文學出版社，一九九五年版）
《封閉的島嶼》（臺北：麥田出版社，一九九六年版）
《單人旅行》（臺北：聯合文學出版社，一九九九年版）
《張愛玲的香港時期研究》（香港大學碩士論文，一九九九年）
《孤島張愛玲——追蹤張愛玲香港時期（1952~1955）小說》（臺北：三民書局，二〇〇二年版）
《魔術時刻》（臺北：印刻出版社，二〇〇二年版）
《私閱讀》（臺北：三民書局，二〇〇三年版）

三 其他著作

于青：《張愛玲傳——從李鴻章曾外孫女到現代曹雪芹》（臺北：世界書局，一九九三年版）
于青編著：《尋找張愛玲》（臺北：世界書局，一九九三年版）
于青：《最後一爐香》（廣州：花城出版社，二〇〇二年版）
子通、亦清主編：《張愛玲評說六十年》（北京：中國華僑出版社，二〇〇一年版）
今治編著：《張迷世界》（廣州：花城出版社，二〇〇一年版）
孔慶茂：《張愛玲傳》（海口：海南國際新聞出版中心，一九九六年版）
王一心：《張愛玲與胡蘭成》（哈爾濱：北方文藝出版社，二〇〇一年版）
王拓：《張愛玲與宋江》（臺北：藍燈出版社，一九七六年版）
王德威：《閱讀當代小說》（臺北：遠流出版公司，一九九一年版）
王德威：《小說中國》（臺北：麥田出版社，一九九三年版）
王德威：《如何現代，怎樣中國》（臺北：麥田出版社，一九九八年版）
王德威：《跨世紀風華當代小說二十家》（臺北：麥田出版社，二〇〇二年版）
王艷、任茹文：《沉香屑裡的舊事——張愛玲傳》（臺北：千聿出版社，二〇〇二年版）
古蒼梧：《今生此時今世此地：張愛玲、蘇青、胡蘭成的上海》（香港：牛津大學出版社，二〇〇二年版）

司馬新：《張愛玲與賴雅》（臺北：大地出版社，一九九六年版）
朱天心：《我記得》（臺北：遠流出版公司，一九八九年版）
朱天心：《想我眷村的兄弟們》（臺北：麥田出版社，一九九二年版）
朱天心：《古都》（臺北：麥田出版社，一九九七年版）
朱天心：《漫遊者》（臺北：聯合文學出版社，二〇〇〇年版）
朱西甯編：《中國現代文學大系》（臺北：巨人出版社，一九七一年版）
余斌：《張愛玲傳》（海口：海南出版社，一九九五年版）
宋明煒：《浮世的悲哀——張愛玲傳》（臺北：業強出版社，一九九六年版）
李岩煒：《張愛玲的上海舞臺》（上海：文匯出版社，二〇〇三年版）
李歐梵：《現代性的追求》（臺北：麥田出版社，一九九六年版）
李歐梵：《范柳原懺情錄》（臺北：麥田出版公司，一九九八年版）
李歐梵著，毛尖譯：《上海摩登》（香港：牛津大學出版社，二〇〇〇年版）
李歐梵編選：《上海的狐步舞》（臺北：允晨文化出版公司，二〇〇一年版）
周芬伶：《豔異——張愛玲與中國文學》（臺北：元尊出版公司，一九九九年版）
周淑嬪：《蘇偉貞小說研究》（臺北：國立師範大學國文系碩士論文，二〇〇一年）
周蕾：《婦女與中國現性》（臺北：麥田出版社，一九九五年版）

林幸謙：《張愛玲論述——女性主體與去勢模擬書寫》（臺北：洪葉出版社，二〇〇〇年版）
林幸謙：《歷史・女性與性別政治——重讀張愛玲》（臺北：麥田出版公司，二〇〇一年版）
林綉亭：《張愛玲小說風格研究》（臺北：東吳大學中文系研究所碩士論文，一九九〇年）
邵迎建：《傳奇文學與流言人生》（北京：三聯書店，一九九八年版）
哈羅德・布魯姆（Harold Bloom）著，徐文博譯：《影響的焦慮》（臺北：久大出版公司，一九九〇年版）
哈羅德・布魯姆（Harold Bloom）著，朱立元、陳克明譯：《比較文學影響圖示》（臺北：駱駝出版社，一九九二年版）
施佳瑩：《論蘇偉貞小說與戰後台灣文學史建構的關係》（臺北：政治大學碩士論文，二〇〇一年）
胡辛：《最後的貴族・張愛玲》（臺北：國際村文庫書店，一九九五年版）
胡凌芝：《蹄下文學面面觀》（長春：長春出版社，一九九〇年版）
胡蘭成：《今生今世》（臺北：三三書坊，一九九〇年版）
范銘如：《眾裡尋她》（臺北：麥田出版社，二〇〇二年版）
唐文標：《張愛玲卷》（臺北：遠景出版社，一九八二年版）
唐文標主編：《張愛玲資料大全集》（臺北：時報文化出版公司，一九八四年版）
唐文標：《張愛玲研究》（臺北：聯經出版公司，一九八六年版）
夏志清：《新文學的傳統》（臺北：時報文化出版公司，一九七九年版）

夏志清：《夏志清文學評論集》（臺北：聯合文學出版社，一九八七年版）
夏志清著，劉紹銘等譯：《中國現代小說史》（香港：友聯出版公司，一九九〇年版）
高全之：《王禎和的小說世界》（臺北：三民書局，一九九七年版）
高全之：《從張愛玲到林懷民》（臺北：三民書局，一九九八年版）
高全之：《張愛玲學：批評．考證．鉤沉》（臺北：一方出版公司，二〇〇三年版）
黃德偉編：《閱讀張愛玲》（香港：香港大學比較文學系，一九九八年版）
莊宜文：《張愛玲的文學投影——臺、港、滬三地張派小說研究》（臺北：東吳大學博士論文，二〇〇一年）
陳子善編：《遺落的明珠》（臺北：業強出版社，一九九二年版）
陳子善編：《私語張愛玲》（杭州：浙江文藝出版社，一九九五年版）
陳子善編：《作別張愛玲》（上海：文匯出版社，一九九六年版）
陳子善：《說不盡的張愛玲》（臺北：遠景出版公司，二〇〇一年版）
陳子善：《張愛玲的風氣》（濟南：山東畫報出版社，二〇〇四年版）
陳芳明：《後殖民台灣——文學史論及其周邊》（臺北：麥田出版社，二〇〇二年版）
陳炳良：《張愛玲短篇小說論集》（臺北：遠景出版社，一九八五年版）
張子靜：《我的姊姊張愛玲》（臺北：時報文化出版公司，一九九六年版）
張恨水：《啼笑因緣》（臺北：未來書城，二〇〇三年版）

張健：《張愛玲的小說世界》（臺北：臺灣學生書局，一九八四年版）
張健：《張愛玲新論》（臺北：書泉出版社，一九九六年版）
張愛玲著，方蘭譯：《半生緣——上海之戀》（日本：勉誠出版社，二〇〇四年版）
馮祖貽：《百年家族——張愛玲》（臺北：立緒出版社，一九九九年版）
楊義：《二十世紀中國小說與文化》（臺北：業強出版社，一九九三年版）
楊澤編：《閱讀張愛玲》（臺北：麥田出版公司，一九九九年版）
萬燕：《海上花開又花落——讀解張愛玲》（江西：百花洲文藝出版社，一九九六年版）
葉石濤：《臺灣文學史綱》（高雄：文學界出版社，二〇〇〇年版）
葛濤編選：《網絡張愛玲》（北京：人民文學出版社，二〇〇二年版）
費勇：《張愛玲傳奇》（廣州：廣東人民出版社，一九九六年版）
鄭樹森編選：《張愛玲的世界》（臺北：允晨文化出版公司，一九八九年版）
劉叔慧：《華麗的修行——朱天文的美學實踐》（臺北：淡江大學中文系碩士論文，一九九五年）
劉叔慧：《在你到來之前》（臺北：明日工作室，二〇〇三年版）
劉青峰、關小春編：《轉化中的香港：身分與秩序的再尋求》（香港：中文大學出版社，一九九九年版）
蔡美麗：《維納斯之變顏》（臺北：允晨文化出版公司，一九九五年版）
蔡淑娟：《張愛玲小說的諷刺藝術》（臺北：中國文化大學中文系研究所碩士論文，一九九一年）

蔡鳳儀編：《華麗與蒼涼：張愛玲紀念文集》（臺北：皇冠出版社，一九九六年版）
盧正珩：《張愛玲小說的時代感》（臺北：麥田出版社，一九九四年版）
戴錦華：《境城地形圖》（臺北：聯合文學出版社，一九九九年版）
鍾文音：《昨日重現》（臺北：大田出版公司，二〇〇一年版）
鍾文音：《奢華的時光》（臺北：玉山社出版公司，二〇〇二年版）
韓邦慶：《海上花列傳》（臺北：天一出版社，一九七四年版）
魏可風：《臨水照花人》（臺北：聯經出版公司，二〇〇一年版）
魏可風：《張愛玲的廣告世界》（臺北：聯合文學出版社，二〇〇二年版）
魏紹昌：《我看鴛鴦蝴蝶派》（臺北：臺灣商務印書館，一九九二年版）
羅瑪編著：《重現的玫瑰》（北京：光明日報出版社，一九九九年版）
關鴻、季季編：《永遠的張愛玲》（上海：學林出版社，一九九六年版）
關鴻編選：《金鎖沉香張愛玲》（北京：人民文學出版社，二〇〇二年版）
蘇偉貞編：《張愛玲的世界（續編）》（臺北：允晨文化出版公司，二〇〇三年版）

【118】

說　涼　　　　水　晶　著

水晶以理性思考世事，以感性落筆為文。本書在空間上涵蓋美國、臺灣、中國大陸等地，內容上則多是作者對於日常生活的見聞和感觸，從驅逐地鼠到栽種玫瑰，從月餅和粽子的滋味到對母親的記憶，呈現他細膩的情感和處世的智慧。

【145】

王禎和的小說世界　　　　高全之　著

這是第一本為王禎和小說定位的專書。從總論、個論、專論、個案析評，以至張愛玲與王禎和文學因緣研究，建立了前所未見的王禎和小說解讀系統。文字可讀易懂，毫無學院派的長篇大論。

【256】

食字癖者的札記　　　　袁瓊瓊　著

●國語日報星期天書房推薦，聯合報讀書人2003文學類最佳書獎

我們閱讀的方式，其實透露了我們自己。您對文學莫名其妙地熱中，有不讀書會死的焦慮嗎？此病無藥可醫，只能以無止盡的閱讀緩解症狀。恭喜！您罹患了一種精神官能症「食字癖」。這本書提供末期的您，啃食。

【258】

私閱讀　　　　蘇偉貞　著

●國語日報星期天書房推薦

私之閱讀，閱讀之思。閱讀除了靠自己、反映自己，還有什麼別的方法和說法？寫書、讀書、評書，與書生活在一起的「讀書人」蘇偉貞，以她獨特的觀點，在茫茫書海中取一瓢飲，提供您私房「讀」品，帶您窺伺文字與靈思的私密花園。

國家圖書館出版品預行編目資料

描紅:臺灣張派作家世代論／蘇偉貞著.－－初版一刷.－－臺北市：三民，2006
面； 公分.－－(世紀文庫:文學009)

ISBN 957-14-4506-1 (平裝)

1. 張愛玲－作品評論

857.63 95013446

 描紅
——臺灣張派作家世代論

著作人 蘇偉貞
發行人 劉振強
著作財產權人 三民書局股份有限公司
臺北市復興北路386號
發行所 三民書局股份有限公司
地址／臺北市復興北路386號
電話／(02)25006600
郵撥／0009998-5
印刷所 三民書局股份有限公司
門市部 復北店／臺北市復興北路386號
重南店／臺北市重慶南路一段61號
初版一刷 2006年9月
編 號 S 811350
基本定價 伍元捌角
行政院新聞局登記證局版臺業字第〇二〇〇號

ISBN 957-14-4506-1 (平裝)

http://www.sanmin.com.tw 三民網路書店